LA MALÉDICTION DES MÉDICIS III

L'Ange de miséricorde

DU MÊME AUTEUR

Romans

Une semaine en enfance, Robert Laffont, 1978
Le Voleur de mémoire, Mercure de France, 1979
L'Ami d'Édouard, Mazarine, 1985
La Malédiction des Médicis, Editions 1 :
Le Prince sans couronne, tome I, 2003
Les Lys de sang, tome II, 2003
EN COLLABORATION AVEC PHILIPPE ALFONSI
Les Chemins d'orgueil, Plon, 1995
SOUS LE PSEUDONYME DE GEORGES PATRICK
Lorfou, Gallimard, coll. « Série noire », 1987
Folies de flics, Gallimard, coll. « Série noire », 1986

Documents

Les Détectives de l'impossible, Denoël, 1999
Les Mémoires de M. X, 2 vol., Denoël, 1999
Journal secret de M. X, Denoël, 2000
Inconnus célèbres, Albin Michel, 2000
EN COLLABORATION AVEC PHILIPPE ALFONSI
Les Enfants de la drogue (Satan qui vous aime beaucoup), Robert Laffont, 1970
L'Église contestée, Calmann-Lévy, 1971
L'Œil du sorcier, Robert Laffont, 1973
Vivre à gauche, Albin Michel, 1975

www.franceinter.com

Patrick Pesnot

LA MALÉDICTION DES MÉDICIS III

L'Ange de miséricorde

EDITIONS 1

ISBN : 2-84612-096-X

À Pierre Hermann

I

1661

Elle pleurait, trépignait, hoquetait. Agenouillée devant le roi, elle suppliait.

« Mon beau cousin, faites-moi la grâce de m'entendre... Sauvez-moi ! Délivrez-moi d'un projet de mariage qui m'inspire les plus grandes craintes ! Soyez magnanime ! »

Louis XIV secoua la tête, esquissa un sourire.

« Il me semblait pourtant que vous aviez d'abord consenti et même appelé de vos vœux cette union que vous refusez présentement.

– Je me suis trompée. Florence me paraissait parée de toutes les vertus... Mais on m'a appris depuis que la cour y est corsetée et affreusement triste et que Cosme, l'époux qu'on me destine, est confit en dévotion, à l'image de sa mère, la triste Vittoria della Rovere.

– N'êtes-vous pas vous-même une bonne catholique, ma jolie cousine ? »

Marguerite-Louise se pinça le nez. Derrière ses larmes, son regard brillait, farouche. Louis la soupçonna de lui avoir joué la comédie.

« Je suis tant fidèle chrétienne que si Votre Majesté ne me donne pas satisfaction, je renoncerai au monde et irai quérir la paix dans un couvent ! »

Le roi éclata de rire.

« Toi, chez les nonnes ! Quelle folie ! Tu serais capable d'y inviter le diable ! »

Il avait retrouvé instinctivement le tutoiement de leur enfance. Louis n'avait que dix-huit ans et Marguerite-Louise, fille de son oncle Gaston d'Orléans qu'on appelait Monsieur, venait de fêter ses seize ans. C'était une jolie adolescente vive, espiègle et volontiers querelleuse qui n'aimait rien tant que chevaucher des heures durant. Au reste, elle jouait de l'épinette, lisait d'abondance et délaissait avec dédain les besognes habituellement réservées aux femmes.

La lèvre boudeuse, elle implora à nouveau :

« Me voulez-vous vraiment affligée d'un tel époux ? Songez que son père, le grand-duc Ferdinando II, est bougre et que pour échapper à la bigoterie maniaque de Vittoria, il file le parfait amour avec l'un de ses pages, le beau comte Brutus della Molara !

– L'amour socratique n'est-il point une spécialité florentine ?

– Mais, sire, imaginez que mon futur époux ait hérité du vice de son père ?

– Alors, tu auras tout loisir de prendre des amants ! »

Le jeune roi redevint sérieux.

« Je n'y peux mais. Un contrat a été signé. Le rompre serait non seulement manquer à la parole donnée mais offenser la mémoire du cardinal Mazarin, qui y a travaillé de toutes ses forces avant que de trépasser.

– En partageant la couche de ce petit duc, j'aurai l'impression de me vendre comme une fille de joie !

– Le corps des princesses de sang ne leur appartient pas. Il concourt à élaborer notre politique ! »

Marguerite-Louise comprit que rien ne ferait céder son royal cousin. Ainsi, il lui faudrait bientôt partir pour Florence, car elle n'avait jamais envisagé sérieusement d'entrer au couvent. Elle se releva, fixa Louis XIV.

« Je le déteste déjà avant même que de l'avoir vu ! dit-elle en tapant du pied. Je ne veux rien savoir de ces Médicis qui sentent le cagot et la roture ! »

Le roi rit à nouveau.

« Sans doute descendent-ils d'une lignée de marchands et de banquiers. Toutefois, ils ont donné deux papes à l'Église et deux reines à la France. Il me paraît que tu oublies un peu vite que ta grand-mère Marie était une Médicis !

– Peu me chaut ! Et d'ailleurs, si j'en crois la chronique, sa régence a été calamiteuse ! »

Puis elle effectua une rapide et insolente révérence et se disposa à quitter le salon du Louvre où le jeune souverain tenait ses audiences.

« Marguerite ! »

Elle s'immobilisa. Louis XIV, bienveillant, la regarda. Il n'oubliait pas que son oncle Gaston d'Orléans avait tout tenté pour lui faire épouser sa fille. Et, observant les appas de sa jolie cousine, il songea qu'il eût été doux de la coucher dans son lit. Mais Louis XIII et Mazarin avaient ruiné ce projet : un futur roi de France ne se pouvait marier qu'avec une princesse étrangère.

« Marguerite, répéta Louis... Je connais ton tendre attachement pour ton cousin Charles de Lorraine. Mets à profit les quelques semaines qui te restent pour entretenir cette belle amitié. Mais je n'en veux rien savoir ! »

Elle baissa les yeux. Et cette fois-ci, de vraies larmes embuèrent ses yeux.

* *
*

Mariée. Elle était mariée ! Marguerite-Louise n'arrivait pas à y croire tant elle se sentait légère et insouciante.

Les épousailles par procuration s'étaient déroulées dans

la chapelle du Louvre. Le duc de Guise représentait son époux. Un mariage qui n'en était pas un. Était-ce pour cette raison qu'elle ne parvenait pas à s'en persuader ?

Le carrosse se traînait. Ces plaines qui n'en finissaient pas. Tristes horizons. Routes poudreuses. Soudain, n'y tenant plus, elle cogna à la vitre.

« Mon cheval ! »

Elle sauta à terre. Devisé, chef de l'escorte royale qui devait l'accompagner jusqu'à Marseille, se précipita et l'aida à enfourcher sa monture. Bonsi, l'évêque de Béziers qui avait négocié le mariage au nom du grand-duc de Toscane, détourna les yeux : cette façon de monter à cheval lui paraissait de la plus grande impudeur.

Marguerite-Louise se saisit des guides, éperonna aussitôt l'animal et partit au galop. L'air vif du printemps fouetta ses joues, mit rapidement fin au bel ordonnancement de sa coiffure. Derrière, les gardes attachés à sa personne peinaient à la suivre.

Le sentiment d'être libre ! Le plaisir de sentir contre ses cuisses les flancs palpitants du cheval. Et le souvenir de ses longues chevauchées avec son cher Charles. Ils chassaient, galopaient, bravaient tous les interdits. Ces doux moments lorsque, épuisés, ils mettaient pied à terre. Des baisers, des caresses, des chuchotis. Et des promesses : « Jamais je ne t'oublierai... » Puis elle le regardait, enamourée. « Nous sommes fous, n'est-ce pas ? » Mais combien tous deux aimaient cette folie qui les poussait l'un contre l'autre avec une telle passion !

Le cœur brisé, ils s'étaient quittés à Paris quand le cortège de Marguerite-Louise avait pris la route de Fontainebleau. Le roi l'y attendait en son château. Pour célébrer le départ de sa cousine, Louis XIV avait largement puisé dans ses caisses, au grand déplaisir de monsieur Colbert. Parade nautique au son des violons de Lulli, comédie de Molière, bal, feu d'artifice, quatre jours durant la cour avait fêté celle qui était promise à devenir la grande-duchesse de Toscane. Certes, Marguerite-Louise n'avait pas boudé son plaisir d'être ainsi le centre de toutes les attentions. Mais les heures qui passaient la rapprochaient du moment où elle quitterait la France et rejoindrait cet époux qu'elle abhorrait sans même le connaître. Cosimo di Medici ! Déjà, elle se promettait de ne l'appeler qu'à la française, Cosme. Et parfois, entre deux danses, elle ouvrait à la dérobée une pièce d'argent creuse où elle avait dissimulé le charmant portrait de Charles de Lorraine.

Après une chevauchée de plusieurs heures, elle arriva rompue au château de Saint-Fargeau. La nuit tombait. Lorsqu'elle descendit de cheval, elle crut défaillir. Soutenue par des servantes, elle gagna la chambre qui lui avait été destinée. Refusant de souper et même de se déshabiller, elle se jeta aussitôt sur son lit. Dormir, oublier. Elle pleura quelques instants avant de sombrer dans un profond sommeil.

* *
*

Il toussait et son visage était marbré de taches rouges. Cosimo était alité depuis plusieurs jours. La rougeole, avaient diagnostiqué les médecins de la cour. Accompagnée d'une nuée d'ecclésiastiques, sa mère, la grande-duchesse, s'était aussitôt transportée à son chevet.

Courte et ronde, un visage de petite fille dans un corps de femme mûre, Vittoria della Rovere chérissait tant son enfant qu'elle avait exigé d'en assurer l'éducation avec l'aide d'un théologien, Volunnio Bandinelli. Son époux, Ferdinando II, y avait consenti : depuis qu'il avait été surpris dans une position scabreuse avec son amant Brutus della Molara, le grand-duc n'osait plus s'opposer à Vittoria et lui abandonnait même parfois les affaires publiques. Il en était résulté un grand affaiblissement de Florence. L'Inquisition régnait, les soutanes pullulaient et faisaient la loi tant au sommet de l'État que dans les administrations. Souverain éclairé mais faible, Ferdinando II dut plier à plusieurs reprises devant le pouvoir de l'Église et la volonté du Vatican. Ainsi, pendant la grande peste de 1630 puis celle de 1633, il renonça à transformer en hôpitaux et lazarets les couvents de la ville, susceptibles d'isoler les malades et de circonvenir la contagion. Bien au contraire, pour conjurer la *moria*, les institutions religieuses se contentèrent d'organiser de grandes cérémonies où la superstition le disputa à la sottise, car le rassemblement de ces foules permit à la maladie de progresser encore plus vite.

De la même façon, Ferdinando se soumit à la volonté du pape en abandonnant Galileo Galilei aux mains de l'Inquisition qui, au nom de la Bible, refusait sa théorie de la révolution de la Terre autour du Soleil. Âgé et malade, le plus grand savant de son temps, protégé des Medici, fut emprisonné et, sous la menace de la torture, renia à genoux ses prétendues erreurs.

Enfin, pouvait-on oublier la fin cruelle du chanoine de la cathédrale, Pandolfo Ricasoli ? Accusé, sans doute à tort, d'avoir entretenu une liaison immorale, le prélat avait été condamné par l'Inquisition à être emmuré vivant dans une tour de l'église San Croce. Le grand-duc, bien qu'il le crût innocent, s'était une nouvelle fois incliné et la sentence avait été exécutée.

Toutefois, malgré ces renoncements, il fallait reconnaître à Ferdinando II et à son frère, le brillant cardinal Leopoldo, le mérite d'avoir renoué avec la tradition esthétique des Medici. Le grand-duc prit l'initiative de regrouper les collections familiales de tableaux et de sculptures dans la galerie des *Uffizi*, agrandie et rénovée. En même temps, il fit procéder à l'embellissement du *palazzo* Pitti. Deux ailes y furent ajoutées et de nouveaux bâtiments construits de part et d'autre des cours intérieures. Le premier étage se composait désormais d'une enfilade d'une soixantaine de salles d'apparat dont les murs et les plafonds avaient été décorés et peints par les meilleurs artistes du siècle. Le palais grand-ducal excitait maintenant l'envie de tous les monarques et princes européens.

Frivole et bornée, entièrement gouvernée par les prêtres, Vittoria, la mère de Cosimo avait donc précipité la décadence de Florence et ruiné sa prospérité passée. Toutefois, les deux époux qui se côtoyaient sans jamais se parler, s'étaient récemment rapprochés. La conséquence en avait été la naissance de Francesco Maria, dix-huit ans après celle de Cosimo.

« Mon enfant... Mon cher enfant. »

Vittoria semblait plongée dans le plus grand désarroi. Un prêtre s'agenouilla au pied du lit, joignit ses mains. La grande-duchesse, suivie par les autres ecclésiastiques, l'imita et s'abîma en prières. Bientôt, un moutonnement de voix emplit la chambre. Dans son lit, pris de fièvre, Cosimo frissonnait. C'était un grand jeune homme joufflu, au regard impavide, au nez fort et à la bouche charnue. L'air perpétuellement renfrogné, il riait rarement, goûtait peu les plaisirs de la vie, détestait musique et poésie, professait que les sciences et la philosophie conduisaient à l'impiété et ne se complaisait que dans la compagnie des bures et des soutanes.

Son père, Ferdinando, s'inquiétait de ce tempérament morose et de ce caractère rébarbatif. Mais n'était-il pas le premier responsable puisqu'il avait permis à Vittoria de régner sur son éducation et sa vertu ? Du moins espérait-il que son prochain mariage contribuerait à le guérir de sa mélancolie.

Un long gémissement fit soudain taire les prières. Vittoria posa un baiser sur le front de son fils.

« Mon enfant, tu es dans les mains de Notre Seigneur. Nous l'avons supplié de ne pas te ramener trop vite à Lui...

– Je me sens si faible, geignit Cosimo. Le mal va m'emporter.

– Non, mon fils... Nos prières seront sûrement entendues. Je vais commander des messes dans toutes les chapelles et églises de Florence... C'est un chœur immense et unanime qui va s'élever vers Dieu. »

Le jeune homme hocha la tête. Une toux grasse l'ébranla. Il se redressa. Il lui sembla que son être tout entier se déchirait. Puis, ruisselant de sueur, il retomba sur son traversin.

* *
*

Tout lui était prétexte pour retarder son arrivée à Marseille. À chaque étape, elle suppliait qu'on lui accordât une journée supplémentaire pour se reposer des fatigues du voyage. Ce qui ne l'empêchait nullement de passer ce temps dérobé à galoper à travers bois ou même à chasser. L'une de ces promenades champêtres inquiéta au plus haut point l'évêque Bonsi. À deux heures du matin, la belle n'était toujours pas de retour. Toute la soirée, le prélat crut même qu'elle s'était enfuie pour échapper à ce mariage qui lui inspirait si peu d'enthousiasme. Si tel était le cas, il en était fini de sa bonne fortune, tant il avait besogné pour conclure cette union, allant même jusqu'à écrire au grand-duc qu'il n'existait pas de princesse plus docile et sage que Marguerite-Louise et qu'elle brûlait de rejoindre son époux.

Enfin, rose et fraîche, elle revint. L'évêque soupira d'aise. L'oiselle avait regagné son nid. Et lui-même allait pouvoir se coucher. Mais il n'en fut rien. Marguerite-Louise tint à lui conter par le menu toutes les extravagances qu'elle avait commises en compagnie de deux de ses demoiselles d'honneur. L'aube blanchissait le ciel lorsqu'elle accepta de lui donner congé. L'espiègle avait encore gagné une journée car elle ne se leva pas avant midi.

Mademoiselle, comme on avait encore coutume de la nommer, était à sa toilette quand une suivante vint la prévenir.

« Il est là ! »

Elle comprit aussitôt. Charles. Se pouvait-il vraiment ? Son cœur battait la chamade. Elle houspilla ses femmes de chambre.

« Vite ! Finissez-en !... Mais pourquoi lambinez-vous autant ? »

L'une plissait ses cheveux sur le sommet de sa tête tandis qu'une autre, armée d'un fer et d'un peigne, les faisait boucler sur ses tempes. Une troisième lui présentait ses jupes : la secrète qui dissimulait son intimité, la friponne qui recouvrait la première, la modeste qui défendait le tout.

Marguerite-Louise s'ébroua, lança un dernier regard à son miroir, effaça d'un voile de poudre le rouge qui vermillonnait ses joues enflammées par l'émotion. Puis elle se précipita hors de sa chambre.

« Mon ami, mon très cher ami... »

En habit de voyage, botté, l'épée au côté, Charles de Lorraine s'inclina, prit sa main et la baisa. La jeune femme réprima l'envie de se jeter dans ses bras.

« Venez ! » dit-elle.

Ils sortirent dans la cour du château, baignée par un doux soleil de mai.

« Même dans mes rêves les plus fous, je n'osais l'espérer...

– Ce fut plus fort que moi... Je suis venu d'une traite en crevant deux chevaux sous moi. »

Puis il poursuivit plus bas :

« J'aspirais tant à te serrer contre moi, caresser tes jolis tétons, mordiller tes menues oreilles, embrasser ton giron...

– Cesse, je t'en prie, je me sens toute chavirée. »

Il prit son bras.

« Éloignons-nous... »

Ils gagnèrent les abords du parc.

« Que va-t-on penser ? Je suis une femme mariée, même si mon époux ne m'a point encore touchée. »

Charles rit.

« Comment oserais-tu refuser un tête-à-tête à ton cousin ?

– S'il ne s'agit que d'un tête-à-tête...

– ... ou d'un bec-à-bec ! »

Ce disant, il l'attira à lui et écrasa ses lèvres contre les siennes.

* *
*

Rencognée au fond de son carrosse, elle ne cessait de pleurer. Le ciel était à l'unisson. Depuis le matin, il pleuvait avec violence. La colonne de véhicules et de chariots lourdement chargés progressait dans un fleuve de boue où les chevaux finissaient par s'enliser.

Il n'était resté qu'une seule journée. L'évêque Bonsi n'avait rien voulu entendre : il fallait repartir au plus vite si l'on voulait arriver à temps au rendez-vous de Marseille où les galères du prince Mattias, le frère du grand-duc Ferdinando II, se présenteraient bientôt. Le prélat était d'autant plus pressé qu'il avait deviné combien la présence du beau Charles de Lorraine était dangereuse et indécente.

Entre deux sanglots, Marguerite-Louise passait et repassait dans sa tête l'éblouissement des moments qu'ils avaient vécus ensemble. Leur échappée dans le parc. Ce premier baiser auquel elle avait répondu avec passion. Les caresses qui avaient suivi... Près du mur d'enceinte, ils avaient trouvé un bosquet où ils s'étaient réfugiés à l'abri des regards. Charles avait délacé son corsage, libéré ses tétons, insinué une main sous ses trois jupes. Sans doute aurait-elle succombé s'ils n'avaient entendu des cris : on les appelait !

Charles la serra contre lui.

« Un jour, tu seras mienne ! » chuchota-t-il.

Elle remit en toute hâte de l'ordre dans sa vêture. Mais il lui semblait que, à la seule vision de son visage, on pouvait lire l'émoi qui l'avait possédée.

Au dîner, elle ne put s'empêcher de rougir chaque fois que leurs regards se croisèrent. La duchesse d'Angoulême qui l'accompagnait au nom du roi ne manqua pas d'observer son trouble et s'arrangea ensuite pour ne point la quitter. Jusqu'au départ de Charles, ils n'eurent plus d'autre occasion de se retrouver seul à seul.

Son corps brûlait toujours. Mais elle doutait que son époux saurait éteindre la flamme que son amant avait allumée en elle.

* *
*

Le ciel se dégagea soudain lorsque le cortège entra à Marseille. Tous, à l'exception de Marguerite-Louise, s'émerveillèrent de constater qu'au même instant les galères de Florence apparurent à l'horizon. Cette simultanéité n'était-elle pas un heureux présage, gage d'une union heureuse ?

Les canons du château d'If tonnèrent lorsque les bâtiments manœuvrèrent afin de mouiller au pied de l'îlot. Regardant les galères, Marguerite-Louise songea que son départ était inéluctable. Elle ne pleurait plus mais elle ne se départait pas d'un air maussade qui étonnait ses familiers, habitués à la pétulance de son tempérament. Une barque se détacha de la plus grande des galères. Un homme s'y tenait debout. Sous le soleil, son armure sombre brillait de mille feux. Sans doute était-ce le prince Mattias, son oncle par alliance, qui venait la saluer au nom de son époux. À cet instant, Marguerite-Louise se promit de ne penser qu'à Charles lorsque Cosme lui prendrait sa virginité.

Le lendemain, les neuf galères florentines dégorgèrent

une fastueuse troupe venue rendre hommage à la jeune épouse et composer sa suite. Le souverain toscan entendait ainsi prouver avec éclat combien le mariage de son fils aîné avec une princesse française de sang royal honorait sa famille. Pour son seul service, Marguerite-Louise disposerait d'un confesseur et de deux chapelains, de quatre chambellans, six écuyers, douze valets, et d'une poignée de pages. S'y ajoutaient trois nains, don personnel du prince Mattias qui aimait à les collectionner et goûtait fort leurs bouffonneries.

Marguerite-Louise accueillit ces faveurs et les compliments fleuris qui les accompagnaient avec équanimité. Au fond d'elle-même, elle n'était pas fâchée de constater qu'on la traitait selon son rang. Elle voyait là une petite consolation à son grand malheur. Toutefois elle n'en laissa rien paraître.

* *
*

Elle débarqua quelques jours plus tard à Livourne. Cosimo, qui devait guider ses premiers pas sur la terre toscane, était absent. Il souffrait encore des séquelles de sa rougeole. Marguerite-Louise n'en fut nullement contrariée : le sort lui accordait un répit.

Elle eut une nouvelle preuve de la considération qu'on lui accordait. Les rues de la ville étaient recouvertes de tapis, les fenêtres des maisons décorées de tentures et des milliers de soldats montaient la garde jusqu'aux portes du palais ducal.

Dès le lendemain, on prit la route de Florence. Étrangère à la beauté du paysage et aux parfums qui montaient de la nature surchauffée – Marguerite-Louise avait déjà décidé que rien de ce qui était italien ne trouverait grâce à ses yeux –, la jeune femme ne quittait pas son air maussade et répondait par l'indifférence aux compliments et acclamations qui lui étaient adressés à chaque étape du voyage. Au reste, elle était fort incommodée par la chaleur et se dissimulait le plus souvent derrière son éventail.

Aux environs d'Empoli, il lui fut annoncé que son époux l'attendait à la villa Ambrogiano où il prenait quelque repos. Elle crut se trouver mal. Déjà ! Encore quelques heures et le sacrifice sera consommé. J'en mourrai, pensait-elle. Dans sa folle imagination, elle se voyait, tendre agnelle, conduite jusqu'à l'autel où, couteau à la main, son époux l'égorgerait.

Il l'attendait sur le perron. Ainsi c'était lui ! Cosme, ce gros garçon balourd qui semblait embarrassé de sa personne. En un instant, elle nota son teint blafard, ses yeux bovins et la mollesse de ses traits. Seuls ses longs cheveux bruns et bouclés sauvaient ce visage ingrat. Il sent la roture, pensa Marguerite-Louise, déjà décidée à ne point l'aimer.

Conduite par la duchesse d'Angoulême qui la tenait par la main, elle monta lentement les degrés. Arrivée devant lui, elle fit une révérence, se redressa. La main posée sur le pommeau de son épée, il inclina la tête. Aucun mot, aucun geste ne suivirent. Pas même un baiser ou une parole de bienvenue. Rien, sauf le strict respect de l'étiquette.

Marguerite-Louise vécut le reste de la journée dans l'angoisse. Cosimo exigerait-il d'user de son droit conjugal dès cette première nuit ? Les médecins, dont celui attaché à la personne de la princesse, se réunirent et délibérèrent. Le jeune homme était guéri mais il demeurait faible. Une conjonction prématurée risquait de gâter sa santé. En outre, il était possible qu'il fût encore affecté par quelques miasmes de la maladie. Ne risquait-il pas de contaminer son épouse ? Bref, il fut décidé que les mariés dormiraient séparés. Cosimo n'en éprouva apparemment aucune contrariété. Quant à Marguerite-Louise, lorsqu'elle fut informée de la délibération des médecins, elle soupira d'aise.

* *
*

Le bruit, les musiques, les vivats, la chaleur... Elle était épuisée. Fêtes et cérémonies ne cessaient de se succéder depuis qu'elle était arrivée à Florence. Jamais depuis les temps anciens du Magnifique ou de Cosimo Ier, la cité du Lys n'avait manifesté une telle munificence, tant le grand-duc Ferdinando II était attaché à honorer sa belle-fille, cousine du roi de France. Dès le jour de son arrivée à Florence, il avait été prévenant et affable. Tout le contraire de ce que son physique laissait deviner : sa longue et triste figure était enfoncée dans une fraise passée de mode. Le front était haut, l'œil maussade, le nez trop long, la bouche pulpeuse et exagérément épaisse. Trahissait-elle la bougrerie du personnage ?

Le 22 juin au petit matin, un carrosse vint chercher Marguerite-Louise qui résidait au *palazzo* Pitti, sa future demeure. Malgré sa répugnance envers ces épousailles qui lui étaient imposées, la princesse n'avait pas été insensible à la beauté des lieux, à la richesse des collections et au charme des jardins de Boboli. Elle n'en avait pas moins continué à arborer cet air renfrogné qui désolait les siens mais ne parvenait toutefois pas à atténuer l'éclat de sa jeune beauté.

Elle fut conduite hors les murs de la ville dans la villa du maître de cérémonie, Gian Vincenzo Salviati, afin d'y être habillée, coiffée, parfumée et parée. Entourée d'un essaim babillant de couturières et de petites mains, elle passa une lourde robe de lamé d'argent brodée, ornée de lignes de diamants et de perles en forme de larmes. Puis on fixa sur son épaisse chevelure châtaine une résille de dentelles. Enfin on la farda et poudra. Une nouvelle fois, elle pensa qu'on la préparait au sacrifice.

L'après-midi était déjà bien avancé lorsqu'elle remonta dans le carrosse. Accompagnée d'une suite de nobles dames italiennes et françaises, elle regagna Florence. Elle était attendue *piazza* San Gallo où l'on avait édifié une manière de théâtre en bois sous lequel un autel avait été aménagé à côté d'une loggia tendue de velours écarlate. Des arcades, des arcs de triomphe, les effigies des plus grands rois de France jalonnaient le parcours. La foule florentine, joyeuse et bon enfant, applaudissait à tout rompre sur le passage du cortège et acclamait celle qui serait un jour leur grande-duchesse. Malgré la chaleur étouffante, Marguerite-Louise sentit une sueur glacée couler le long de son échine. Cette liesse lui était insupportable : c'était la prostitution de son propre corps que célébraient ces braillards.

Le carrosse s'arrêta à proximité du théâtre. Cosimo parut aussitôt à la portière du véhicule. Son habit noir rehaussait l'éclat des pierres précieuses dont il était piqué. Il lui présenta la main afin de l'aider à descendre. Marguerite-Louise songea que c'était la première fois qu'ils se touchaient.

Il ne la lâcha pas et la conduisit jusqu'à l'autel. Elle marcha à côté de lui comme une somnambule, s'agenouilla sur un coussin. Les cloches de toutes les églises de Florence sonnèrent à l'unisson, tandis qu'un prélat lui présentait un crucifix à baiser. Elle observait machinalement le rituel sans penser vraiment à ce qu'elle accomplissait. Comme si elle était ailleurs. Ferdinando II posa une couronne sur sa tête. Les cloches tintaient toujours. Un concert assourdissant. Puis on la fit lever. Elle rejoignit la loggia adjacente, s'assit à côté de son époux dans un majestueux fauteuil, sous un dais d'argent et d'or. Toujours cette impression d'être la spectatrice de son propre mariage.

Peu à peu – était-ce la chaleur ou le bruit qui l'étourdissait ? – Marguerite-Louise se résignait. Elle se donnerait les yeux fermés en rêvant de son aimé. Devant elle défilait une interminable théorie d'ecclésiastiques aux riches vêtements cousus de dentelles. Puis vint le temps de la procession. Le maître de cérémonies s'inclina et lui demanda respectueusement de se lever. Une litière blanche se présenta au pied de l'estrade. Elle était tirée par deux mules caparaçonnées d'argent, montées par deux jolis enfants aux habits piqués de fleurs. Une trentaine de jeunes gens tendaient au-dessus d'elle un lourd baldaquin en drap d'or et franges de perles. La princesse s'installa sur les coussins et le cortège s'ébranla en direction de la cathédrale. Cosimo la précédait et chevauchait un immense destrier, entouré d'une centaine de laquais qui portaient la livrée rouge des Medici.

Santa Maria del Fiore, tel un bijou de marbre, brillait sous le soleil. Marguerite-Louise entra sous la nef qui bourdonnait de murmures. Cosimo lui saisit la main et la conduisit à l'autel. Après un *Te Deum* entonné par une dizaine de chœurs, les époux agenouillés furent bénis. Puis l'évêque prit la parole. La princesse entendit à peine. Et lorsque le prélat se tut, elle fut étonnée de voir l'assistance essuyer des larmes. Elle-même n'avait ressenti aucune émotion.

Les canons tonnaient encore lorsque le cortège pénétra dans l'enceinte du *palazzo* grand-ducal. Un banquet somptueux attendait les nouveaux époux. La journée n'en finissait pas. Elle aurait aimé s'échapper dans les jardins de Boboli qu'elle avait découverts la veille. La fraîcheur des sources, le parfum des fleurs, la nuit de velours qui exaltait la blancheur des statues. Pour la première fois depuis son arrivée en Toscane, la nature lui avait paru amicale.

* *
*

Le lit. Gigantesque. Des colonnes d'argent émaillées de pierres précieuses supportaient un baldaquin de brocart. Marguerite-Louise étouffa un bâillement et reçut des mains de sa belle-mère sa chemise de nuit.

Elle s'impatienta tandis que ses femmes la déshabillaient. Vite ! Elle voulait maintenant en terminer au plus tôt. Subir puis dormir enfin.

Lorsqu'il parut, elle s'était déjà glissée sous les draps. Elle eut à peine le temps de voir le vêtement de nuit qui flottait autour de son gros corps. Il souffla aussitôt la chandelle et vint la rejoindre. Sans un mot, il la troussa. Elle tremblait de tous ses membres. Il parut ne pas s'en apercevoir. Il trouva son sexe, écarta ses jambes. Quelques secousses. Elle ne sentait rien. Pas même la douleur qu'on lui avait promise. Puis, épuisé, il retomba à côté d'elle. Ainsi, c'était cela. Un bref ébranlement. À peine une piqûre de moustique. Elle soupira, imagina les embrasements qui l'auraient submergée si Charles s'était trouvé à la place de ce médiocre mari.

Elle s'endormit avec l'image de son amant.

* *
*

Humiliée. Au vu et au su de toute la cour. Comme elle haïssait tous ces Florentins qui la regardaient de haut ! S'ils pouvaient imaginer dans quel mépris elle les tenait elle-même ! À un courtisan qui lui demandait ce qu'elle pensait de Florence, elle avait répondu froidement : « Je l'apprécierais bien mieux si elle se trouvait en France ! »

Tout avait commencé la deuxième fois où il avait partagé sa couche, une semaine après le fiasco de leur nuit de noces (les médecins du grand-duc, instruits de la faiblesse persistante de Cosimo III, n'avaient autorisé qu'une conjonction hebdomadaire, ce dont le jeune homme se satisfaisait en tout point). Après qu'il eut pris son déduit, et toujours sans que Marguerite-Louise éprouvât le moindre émoi, elle minauda :

« Il me paraît que les cadeaux que le grand-duc votre père a eu la bonté de m'offrir ont été bien en deçà de mes mérites... »

Cosimo écarquilla les yeux. Outre les cinq cent mille

écus qu'avaient coûté les fêtes, spectacles et cérémonies du mariage, Ferdinando II avait largement ouvert sa bourse pour doter sa belle-fille de nombreux bijoux de grande beauté : pendentifs, colliers, anneaux qui mêlaient de façon exquise perles et diamants. Un véritable trésor.

« Je n'entends pas ce que vous me dites, répondit Cosimo après un instant d'hésitation. Mon père, me semble-t-il, s'est montré munificent et vous a honorée selon votre rang.

– Non, il ne suffit pas. »

Elle le regarda dans les yeux. La gorge encore découverte, offerte, agaçant l'un de ses tétins entre son pouce et son index, elle lui sourit. Mais, désappointée, elle observa que son époux ne semblait nullement troublé par ce charmant spectacle. Elle n'en continua pas moins :

« Mon époux, pourquoi ne m'offririez-vous pas ces joyaux de la Couronne que je suis autorisée à arborer jour après jour ? »

Cosimo parut effrayé.

« Mais je ne peux disposer de ces bijoux. Ils ne sont pas miens. Et j'ai le devoir de les garder pour mes successeurs. »

Les yeux flamboyants, Marguerite-Louise couvrit ses seins.

« Est-ce ainsi que vous traitez votre épouse ? Oubliez-vous que je suis la cousine du roi de France ?

– Je ne méconnais pas vos qualités, bredouilla Cosimo. Toutefois, il m'est impossible de consentir...

– Vous n'êtes qu'un faquin ! l'interrompit-elle. Et votre cour de Toscane m'insupporte. Il me semble que je serais mille fois plus heureuse dans la plus misérable chaumière française que dans cette cité calamiteuse et mesquine. »

Cosimo ne répliqua pas et prit la fuite. Dans son tréfonds, Marguerite-Louise était lucide. Elle avait été injuste et frivole. Mais, achetée par les Medici – c'était ce qu'elle pensait –, elle entendait leur faire payer au prix le plus fort l'alliance dynastique qu'ils avaient nouée.

Un soir, dépitée et décidée à venger l'affront qui lui avait été infligé, Marguerite-Louise omit de ranger les précieux bijoux dans leur cassette ; elle les remit à des Français de sa suite, à charge pour eux de quitter au plus vite le grand-duché et de les confier à sa mère lorsqu'ils seraient à Paris. L'indiscrétion d'une domestique italienne éventa la manœuvre. Les fuyards furent poursuivis et rejoints par des soldats des Medici. Le grand-duc, fort irrité, décida que sa belle-fille, bien qu'il eût beaucoup d'affection pour elle, serait désormais soumise à une étroite surveillance. La cour se gaussa. Marguerite-Louise prit garde de ne pas afficher son ressentiment, mais pensait déjà à la manière de se revancher des Medici.

Depuis cet incident, les jeunes époux ne se parlaient plus. Leurs rencontres nocturnes et hebdomadaires n'en devinrent que plus glaciales. Cosimo accomplissait son devoir conjugal par habitude – et pour obéir à son père, fort soucieux de sa descendance – puis il regagnait vite sa propre chambre où les médecins tenaient à vérifier *de visu* que l'acte de chair n'avait pas corrompu sa santé.

Si peu enclin fût-il à la besogne amoureuse, le jeune homme n'en souffrait pas moins d'être si peu apprécié par son épouse. Sa morosité naturelle s'en trouva encore accrue.

II

1661-1675

Dépenser. Dépenser toujours plus ! Des tissus, des dentelles, des coiffes... Et aussi les mets les plus délicats, donc les plus chers. Rien que pour voir s'allonger la tête de ces pisse-vinaigre. Vittoria, surtout. Sa belle-mère qui sentait perpétuellement l'encens à force de fricoter avec ses prêtres.

D'emblée, Marguerite-Louise l'avait eue en détestation. Elle était l'ennemie, celle qui voulait régenter les cœurs et les reins. Et laide avec ça ! L'âge la rabougrissait, métamorphosant la femme en une vieillarde, sotte et méchante, qui ne cessait d'exciter son époux et son fils contre « la Française ». Écervelée, frivole, impudique – songez qu'elle permet à ses laquais d'entrer dans sa chambre à n'importe quelle heure du jour ! –, telles étaient les épithètes dont la dévote Vittoria gratifiait ordinairement sa belle-fille. Mais c'était surtout sa prodigalité qui excitait l'animosité de la grande-duchesse. N'est-elle point formée comme nous puisque, pour se faire confectionner une robe, elle exige deux fois plus de tissu qu'il ne nous en faut ?

Marguerite-Louise lui rendait coup pour coup et ne manquait jamais une occasion de la brocarder, allant même jusqu'à insinuer qu'elle trouvait avec ses prêtres, moines et autres ensoutanés la consolation que tant d'années de chasteté forcée n'avaient pu lui offrir.

La guerre était feutrée mais impitoyable. Vittoria obtint du grand-duc de faire chasser plusieurs personnes de la suite de sa belle-fille, coupables d'encourager ses goûts dispendieux. Marguerite-Louise riposta en prétextant de nombreuses indispositions pour interdire sa chambre à son époux. Elle n'ignorait pas qu'elle contrariait ainsi Ferdinando II, qui aspirait à voir son fils lui donner un héritier au plus tôt. Et elle observa sans déplaisir l'ambassade du grand-duc qui vint en personne la supplier de bien vouloir recevoir Cosimo en sa couche.

Elle consentit. Mais elle s'agaçait de voir ses chambrières italiennes guetter l'éventuelle enflure de son giron et rapporter mois après mois à Vittoria l'annonce de la venue de ses menstrues. Ne suis-je donc qu'un ventre, une poulinière dont on attend avec impatience qu'elle soit enfin fécondée ?

Le seul Medici qui trouvait grâce à ses yeux était le cardinal Giovanni Carlo, frère cadet de Ferdinando. Libertin, bon vivant et caustique, il était haï par sa famille. Marguerite-Louise avait donc d'excellentes raisons de goûter sa compagnie. Ensemble, ils arpentaient les salles où Ferdinando II avait regroupé ses collections. Habile causeur et esthète averti, le cardinal commentait les tableaux, évoquait leur histoire. Ils ne riaient jamais autant que lorsqu'ils parcouraient le *corridoio* de Vasari où l'on avait accroché les portraits de toute la lignée des Medici. Giovanni Carlo raillait les difformités physiques de ses ancêtres, contait leurs vices et leurs secrets. Marguerite-Louise écoutait avec ravissement. Découvrir les turpitudes des parents de son époux l'enchantait. Elle en oubliait les dérèglements qui faisaient le quotidien de la cour de France.

Le souffle court, le teint rubicond, affligé d'une imposante bedaine, le cardinal appréciait la jeune espiègle, et les regards qu'il jetait sur sa jolie nièce n'étaient pas toujours innocents. Surtout quand elle se plaisait à paraître avec d'outrageants décolletés, destinés d'abord à choquer la pudibonde Vittoria della Rovere. Marguerite-Louise feignait de n'en rien voir et, coquette, abandonnait volontiers son bras au prélat lorsqu'ils flânaient dans les jardins de Boboli, admirant les statues, se rafraîchissant au spectacle des fontaines.

Le printemps était soudain là, impétueux et vert. Un peu essoufflé, Giovanni Carlo se laissa tomber sur un banc.

« Savez-vous, ma chère nièce, que les médecins m'ont tancé... Mes excès, tant en plaisirs de table qu'en galanterie, devraient me conduire rapidement au trépas !

– Ce sont des cuistres, mon oncle.

– Oh que non ! Je crois qu'ils ont raison.

– Alors, avez-vous décidé de vous amender ?

– Nullement. Je préfère vivre à ma guise les six ou sept mois qu'ils me promettent encore plutôt que de m'ennuyer de longues années sans pouvoir manger ni boire ni... »

Il hésita, regarda Marguerite-Louise qui enchaîna avec le plus grand naturel :

« ... ni trousser vos servantes ! C'est bien ce que vous vouliez dire ?

– Certes, mais je ne voulais pas offenser votre pudeur !

– Je suis une femme mariée, mon oncle. Même si mon époux me donne bien peu de satisfactions...

– Hélas ! La cause en est peut-être la bougrerie de mon frère.

– Ou la bigoterie de votre belle-sœur qui, je l'imagine, n'a jamais su se donner que les yeux fermés. »

Giovanni Carlo éclata de rire.

« Pauvre Vittoria ! Elle ne trouve son plaisir que dans les pages de son bréviaire. C'est un potage bien maigre. »

Marguerite-Louise rit à son tour. Pour la première fois depuis longtemps, elle se sentait heureuse. Le printemps coulait aussi dans ses veines. Le matin même, elle avait reçu une lettre de Charles qu'elle tenait serrée contre son giron. Il annonçait son arrivée prochaine à Florence. Charles, son beau visage, son altière présence et un peu de l'air de Paris sur les lèvres. Il avait dû s'éloigner de France en toute hâte, écrivait-il. Son oncle, dont il devait hériter, avait vendu ses biens au roi. Charles avait cru bon de protester contre cette spoliation. Louis XIV, se sentant offensé, lui avait intimé l'ordre de quitter le royaume. En son for intérieur, Marguerite-Louise se réjouit que cette captation d'héritage lui valût le bonheur de revoir son joli cousin.

* *
*

Elle frémissait d'impatience. Il était là, dans ce *palazzo* où elle demeurait. Selon les règles de l'étiquette, il était d'abord allé présenter ses respects au couple régnant. On lui fit d'autant bonne figure qu'à Florence on ignorait combien il avait été enamouré de Marguerite-Louise d'Orléans. Le prince Charles de Lorraine, malgré sa disgrâce à la cour de France, brûlait de mille projets et rêvait de bouter les Turcs hors d'Europe. Ferdinando II l'écouta avec bienveillance et Vittoria l'encouragea à persévérer dans ses projets, qui témoignaient au plus haut point de sa foi catholique. Puis Charles dut encore visiter Cosimo, le prétendant au trône grand-ducal. Marguerite-Louise s'abstint de paraître, mais, n'y tenant plus, elle envoya son écuyer dire au prince qu'elle serait très honorée de recevoir son cousin dans ses appartements.

Il vint. À peine l'écuyer se fut-il retiré qu'elle se précipita dans ses bras et céda au bonheur de sentir son parfum musqué, de fondre contre son corps musculeux, d'être chatouillée par sa longue moustache aux bouts cirés.

« Charles ! »

Elle sanglotait, elle riait. Il baisait ses lèvres, son cou, la naissance de ses tétons.

« Comme les heures sont longues sans toi !... Il me semble qu'une éternité s'est passée depuis que je t'ai quitté. »

Il la serrait contre lui à l'en étouffer. Sa main glissait dans l'échancrure de son corsage, palpait ses tétons. Soudain, elle le repoussa, le fixa. Il y avait plus que de l'exaltation dans son regard, une sorte de colère trop longtemps réprimée :

« J'ai soif de toi ! Prends-moi ! Je veux enfin connaître l'amour ! »

Malgré lui, Charles tressaillit. Cette tempête qu'il avait déchaînée lui inspirait maintenant une sorte d'effroi. Tout amoureux qu'il fût, il n'ignorait rien du danger qu'ils couraient tous deux si jamais ils étaient surpris.

Elle se jeta à nouveau à son cou, son corps épousant étroitement le sien.

« Pourquoi hésites-tu ? Ne me désires-tu point ? Ne vois-tu pas que je n'attends que ton bon vouloir ?

– Non, Marguerite, pas ici.

– Tu ne m'aimes pas ! Je t'en prie !... »

Ses cuisses enserraient les siennes, ses ongles s'enfonçaient dans son dos. Il essaya de l'éloigner. Elle résista. Puis, soudain, elle fondit en larmes.

Son dépit fut si bruyant qu'on toqua à la porte. Prestement, Charles se rajusta tandis que Marguerite-Louise, sanglotant, s'enfuit dans son cabinet de toilette.

* *
*

Charles de Lorraine conquit la cour. On se disputait l'honneur de l'avoir à souper ou à sa table de jeu. Boudeuse, Marguerite-Louise se tenait à l'écart et évitait son regard. Mais elle ne doutait pas que le prince viendrait tôt ou tard à résipiscence. Et, pour exciter sa jalousie, elle se laissa même à montrer quelques signes de tendresse pour son époux, au grand étonnement de tous et d'abord de Cosimo.

Ainsi que la coquette s'y attendait, il fit le premier pas. Comme il la croisait au détour d'un couloir, il la retint un instant.

« On me dit, ma cousine, qu'il existe aux environs de Florence une villa où l'on peut contempler d'émerveillables jeux d'eau. Accepteriez-vous de m'y guider, si votre époux y consent ? »

Ils se mirent en route dès le lendemain matin. La soupçonneuse Vittoria avait exigé que le chambellan de Marguerite-Louise, le marquis de Malvezzi, fût du voyage. Tout au long de la route, la jeune femme maudit la présence de cet espion qui avait osé s'imposer dans leur carrosse. Cela ne l'empêcha pourtant point de lancer d'ardentes œillades à son amant. Malvezzi, le cœur brouillé par les cahots et les nombreux virages, n'y vit que du feu. Il n'aperçut même pas le pied menu de Marguerite-Louise se glisser entre les bottes du prince.

Deux lions se dressaient au-dessus du portail de la villa de Pratolino. Le cortège de voitures, précédé de quelques soldats à cheval, s'enfonça dans une allée bordée d'arbres où le soleil pénétrait à grand-peine. Bientôt émergea au milieu de la végétation une immense statue blanche.

« C'est une œuvre de Giambologna, commenta Marguerite-Louise. Ce géant représente l'Apennin. Il est creux et abrite des grottes et des fontaines. »

Plus haut s'élevait la villa elle-même dont la terrasse à balustres dominait le paysage toscan tout en collines et vignes.

« Mon cousin, voulez-vous que l'on vous serve quelque collation. À moins que vous ne désiriez prendre soin de votre toilette... »

Charles la regarda dans les yeux.

« Je n'ai qu'une hâte, ma belle cousine... Celle d'admirer ces merveilles que vous m'avez promises. »

Marguerite-Louise se sentit rougir. Et, tandis que servantes et laquais sortaient des voitures vaisselle, nourriture et boisson, Charles lui offrit sa main et l'aida à descendre du carrosse. Le chambellan, qui eût préféré se restaurer, fit contre mauvaise fortune bon cœur et se mit en devoir de les suivre.

« Je connais un moyen de nous débarrasser de ce fâcheux ! » murmura la jeune femme.

Ils entendirent d'abord le son mélodieux d'un flûtiau. Ils entrèrent dans le bosquet d'où provenait ce chant. Au milieu de son troupeau, Pan jouait de son chalumeau. Et c'était l'eau traversant l'instrument qui produisait cette musique champêtre. Plus loin, devant Vulcain et sa famille, des chasseurs se mouvaient, toujours grâce à l'action de l'eau.

« Quel enchantement ! »

Charles serra un peu plus fort la main de Marguerite-Louise dans la sienne.

Ils marchèrent encore. Une grotte semblait offrir un abri naturel pourvu d'un banc. La jeune femme se tourna vers le chambellan.

« Monsieur le marquis, vous me paraissez bien éprouvé... Voulez-vous vous asseoir un instant ? »

Malvezzi, blême, las et tout juste remis du dérangement du voyage, accepta avec empressement. Mais à peine fut-il assis que le banc s'enfonça en terre, libérant un puissant jet d'eau qui l'inonda des pieds à la tête. Les deux jeunes gens éclatèrent de rire à l'unisson tandis que le marquis, vexé, dégoulinant et la perruque de travers, se relevait à grand-peine.

« Ne connaissiez-vous pas cette farce innocente conçue pour les visiteurs étrangers... ? Il ne s'agit après tout que de les rafraîchir. Mais voici votre habit tout gâté. Je vous conseille d'aller en changer. »

Le chambellan, dépité, déconfit et détrempé, prit la direction de la villa. Ils étaient enfin seuls !

* *
*

Ils riaient encore lorsqu'ils trouvèrent refuge dans une petite grotte aux parois recouvertes de mousse. Elle tomba aussitôt dans ses bras.

Marguerite-Louise se donna avec fougue. Il lui semblait qu'elle s'éveillait à la vie. Ses sens, trop longtemps endormis, réclamaient leur dû.

Elle cria. Charles dut la bâillonner avec sa main. Son corps tout entier frissonna. Une immense vague la souleva. Elle serra son amant de toutes ses forces et retomba sur le sol.

Pâmée, elle le regardait avec reconnaissance.

« Je suis rompue. Mais quel bonheur ! Je le savais. Je le savais...

– Que veux-tu dire ?

– L'amour ! Ce ne pouvait être ces étreintes fugaces que me dispense mon époux avec chicheté. »

Charles sourit.

« Peut-être ne lui as-tu jamais donné l'appétit d'être plus ardent ! »

Furieuse, elle se redressa. Dépoitraillée, les jupes encore relevées jusqu'à la taille, elle le provoqua :

« Ne suis-je pas tant désirable ? »

Il rit, la coucha à nouveau sur le sol.

« Non, tu ne m'as pas répondu...

– Aussi vais-je répliquer à ma façon ! »

Le soleil finissant dorait la cime des arbres. Main dans la main, ils remontaient lentement vers la villa.

« Je m'étiole ici... Il me semble que je vais y mourir d'ennui. Emmène-moi. Fuyons ! Nous nous cacherons au bout du monde. Nous vivrons à l'état naturel, comme Adam et Ève...

– Sans femmes de chambre ni valets pour te servir ? remarqua ironiquement Charles.

– Que m'importe la domesticité ! C'est avec toi que je veux vivre. Nous ferons l'amour nuit et jour.

– Tu sais bien que ce ne sont que des chimères... Si tu t'échappes de Florence, Louis XIV te fera rechercher. Et si tu ne consens pas à revenir, tu seras conduite au couvent.

– C'est injuste ! Alors demeure auprès de moi. Tu seras ma consolation... Même si... »

Elle grimaça et poursuivit :

« Même si je dois parfois consentir à subir les piètres assauts de Cosme.

– Je ne le peux. Je dois me rendre auprès de l'empereur Léopold qui désire me confier un commandement.

– Méchant ! Tu préfères la gloire des armes à l'amour d'une petite princesse !

– Héritier sans héritage, il me faut bien chercher fortune !

– Tu es un impudent ! Je viens de me donner à toi. Et tu ne trouves rien de plus pressé que de m'abandonner.

– Je reviendrai au plus tôt.

– Ce n'est que menterie. À Vienne, tu trouveras bientôt une riche jeune fille de la cour qui t'accordera à la fois sa dot et son pucelage ! »

Soudain, elle laissa échapper un sanglot, lâcha sa main et se mit à courir vers la villa.

* *
*

Il était parti. Rien, ni les larmes ni les suppliques, n'avait pu le retenir. Éplorée, elle avait même commis maintes imprudences afin de le convaincre de ne point quitter Florence. Il en résulta que, sans qu'elle le sût, le grand-duc ordonna qu'elle fût mise sous surveillance. Son courrier était désormais ouvert avant qu'il lui fût remis et faisait l'objet de rapports adressés à Cosimo et au grand-duc. C'est ainsi que fut interceptée une lettre de Charles de Lorraine qui ne laissait aucun doute sur les sentiments passionnés qui unissaient les deux amants.

Cosimo entra dans une violente colère. Toutefois, Ferdinando II lui conseilla de ne rien montrer de son ressentiment : Marguerite-Louise, nièce de roi et cousine de Louis XIV, quelle que fût la gravité de sa faute, ne se pouvait traiter comme une vulgaire épouse infidèle. Au reste, le scandale ne devait pas éclabousser la famille régnante. Il suffisait déjà que plusieurs personnages de la cour eussent remarqué que l'inclination de Marguerite-Louise pour Charles avait trop souvent dépassé l'affection que se doivent deux parents. Cosimo dut donc contenir son courroux et garder par-devers lui son humiliation. Mais il ordonna le départ des dames de compagnie françaises de son épouse et défendit à celle-ci d'écrire à sa mère. Il craignait en effet que, par son truchement, Charles de Lorraine n'essayât de correspondre avec son amante puisque, désormais, toutes ses lettres, à peine arrivées à Florence, étaient aussitôt détruites.

Marguerite-Louise, dès qu'elle fut informée de cette interdiction, écrivit à Louis XIV afin de se plaindre du sort qui lui était fait. Le roi de France, qui connaissait trop bien le tempérament volcanique de sa cousine, lui adressa quelques mots de réconfort. Toutefois, il lui rappela que, étant mariée, elle devait en tout point obéissance à son époux.

Elle enrageait. Non seulement elle n'avait plus de nouvelles de Charles – m'a-t-il donc si vite oubliée ? – mais un autre sujet d'alarme la préoccupait. À la fin de l'année 1662, bien qu'elle refusât pendant plusieurs semaines de l'admettre, elle dut reconnaître qu'elle était grosse. D'après ses calculs, la conception pouvait remonter à l'époque du séjour de Charles. Elle n'en éprouva qu'une maigre consolation. Lorraine ou Medici, cet enfant à venir l'encombrait et ruinait son secret espoir : si elle était demeurée stérile, son mariage aurait pu être annulé. Bien au contraire, il lui fut donné de subir les félicitations de sa belle-famille et de la cour. Seul, Cosimo s'abstint. Avait-il deviné ?

Un mois plus tard, une autre nouvelle vint assombrir ses jours : le cardinal Giovanni Carlo décéda subitement. Les médecins avaient vu juste. Le frère de Ferdinando II payait des années d'intempérance et de paillardise. Dans la mort, il accablait les siens d'une dernière avanie en choisissant comme héritier son frère aîné : le prélat ne laissait que des dettes. Malgré l'usage, le grand-duc refusa la succession. Les Florentins lui reprochèrent cette décision déshonorante, qui donnait un détestable exemple à ses sujets.

* *
*

Marguerite-Louise, plus que jamais, avait l'impression d'être prisonnière. Elle sentait autour d'elle, invisible, la cage où elle était enfermée. Toutes ces prévenances qui suaient l'hypocrisie, ces compliments qui lui faisaient horreur, ces chuchotis derrière son dos... Et ces regards de Vittoria sur son ventre ! Comme si sa belle-mère était déjà propriétaire du fruit qu'elle portait. On l'épiait, on guettait ses gestes, on rapportait le moindre de ses propos.

Dès les premières chaleurs, les époux partirent à la campagne. Malgré sa grossesse, la jeune femme se lança dans d'interminables parties de chasse. Eût-elle voulu perdre son enfant qu'elle n'aurait pas agi autrement ! Alarmé, Cosimo exigea des médecins qu'il lui fût interdit de continuer de chasser. Marguerite-Louise se soumit mais remplaça ses chevauchées par de longues et épuisantes marches. Toutefois, rien n'y fit. Au cœur de l'été, elle donna naissance à un garçon que l'on prénomma aussitôt Ferdinando en hommage à son grand-père. Le grand-duc, assuré de la pérennité de sa dynastie, commanda que l'événement fût fêté de façon grandiose. Trois jours durant, les cloches de Florence sonnèrent à la volée et les canons tonnèrent tandis qu'on dansait sur les places de la cité et que les fontaines dispensaient du vin à la population.

Elle était délivrée, mais un méchant abcès au tétin lui causa maints soucis et douleur. Les médecins incisèrent au risque de gâter son téton. Toutefois, malgré cette opération qui la soulagea, elle continuait à se sentir extrêmement faible. L'empoisonnait-on ? Florence était renommée dans toute l'Europe pour produire les meilleurs poisons, et les plus indécelables. Elle décida de ne plus manger que les mets préparés par la nourrice de son fils, la seule Française qui demeurait à ses côtés. Les Medici en conçurent une grande contrariété : désormais, Marguerite-Louise ne paraissait plus aux repas d'apparat de la cour. En même temps, elle déserta les appartements conjugaux, trouva refuge dans la chambre de cette même nourrice et refusa obstinément d'y accueillir son époux.

Cette rébellion ouverte fut bientôt le seul sujet de conversation de la cour. S'y ajoutèrent les insinuations sur la paternité de Cosimo. Ferdinando II, qui n'aimait rien tant que la paix, se résolut à écrire à Louis XIV afin qu'il voulût bien demander à son intraitable cousine de rendre les armes. Le roi de France, irrité et blessé dans sa vanité, envoya à Florence un ambassadeur chargé de morigéner l'indomptable. Mais la belle fit tant et si bien qu'elle apitoya et séduisit l'envoyé de Louis XIV qui, au rebours de sa mission, en vint à plaider sa cause auprès du grand-duc.

Ce fut un premier échec. Il y en eut d'autres. Marguerite-Louise ne cédait pas malgré les mesures de rétorsion auxquelles le grand-duc, sur les conseils de Vittoria, s'était résigné. Parce qu'il lui arrivait de se cacher afin de simuler une fuite, les portes de ses appartements furent fermées à clef, à l'exception de celles qui donnaient accès aux jardins de Boboli. Elle riposta en multipliant les insolences et en insultant publiquement son époux dès qu'il se trouvait en sa présence. Refusant de paraître lors des festivités organisées pour célébrer l'anniversaire de Cosimo, elle obtint même leur annulation. Excédé, Ferdinando II la menaça du couvent. Elle répliqua qu'elle jetterait un tel trouble parmi les sœurs qu'on se repentirait bientôt de l'avoir retirée du monde.

Outre les nombreuses suppliques qu'elle envoyait au roi son cousin – suppliques qui demeuraient sans effet, car Louis XIV lui avait fait connaître qu'une princesse de sang ne pouvait revenir en France que pour être conduite à la Bastille –, elle imagina un autre stratagème : elle déclara que son mariage était illégitime car elle avait été unie à Cosimo contre son gré. En conséquence, elle était coupable de vivre en état de concubinage.

Ce qui pouvait apparaître comme une plaisanterie plongea pourtant son dévot époux dans une profonde affliction. Lui-même, si Marguerite-Louise avait raison, aurait donc commis le péché de chair. Cosimo consulta des théologiens qui peinèrent à le rassurer. Un célèbre confesseur romain fut même dépêché à Florence. Il prit cependant plus de temps à sermonner la rebelle, la menaçant même d'excommunication, qu'à apaiser son époux. Cosimo demeura dans le doute, une situation d'autant plus cruelle qu'il s'était désormais persuadé que le petit Ferdinando n'était pas son fils.

De guerre lasse, les Medici finirent par céder à Marguerite-Louise qui réclamait depuis longtemps, à défaut de rentrer en France, de pouvoir vivre seule. Abandonnant son enfant d'autant plus facilement que depuis son sevrage il lui avait été retiré, elle décida de s'établir dans la villa de Poggio a Caiano, l'une des résidences favorites de Lorenzo le Magnifique. Avant de quitter le *palazzo*, elle n'hésita pas à menacer le pauvre Cosimo :

« Si vous venez m'importuner en ma retraite, je vous lancerai mon missel à la tête ! »

Elle chassait, pêchait, participait à des fêtes de village et faisait de longues promenades dans la campagne. Loin des miasmes de la cour, elle goûtait avec joie ces simples plaisirs. Il lui semblait redevenir la jeune fille délurée qu'elle avait été avant de venir en Italie. Toutefois, Charles lui manquait toujours. Et elle ne pouvait s'empêcher de penser que cette nouvelle félicité eût été mille fois accrue si son amant l'avait partagée avec elle.

* *
*

S'ennuyait-elle ? Ou avait-elle enfin compris que son idylle avec Charles était à jamais finie ? Il lui prit soudainement l'envie de retourner à Florence. Prétextant le désir de revoir son fils dont elle était éloignée depuis de longs mois, elle se présenta inopinément au *palazzo* grand-ducal.

Le grand-duc la reçut aussitôt et se déclara enchanté de la revoir. Elle affirma qu'elle reconnaissait ses torts et consentait à reprendre la vie conjugale. Elle avait encore embelli. Brunie par le soleil, elle ressemblait à l'une de ces ensorcelantes gitanes qui couraient la campagne. Et bien qu'il n'eût guère d'appétence pour le gentil sexe, Ferdinando en fut presque ému.

Cosimo ne fut pas moins troublé. Depuis le départ de son épouse, il respectait une stricte abstinence et la vision de Marguerite-Louise, épanouie et charmante, réveilla d'un coup ses esprits animaux assoupis. Le soir même, elle accepta qu'il vînt en sa couche. Il se montra ni plus ni moins maladroit qu'à l'accoutumée. Mais, décidée à maintenir la paix, elle eut la délicatesse de ne point lui en faire remontrance.

Les Medici et la cour applaudirent à cette réconciliation.

Louis XIV lui-même, informé par son ambassadeur, adressa un compliment à sa cousine.

Marguerite-Louise n'était pas moins épiée qu'autrefois, mais on fit en sorte de rendre cette surveillance plus discrète. La jeune femme n'était pas libre, elle en avait l'illusion. Ferdinando II consentit aussi à ouvrir plus largement sa bourse pour satisfaire les goûts dispendieux de sa belle-fille, dont la gaieté et la fantaisie donnaient des couleurs à sa cour.

La paix retrouvée dura plus d'un an. Toutefois, lorsque Marguerite-Louise fut à nouveau grosse, son caractère s'altéra. Elle reprocha vivement à son époux cette avanie qui déformait son joli corps, engorgeait ses tétons et gâtait son teint.

Derechef, elle se lança dans de rudes chevauchées qui alarmèrent ses médecins. Interdite de cheval, elle menaça de ne plus se nourrir. Mais la maladie eut raison de son indocilité en son huitième mois de grossesse. Comme des milliers de Florentins – huit cents en moururent –, elle contracta un catarrhe pulmonaire qui inspira les plus grandes inquiétudes. Pendant plusieurs jours, on crut qu'elle allait trépasser tant la fièvre l'affaiblissait peu à peu. En désespoir de cause, les médecins lui appliquèrent des sangsues. Cette saignée ne pouvait que dissiper ses dernières forces. Pourtant, Marguerite-Louise triompha à la fois de la maladie et de la sottise des médicastres. Un mois plus tard, elle mettait au monde une fille, Anna Maria Luisa.

D'autres maux l'accablèrent après ses couches. Un nouvel abcès au téton se déclara. Puis elle fut atteinte par la petite vérole. Pour traiter les pustules qui avaient envahi sa tête, elle dut sacrifier sa longue chevelure châtaine.

Son tempérament naturellement ombrageux et vindicatif l'incita à attribuer à Cosimo la responsabilité de tous ses malheurs. La guerre entre les époux, qui ne demandait qu'à se rallumer, flamba aussitôt. Las d'entendre les plaintes de son fils et les récriminations de sa belle-fille, Ferdinando II prit la décision d'envoyer Cosimo en voyage. En visitant les principales capitales européennes et leurs souverains, le jeune Medici apprendrait aussi son métier de prince.

Le fils du grand-duc ne revint qu'au bout de deux longues années. Sa dernière étape avait été française. Louis XIV, sans doute pour lui faire oublier les tourments que lui infligeait sa cousine, lui réserva un accueil gracieux et le reçut à plusieurs reprises à Versailles, dont les travaux grandioses l'éblouirent. Il lui fut offert de nombreux spectacles. Le roi lui-même se produisit dans un ballet où il tenait plusieurs parties. Cosimo goûta moins une représentation de *Tartuffe* et sa dénonciation de l'hypocrisie religieuse. Mais il se garda bien d'afficher ses sentiments. Toutefois, prétextant une indisposition, il se dispensa d'assister au souper qui suivit.

Frappé par la superbe de la cour de France et l'orgueil qui en était le quotidien, Cosimo eut l'impression de mieux comprendre son épouse. Elle était le pur produit de ce monde bavard, frivole, susceptible à l'excès, elle méritait donc son indulgence.

* *
*

Marguerite-Louise lui fit bonne figure à son retour. Cosimo eut même l'heureuse surprise de constater que sa mère et son épouse semblaient réconciliées. Comme il était lui-même fort content de son voyage où, partout, on l'avait reçu avec une grande considération, il décida, en accord avec son père, que la cour de Toscane vivrait désormais à l'imitation de celle de Versailles. Pour commencer, il commanda un ballet dans lequel Marguerite-Louise tiendrait le principal rôle féminin. La coquette lui en sut gré. Elle n'aimait rien tant que briller.

Le printemps 1669 se passa ainsi joyeusement en jeux et spectacles. Si Cosimo n'était pas plus assidu au déduit qu'avant son voyage, il était maintenant d'allure aimable, sinon enjouée. Malheureusement, quand vint l'été, la santé du grand-duc se détériora soudainement. Ferdinando II, qui souffrait depuis longtemps d'hydropisie, dut s'aliter après avoir, sur la recommandation de ses médecins, fait exagérément bombance. Les praticiens professaient en effet que les natures hydropiques devaient régulièrement se livrer à ce genre d'excès afin de dégorger leurs humeurs.

La suite fut calamiteuse. La saignée, immédiatement pratiquée, ne produisant aucune amélioration, on lui appliqua des ventouses. Puis on dégagea sa vessie encombrée de sang. Le grand-duc ne se rétablissait toujours pas, bien au contraire. Les médecins lui administrèrent alors dans les narines une poudre qui, ordinairement, avait des effets miraculeux. Ferdinando continua à s'affaiblir. Un cautère sur sa tête et même la pose de morceaux de pigeon frais sur son front ne donnèrent pas de meilleurs résultats. Il était temps d'appeler le nonce. Le prélat délivra la bénédiction pontificale et un prêtre disposa quelques reliques à son chevet. Le grand-duc mourut paisiblement au matin, enfin délivré des médecins.

Cosimo III ordonna de grandioses obsèques qui durèrent plus d'une journée. Ce fut l'occasion pour les clergés séculier et régulier d'affirmer leur puissance et leur nombre. À croire que la cité n'était habitée que de religieux. Beaucoup de Florentins y virent un mauvais présage. Ils n'ignoraient pas l'ascendant de Vittoria sur son fils. Or la veuve de Ferdinando II était entièrement gouvernée par des gens d'Église. Tant qu'il avait régné, feu le grand-duc avait essayé tant bien que mal de limiter leur pouvoir. Ce dernier parti, le pieux Cosimo III, qui passait de longues heures abîmé en prières, se rendrait sans doute aux raisons de sa mère et dispenserait aux religieux de nouveaux privilèges. À moins que la petite Française ne pût limiter l'influence de sa belle-mère. Mais on la savait bien plus préoccupée de ses plaisirs que de l'avenir de la Toscane.

* *
*

À peine Ferdinando II fut-il inhumé que la compétition entre les deux grandes-duchesses commença. Tant Vittoria que Marguerite-Louise désiraient leur part de pouvoir et d'honneur. Il devint vite évident que la première l'emporterait. Elle fut admise à siéger au conseil privé du grand-duc tandis que l'épouse restait à la porte. Écartée par Ferdinando qui ne l'avait jamais autorisée à s'immiscer dans les affaires de l'État, Vittoria prenait ainsi une éclatante revanche et se promit de donner son avis sur toutes choses.

Marguerite-Louise en conçut une profonde contrariété. Comment Cosimo III avait-il pu accorder la préséance à une della Rovere sur une princesse d'Orléans ? Toutefois, elle feignit provisoirement de s'en accommoder : son premier devoir n'était-il pas de veiller sur l'éducation de son fils, Ferdinando, qui avait maintenant sept ans ? Mais, lors de ses rencontres privées avec son époux, elle ne manquait jamais de revenir sur le sujet.

« Vous vous conduisez comme un enfançon devant sa mère ! Vous lui obéissez au doigt et à l'œil et dédaignez les bons conseils de votre épouse. Et un jour viendra où vous vous apercevrez que ma belle-mère met le plus grand désordre dans vos affaires. »

Impuissant à s'opposer à Vittoria, Cosimo III n'était toutefois pas insensible aux arguments de Marguerite-Louise. Il savait fort bien que la situation du grand-duché était de rien moins que précaire. Malgré les nombreuses taxes que Ferdinando II avait imposées à ses sujets, les caisses étaient vides et le négoce périclitait. Il en allait du prestige de la Toscane et de son influence dans la péninsule et en Europe.

Cet inexorable déclin ne pourrait être endigué par les nouveaux ministres que sa mère avait choisis : des théologiens qui n'entendaient rien à l'art de gouverner.

« Votre État sera certes le plus catholique d'Italie, mais il sera aussi le plus malheureux ! » lui jeta son épouse à la figure.

Néanmoins, une nouvelle grossesse tempéra pour un temps les récriminations de Marguerite-Louise. Elle se résigna à ne plus recourir aux folies d'antan et attendit patiemment le moment d'être délivrée. Gian-Gastone – ce dernier prénom lui fut attribué en mémoire de Gaston d'Orléans, son grand-père maternel – naquit en mai 1671. Elle avait désormais trois enfants et se jura bien de n'en plus faire.

Elle repartit aussitôt à l'assaut du pouvoir, exigeant à cor et à cri d'accéder au conseil privé. Cosimo III ne voulut rien entendre : Vittoria ne manquait jamais de lui rappeler combien la vertu de son épouse ne pouvait inspirer que le mépris. Ainsi s'interrogeait-on à la cour sur les relations trop intimes qu'elle entretenait avec son maître de ballet. Alors même que le gouvernement prêchait l'ordre moral et le respect de la religion, l'attitude de Marguerite-Louise était offensante. La grande-duchesse douairière ne tarda pas à obtenir le renvoi de l'impudent.

Du lever au coucher, le *palazzo* résonnait donc des insultes qu'échangeaient les deux femmes et leurs partisans respectifs. Lassé par cet incessant tumulte, Cosimo III vieillissait. Il grossissait, perdait ses cheveux et abusait du vin plus que de raison. Vittoria en profita pour accroître son pouvoir. Il était loin le temps où le jeune souverain désirait que sa cour brillât comme celle du Roi-Soleil. Le seul divertissement encore permis était le concert de musique italienne qui se donnait chaque soir dans la chambre de la grande-duchesse. Marguerite-Louise y bâillait tant qu'elle imaginait mille folies pour échapper à cet ennui. Ainsi, il lui prit la fantaisie d'y inviter son maître queux, l'un des seuls Français qui demeurât dans son entourage. Le sachant de complexion excessivement douillette, elle s'amusait à le chatouiller. Le cuisinier poussait des cris et se tortillait. Et tandis que, riant à gorge déployée, elle le poursuivait à travers toute la pièce, les musiciens cessaient de jouer et attendaient que la grande-duchesse voulût bien reprendre sa place. Ces puérilités ne suffirent plus à la distraire. Il lui vint un soir l'idée de lancer à la face de sa victime ses oreillers puis de l'en battre. Le cuisinier, enivré, poussa de tels cris que Cosimo III, qui se reposait dans ses appartements, en fut alarmé. Lorsqu'il entra dans la chambre de son épouse, le maître queux en toque et tablier blancs, affalé sur le lit de sa maîtresse, se protégeait comme il le pouvait des coups que Marguerite-Louise lui assénait en riant. Ce spectacle consterna le grand-duc au plus haut point : il chassa le cuisinier et le menaça des galères. Puis il remontra à son épouse que sa conduite était indigne de sa condition et de son rang.

La grande-duchesse, haletante et les joues encore rouges, le prit de haut. Elle était surtout humiliée d'avoir été réprimandée devant les musiciens.

* *
*

« Je suis atteinte d'un cancer au téton ! » Il était vrai que, après ses couches, Marguerite-Louise avait souffert d'un nouvel et douloureux abcès. Elle se persuadait qu'elle était vraiment malade, voyant surtout un moyen de revenir en France. Son cousin, la sachant si gravement indisposée, ne pourrait lui refuser la grâce de finir ses jours dans sa patrie.

Elle sollicita donc une fois de plus son royal cousin, lui demandant à tout le moins l'envoi d'un médecin français, car elle avait fort peu confiance en l'art des charlatans italiens. « Si vous ne voulez pas ma mort, exaucez mon vœu, je vous prie... » Louis XIV, qui redoutait que les foucades de Marguerite-Louise missent à mal son amitié avec le grand-duc, consentit à lui expédier le vieil Alliot, qui s'était fait une petite réputation dans le traitement de cette affection.

Cosimo III, bien qu'il se méfiât, accueillit favorablement le médecin français et lui offrit même de le loger en son *palazzo*.

Alliot demanda aussitôt à examiner la grande-duchesse. Marguerite-Louise jaugea le vieil homme et lui fit maintes caresses. En son for intérieur, elle devinait que son mal était bénin. Mais elle avait besoin que le médecin en jugeât autrement. Elle exagéra donc les douleurs qui l'affligeaient et, prétextant pudeur et embarras, ne lui livra la vue de son téton que deux jours plus tard non sans lui avoir témoigné force considérations et compliments.

Enfin, elle dévoila l'objet de ses soucis. Alliot observa, palpa, ausculta et, souriant, rendit son diagnostic.

« Le téton de votre Altesse royale comporte une petite glande, pas plus grande qu'un demi-pignon. Incolore, elle n'a pas altéré l'épiderme et ne présente en aucun cas un caractère de malignité. »

Contrariée, mais intimement soulagée, la grande-duchesse s'efforça de convertir le médecin :

« Alors comment expliquer ces vives douleurs qui me remontent jusqu'à l'aisselle ?

– Il en est sans doute ainsi car vos abcès successifs ont été médiocrement cautérisés ! Il vous reste la mémoire de la souffrance. »

Marguerite-Louise haussa les épaules. Ce damné médicastre ne voulait rien entendre. Elle remonta son haut avec impétuosité.

« Vous refusez de me croire !

– Je m'en voudrais de contrarier votre royale personne. Je vous apporte au contraire un avis qui devrait apaiser vos inquiétudes...

– Je me moque bien d'être apaisée », murmura-t-elle.

Alliot feignit de ne pas comprendre et reprit :

« J'ai toutefois observé que l'artère de votre rate était un peu plus impulsive qu'il ne suffit d'habitude. »

La jeune femme reprit espoir.

« Qu'est-ce à dire ?

– Votre généreuse complexion explique peut-être cette légère anomalie. Il en résulte dans votre charnure un abondant flux de sang qui irrigue vos organes et les vivifie.

– Alors je ne suis pas malade ! dit-elle, dépitée.

– Et je vous en félicite ! On me dit qu'au rebours de toutes les femmes de cette société vous donnez à votre corps les satisfactions qu'il mérite, en marchant et chevauchant... Ces exercices vous ont à coup sûr fortifiée ! »

Tout à trac, Marguerite-Louise éclata en sanglots. Alliot, embarrassé par le spectacle des larmes de cette princesse du sang, s'apprêta à s'éclipser. Mais elle le retint par la manche.

« Si vous saviez combien je suis tourmentée et malheureuse !... Je vous en supplie, ne m'abandonnez pas ! La santé de mon corps dissimule la détresse de mon âme ! »

* *
*

Alliot était honnête. Devant Cosimo III, il ne pouvait pas mentir. Non, la grande-duchesse n'était pas souffrante. Mais... Le médecin toussa.

« Que signifie ce "mais" ?

– Son organisme est sain. Toutefois, je trouve votre excellentissime épouse troublée à l'excès.

– Il en a toujours été ainsi, répondit sèchement le souverain.

– Aussi, si je peux le suggérer à Votre Altesse sérénissime, je conseillerais volontiers une cure.

– Une cure ! s'exclama Cosimo III. Existe-t-il des cures qui puissent chasser les esprits tortueux qui l'habitent ? »

Alliot hésita puis se lança :

« Il lui faudrait prendre les eaux. Mais des eaux qui ne soient ni trop chaudes ni trop fortes.

– Et ces eaux miraculeuses seraient susceptibles d'attendrir son terrible tempérament ?

– Elles ne pourraient que l'améliorer. »

Le menton dans la main, la tête un peu penchée, le grand-duc fit la moue. Il était visible qu'il ne croyait guère que des bains et quelques lampées d'eau fussent capables d'éteindre le feu qui consumait son épouse. Il demanda pourtant :

« Et où devrait-elle aller en cure ?

– Je connais une admirable source qui présente ces rares qualités...

– Où ? interrogea brutalement le souverain.

– Elle est située en Bourgogne.

– Ne s'en trouve-t-il pas en Italie d'aussi remarquables ?

– Les eaux de Sainte-Reine sont uniques, Votre Altesse.

– Mais mon épouse n'ira point ! » trancha Cosimo III, irrité.

Le médecin comprit que le grand-duc craignait que Marguerite-Louise ne profitât de cette cure pour demeurer en France. Il regretta aussitôt son initiative tant le courroux du souverain était visible. Pour réparer sa méprise, il suggéra encore :

« Il serait sans nul doute possible d'envoyer quelques échantillons de cette eau merveilleuse à Florence. Ainsi la grande-duchesse pourrait-elle en avoir l'usage.

– Je ne le veux point. Si ces eaux produisent un effet bénéfique, elle insistera pour aller continuer sa cure sur place. Et si elles se révèlent inefficaces, elle prétendra que le voyage les aura altérées. »

Alliot se garda bien d'insister. Il s'inclina en une profonde révérence. Le grand-duc, qui avait recouvré son calme, lui dit encore :

« Passez voir mon trésorier. Il vous comptera trois cent cinquante louis d'or pour votre peine et votre dévouement ! »

* *
*

La cour bruissait de rumeurs. Les disputes entre le grand-duc et son épouse alimentaient les conversations, épicées d'insinuations les plus malveillantes. N'avait-on pas noté les attentions toutes particulières que Cosimo III réservait à une jolie soubrette nouvellement engagée par sa mère, Vittoria ? Et les robes de cette mijaurée ne dissimulaient-elles pas une membrure autrement plus virile ? Les uns tenaient qu'il s'agissait d'un jeune Turc que le pieux grand-duc s'était empressé de conduire devant les fonts baptismaux. Les autres s'insurgeaient : Cosimo, malgré le mauvais exemple de son père, n'avait jamais manifesté d'inclinations antiphysiques. Quant à Marguerite-Louise, elle n'était guère épargnée par les courtisans, las de ses foucades et caprices, et on lui prêtait des relations un peu trop intimes avec sa domesticité.

Les époux n'ignoraient rien de ces ragots et se les jetaient à la tête avec une violence qui glaçait leurs proches. Il n'était jusqu'à leurs enfants pour alimenter leurs disputes. Marguerite-Louise, qui passait avec eux des effusions les plus débordantes à une fâcheuse indifférence, reprochait à Cosimo III et à Vittoria de les confire en dévotion. Ferdinando, qui n'avait que neuf ans, était accablé à longueur de journée de services et devoirs religieux. Même la petite Anna Maria Luisa, cinq ans, était conduite à tout propos dans la chapelle du *palazzo* et devait accompagner son père lorsqu'il lui prenait envie de visiter les églises de la cité. Seul Gian-Gastone, épargné par son trop jeune âge, échappait encore à cet acharnement religieux. C'était pour l'heure un gros poupon, sage et aimable, que Marguerite-Louise volait à sa nourrice lorsqu'elle se sentait d'humeur morose. Elle aimait son odeur de lait et le serrait longuement sur son sein en chantonnant des comptines françaises. Puis, dès qu'il germait en elle une nouvelle idée propre à contrarier son époux, elle le remettait vivement dans les bras de sa chambrière et l'oubliait aussi vite qu'elle était venue le quérir.

À la fin du mois de décembre de l'année 1672, la grande-duchesse n'y tint plus et décida de fuir l'atmosphère empesée et pernicieuse du *palazzo* Pitti. Elle prétexta l'obligation d'aller se recueillir à Prato où l'on vénérait la Sainte Ceinture de la Vierge. Cosimo III ne pouvait lui refuser un déplacement motivé par la dévotion.

Elle partit sous une pluie battante. Ses dames d'honneur et les gens de sa maison l'accompagnèrent mais aussi le marquis de Malvezzi, qui était autant son chambellan que son gardien. Les chemins étaient malaisés et boueux. Qu'importe ! Marguerite-Louise imposa à sa suite un train si vif que plusieurs voitures menacèrent de verser.

À Prato, on assista à la hâte à une messe. Puis le cortège reprit la route et se dirigea vers la villa de Poggio a Caiano, où la grande-duchesse décida tout à trac qu'elle entendait souper et passer la nuit. La demeure, inhabitée et froide, n'était pas préparée à accueillir la souveraine. Celle-ci n'en manifesta pas moins une joie exubérante. Et, devant la flambée allumée dans la cheminée du grand salon, on fit une dînette sans façons. Seul Malvezzi demeurait maussade.

Le lendemain, alors que la suite de la grande-duchesse s'apprêtait à prendre le chemin du retour, Marguerite-Louise annonça qu'elle restait à Poggio a Caiano. Son chambellan lui remontra qu'elle désobéissait en ceci aux ordres de son époux. Elle n'en eut cure. Elle ne reviendrait pas sur sa décision.

Peu après, elle prit la plume et écrivit à Cosimo III.

J'ai pris une résolution qui ne doit pas vous surprendre, si vous réfléchissez aux mauvais traitements que vous m'avez infligés depuis une douzaine d'années. Je ne peux plus vivre avec vous. Je fais votre malheur, et vous faites le mien. Je vous prie donc d'accepter une séparation afin de mettre en paix ma conscience et la vôtre ; et j'enverrai mon confesseur afin de vous en entretenir. C'est ici que j'attendrai les ordres du Roi, que j'ai supplié de me permettre d'entrer dans un couvent en France. Je crois que ma suggestion est le moyen le plus sûr de nous mettre tous deux en repos jusqu'à la fin de notre existence. Je vous recommande mes enfants.

Le marquis de Malvezzi fut aussitôt chargé de porter cette lettre au grand-duc, qui entra dans une violente colère en la découvrant. Soit, il consentait à cette séparation qui mettait fin à un mariage calamiteux, mais que Marguerite-Louise en eût pris l'initiative blessait son orgueil et attentait à sa dignité. Toutefois, différant sa vengeance, il s'efforça de lui répondre d'une manière courtoise :

Je ne sais quel est le plus grand malheur : celui de Votre Altesse ou le mien. Tout un chacun eût rendu justice aux nombreuses manifestations de respect, d'obligeance et d'amour, que je ne me suis jamais fatigué de prodiguer à Votre Altesse pendant près de douze années ; et vous, vous ne les avez regardées qu'avec la plus extrême indifférence. Je devrais me satisfaire de l'estime universelle, mais je désire profondément que la connaissance de la vérité même pénètre en Votre Altesse. Pour le reste, j'attends du confesseur que Votre Altesse dit avoir l'intention de m'envoyer, ce qu'il me signifiera de Sa part, afin de lui exprimer mes propres sentiments. Je prendrai les dispositions nécessaires afin que rien ne manque à Votre

Altesse dans cette villa, quant au confort et à la domesticité, et aussi quant au respect qui lui est dû.

Encore une fois, Malvezzi fut envoyé délivrer cette réponse. Mais, avant de partir à Poggio a Caiano, il prit les ordres du grand-duc. Il était désormais interdit à Marguerite de quitter la villa. Ses chevaux lui seraient supprimés et, quand elle se promènerait dans les jardins, elle serait toujours accompagnée de quatre soldats. Enfin, le chambellan devrait adresser au *palazzo* un rapport quotidien sur le comportement de la grande-duchesse, écarter tous les visiteurs quel que fût leur rang et veiller à ce que chaque soir ses appartements fussent fermés à clef.

* *
*

Cette fois, elle était réellement prisonnière. La seule liberté qui lui restait était de pouvoir écrire à son cousin Louis. Cosimo n'avait pas osé lui refuser cette faveur tant il était lui-même attaché à plaire au roi de France en toute occasion.

La plume... Sa seule arme aujourd'hui.

> *Sire, je demande pardon à deux genoux à Votre Majesté, en lui avouant que j'ai quitté le grand-duc parce qu'il était impossible de demeurer avec lui. Je n'ai créé que le minimum de scandale possible, par égard pour Votre Majesté...*

Écrire, implorer, énumérer tous les mauvais traitements dont elle avait été victime. Ressasser son désespoir, se plaindre de son enfermement, supplier qu'on l'entende. *Je conjure Votre Majesté de me sauver du malheur où je me trouve.* Et de suggérer, à défaut de revenir en France, de rejoindre la cour de l'Électrice de Bavière, où se trouvait son bien-aimé Charles.

Louis XIV, elle le devinait en lisant entre les lignes des royales réponses qu'elle recevait, était embarrassé. Certes, il était ému par les suppliques de sa cousine, mais il n'entendait pas offenser les Medici, dont l'alliance lui était précieuse. Il se résolut donc à envoyer en Toscane un nouvel ambassadeur, Toussaint de Forbin-Janson, évêque de Marseille, à charge pour lui de tenter l'impossible, c'est-à-dire la réconciliation entre les deux époux.

Marguerite-Louise profita de la visite du prélat français pour desserrer les liens qui la tenaient enfermée. Elle obtint que ses chevaux lui fussent restitués et que l'on entendît à nouveau de la musique à Poggio a Caiano. Elle se montra aimable, étourdit l'évêque de chansons et de danses, mais ne céda en rien sur l'essentiel : il n'était pas envisageable qu'elle revînt un jour partager la couche de son époux. Elle s'en entretint de façon si intime avec l'homme d'Église que celui-ci, épouvanté par la crudité de ses confidences, en conclut qu'une telle aversion conjugale ne se pourrait jamais réparer. Même l'évocation de ses enfants ne parvint pas à émouvoir la rebelle. Ayant échoué dans son ambassade, monseigneur Toussaint de Forbin-Janson reprit le chemin de la France.

* *
*

L'impensable se produisit : Cosimo III écrivit lui-même à Louis XIV pour le prier d'accéder à la demande de Marguerite-Louise. Le grand-duc était de plus en plus tourmenté par les menées de son épouse. Celle-ci n'avait pas renoncé le moins du monde à obtenir l'annulation de leur mariage. Plusieurs casuistes romains s'étaient déjà déclarés en ce sens. Il en allait donc de son salut éternel.

Le roi de France manifesta quelque humeur : si Cosimo acceptait que Marguerite prît le voile, pourquoi ne pas la loger en un couvent italien ? À vrai dire, Louis, malgré l'affection qu'il portait à sa cousine, la préférait éloignée, tant il redoutait son tempérament éruptif. Pourtant, de guerre lasse, il finit par consentir. Il mit toutefois une condition à ce retour : au couvent, Cosimo III devait assurer à son épouse une position digne de son rang.

De longues négociations commencèrent, tant en France qu'en Toscane. Il fallut d'abord trouver un monastère. Le choix était délicat : beaucoup de ces maisons accueillaient des aristocrates à la moralité légère. D'autres étaient infestées par le poison du jansénisme. Enfin, les abbesses qui furent consultées n'étaient guère enclines à héberger une princesse du sang dont chacun savait le caractère turbulent. La volonté royale élut le couvent des bénédictines de Montmartre, malgré les réticences de la supérieure. À Florence, le grand-duc barguigna sur le montant de l'apanage qu'il devait attribuer à son épouse. Il fut convenu que Marguerite-Louise recevrait annuellement quatre-vingt mille écus. En outre, huit mille écus lui furent accordés pour ses frais de voyage et d'installation. Il s'y ajouta une dotation en argenterie, des tentures et tapis et même deux lits. C'était trop peu pour la jeune femme et les mérites qu'elle s'attribuait. Avant de partir de Poggio a Caiano, elle résolut de s'emparer de tous les objets précieux qui se trouvaient dans la villa.

Le temps de la libération approchait. La grande-duchesse émit le désir de voir une dernière fois ses enfants. Comme elle en avait exprimé le souhait, ils vinrent de bon matin, afin qu'elle pût jouir le plus longtemps possible de leur compagnie.

Ferdinando se montra tendre et versa des larmes lorsqu'il apprit le départ de sa mère. Mais Anna Maria Luisa et Gian-Gastone ne manifestèrent que peu d'émotion : cette femme qui tournait autour d'eux, les étourdissait de baisers, exigeait qu'ils lui fissent la grâce d'une danse, était une étrangère qu'ils avaient à peine connue. Agacée par cette indifférence, Marguerite-Louise congédia soudainement les trois petits, peut-être trop Medici à ses yeux. Pourtant, bien qu'elle fût bien peu maternelle, son cœur se déchira lorsque, sur le seuil de la porte, Gian-Gastone étouffa un bref et unique sanglot.

Le lundi 10 juin 1675, elle se mit en route. Vingt-six domestiques, un musicien et un chanteur l'accompagnaient. Elle n'avait pas revu Cosimo. Le grand-duc, prétextant une grande fatigue, était demeuré en son *palazzo*. Il lui avait seulement envoyé un franciscain qui l'assura que son époux prierait pour le salut de son âme.

III

1675-1689

Les Florentins, qui n'avaient jamais eu d'amitié pour une princesse qui dépréciait si fort leur pays, s'avisèrent soudain que, avec le départ de Marguerite-Louise, la dernière étincelle de gaieté disparaissait et que, désormais, rien ni personne ne pourrait empêcher leur souverain de s'abandonner à son penchant naturel pour la macération et la bigoterie. Ils se trompaient sur le premier point. Libéré de sa fantasque épouse, Cosimo III n'avait nulle envie de se mortifier. Au contraire, désireux d'infirmer sa réputation d'avarice, propagée par Marguerite, il décida que sa table serait un exemple de prodigalité et d'excellence. Les banquets succédaient aux banquets, les mets les plus succulents et les plus rares y étaient servis en abondance et l'on y faisait forte consommation de grands vins.

Le résultat était que le grand-duc grossissait à mesure que la bourse des Florentins, accablés d'impôts et de taxes, dépérissait. Tandis que l'on ripaillait au *palazzo* et que le peuple s'indignait de l'intempérance de Cosimo, son gouvernement, sous l'inspiration directe de Vittoria, renforçait la tyrannie et le pouvoir de l'Église sur les corps et les âmes. Comme sous Savonarole*, prêtres et moines furent autorisés

---

* Voir *Les Lys de Sang*, le deuxième tome de *La Malédiction des Médicis*.

à pénétrer dans les foyers afin d'y débusquer les mauvaises mœurs et les manquements à l'enseignement de la religion. La fête de mai, qui autorisait les jeunes garçons à poser devant la porte de l'élue de leur cœur un rameau fleuri et des friandises, fut supprimée car elle était susceptible d'encourager l'immoralité. Enfin, ce fanatisme religieux poussa Cosimo III à prendre de rigoureuses mesures contre les juifs. Tout commerce charnel avec des chrétiens leur fut interdit et il fut prohibé à tous les Gentils de travailler dans leurs maisons et même de cohabiter sous le même toit.

Les nouveaux édits promulgués sanctionnaient lourdement ceux qui y contrevenaient : amendes et coups de fouet se multiplièrent. Pour accentuer la terreur, seule capable à ses yeux de ranimer et d'exalter la vraie foi, le grand-duc restaura l'ancienne pratique des exécutions en pleine rue.

En même temps, sa gloutonnerie faillit lui être fatale. Il devint bientôt si gros que ses jambes peinaient à le porter. Les médecines qu'on lui infligea n'eurent pour effet que d'aggraver son état. À la cour comme à la ville, chacun s'accordait à prévoir son proche trépas.

* *
*

À Paris, Marguerite-Louise d'Orléans n'ignora rien de la détérioration de l'état de santé de son époux et, au grand dam des nonnes de son couvent, s'en réjouit ouvertement. Elle brûlait de courir à Florence dès le décès de Cosimo III. Régente de son fils Ferdinando, qui était encore trop jeune pour monter sur le trône, elle se hâterait de chasser les hypocrites et les prêtres qui avaient infesté le gouvernement et prendrait une éclatante revanche sur sa belle-mère, la détestable Vittoria della Rovere.

Cette déclaration enflammée choqua d'autant plus les bénédictines que Marguerite avait d'abord pris soin de jouer les chattemites en feignant d'accepter sa nouvelle condition de bon gré. Apparemment résignée, elle se conforma en tout point aux désirs de son abbesse. Toutefois, elle ne put dissimuler trop longtemps l'ennui que lui inspiraient les prêches qu'elle devait entendre et les livres pieux dont on tentait de lui commander la lecture. Il n'empêche que sa soumission et sa tristesse en imposèrent tant à ses visiteurs que le roi en fut informé. Pris de pitié, Louis lui permit de venir quelques jours à Versailles à l'occasion du carnaval.

Marguerite-Louise redevint aussitôt celle qu'elle avait été. Pimpante, coquette et écervelée. Elle devisa avec Monsieur, frère du roi, en qui elle trouva un ami ; elle dansa et divertit la cour en contant les travers de Cosimo. Elle ne craignit pas de grossir le trait pour mieux faire rire. Et le roi lui-même fut de ceux qui sourirent, mais point trop pour ne pas fâcher Gondi, l'ambassadeur toscan.

L'abbesse comprit dès son retour que ce bref séjour à Versailles avait compromis pour toujours sa vocation religieuse, si tant est qu'elle eût jamais existé. Pour commencer, la princesse indiqua qu'elle entendait à nouveau monter à cheval et commanda des habits masculins, car il ne lui seyait pas de chevaucher en amazone. Puis elle engagea un maître écuyer, monsieur de Sainte-Même, qu'elle installa dans un appartement du couvent. Enfin, elle décida qu'un maître de ballet viendrait lui donner des leçons quatre fois par semaine.

Gondi rapporta à son maître nombre des exubérances auxquelles se livrait la grande-duchesse et, en particulier, son goût immodéré pour les mouches, les fards (surtout le rouge) et les perruques de couleur. Toutes choses qui contrevenaient à la bienséance d'une nonne. Mais il omit à dessein les informations les plus scandaleuses. Chagrinée par le mariage de son cher Charles de Lorraine avec Éléonore d'Autriche, Marguerite-Louise, par esprit de revanche, se lança dans une intrigue avec le séduisant comte de Louvigny. Ce dernier ne parvint pas à lui faire oublier son amant, mais il réveilla en elle des appétits demeurés trop longtemps en sommeil. Un ancien palefrenier, devenu adjudant des gardes du maréchal de Luxembourg, lui succéda. Et, simultanément, elle accorda ses faveurs à un soldat qui servait dans le même régiment. Ces indécences provoquèrent les réprimandes de ses proches et surtout le courroux de l'abbesse. L'insensée n'en tint aucun compte.

« Madame, s'il vous advenait de contrarier ma volonté, je serais tentée de mettre le feu à votre couvent ! »

La supérieure, quoi qu'elle en eût, s'inclina. C'était encore trop peu pour Marguerite.

« J'exige de n'être dérangée sous aucun prétexte lorsqu'il m'arrive de m'entretenir avec l'un ou l'autre de mes amis ! »

Ce fut ainsi que le désordre et la luxure s'introduisirent dans le couvent de Montmartre. Car, à l'imitation de la princesse d'Orléans, d'autres nonnes issues de la meilleure société prirent l'habitude de recevoir en leur privé de beaux et sveltes jeunes gens.

Louis XIV ne manqua pas d'être averti des folies de sa cousine. L'abbesse puis Gondi vinrent se plaindre. Mais, dans sa grande sagesse, le roi estima qu'une mesure de rétorsion provoquerait un scandale encore plus grand. Afin d'épargner la pudeur des enfants de la grande-duchesse et l'honneur de son époux, il convenait donc de taire les excès de Marguerite-Louise. Et le monarque pensa *in petto* que, tant que sa cousine continuerait de distribuer ses faveurs à des gens de basse condition, Cosimo III ne pourrait s'estimer bafoué par un cocuage aussi ordinaire. Toutefois, pour apaiser le souverain toscan, flatter sa vanité et lui faire tant soit peu oublier les cornes que son épouse ne cessait de planter sur sa tête, Louis XIV lui permit d'arborer sur ses armes les lys de France.

* *
*

Prince héritier, Ferdinando grandissait en beauté et en intelligence. Musicien et cavalier accompli, il réunissait des qualités qui faisaient l'admiration de la cour et suscitaient l'espoir des Florentins, désireux d'en finir avec l'austérité régnante. Toutefois il n'était guère aimé de son père. Non seulement Cosimo voyait en cet adolescent gai et déluré un fils qui ressemblait trop à sa mère, mais il le soupçonnait toujours d'être le bâtard de Charles de Lorraine.

Pour autant, son cadet, Gian-Gastone, n'était pas mieux considéré. Enfant aimable, sensible et doué d'un esprit curieux, il avait grand tort de lui rappeler Marguerite-Louise. Il en allait autrement avec Anna Maria Luisa, qui trouvait grâce aux yeux de son père car elle se plaisait dans la compagnie des prêtres et observait à la lettre ses devoirs religieux.

En outre, Cosimo reprochait à ses deux fils de montrer bien peu d'affection pour leur grand-mère Vittoria, qui entendait régenter leur éducation et même leurs jeux. Ainsi accusait-elle les précepteurs de Ferdinando, les frères Lorenzini, de l'instruire en des matières qui risquaient d'atténuer ses sentiments catholiques. Mais il y avait pire. Il leur fut reproché d'encourager le jeune homme à correspondre avec sa mère. C'en était trop pour le grand-duc, qui interdit à l'adolescent d'écrire à Marguerite-Louise. Et lorsque Gondi informa Cosimo que son épouse s'était réjouie publiquement de le savoir souffrant, il soupçonna aussitôt les précepteurs de son fils d'avoir propagé cette rumeur en France. Les Lorenzini furent arrêtés et jetés en prison. Le marquis d'Albizzi les remplaça. Homme sévère et dévot, il fut chargé de réduire à quia les velléités d'indépendance de Ferdinando et ses goûts excessifs pour les plaisirs frivoles.

Le nouveau précepteur eut tout de suite fort à faire avec

son élève. L'adolescent, fort désappointé d'avoir été séparé des Lorenzini, n'était guère décidé à se laisser gourmander. Repoussant les exercices de piété qu'on tentait de lui imposer, il se mit en devoir de composer un opéra, *Amore vinto dall'amore** et imagina d'en donner une représentation à Pratolino, là même – mais il ne le savait pas – où sa mère s'était donnée à Charles de Lorraine. Il décida de tenir en personne la partition de clavecin et confia le rôle principal à un frêle et beau chanteur qui se nommait Petrillo. Dès qu'il le vit, Ferdinando s'enticha de lui. Enchantés l'un de l'autre, les deux jeunes gens ne se quittèrent plus malgré leur différence de condition. Le marquis s'alarma : cette intimité grandissante ne pouvait-elle conduire à quelque indécence ? Il se promit de ne jamais les laisser seuls. Mais les deux garçons s'amusaient à le berner et, déjouant sa surveillance, se dispensaient en secret maintes caresses.

La représentation de l'opéra à Pratolino obtint un joli succès. L'auteur et son interprète furent également applaudis. Fou de joie et d'orgueil, Petrillo vint serrer Ferdinando dans ses bras et lui donna des baisers sur le visage et même à pleine bouche. Le marquis d'Albizzi s'entremit aussitôt, les sépara et repoussa le chanteur avec vigueur. Puis il se tourna vers le jeune prince, interdit.

« Comment pouvez-vous vous laisser aller à de tels épanchements contre nature ? »

Ferdinando sembla soudain sortir d'un rêve éveillé et balbutia : « Je n'y puis rien et n'en suis que la victime ! »

Ces mots à peine prononcés, le fils de Cosimo les regretta. Derrière Albizzi, il vit s'embuer les yeux de Petrillo. Brusquement, le jeune chanteur tourna les talons et s'enfuit en courant. Ferdinando ne le revit jamais. Mais le souvenir de sa lâcheté demeura longtemps en lui et décida de sa vie future.

---

* *Amour vaincu par l'amour.*

* *
*

Il s'appelait Gentilly et régnait désormais sur le cœur et les sens de Marguerite-Louise d'Orléans. Simple serviteur, il s'était élevé au rang de confident et d'homme de compagnie. Tout d'abord parce que la grande-duchesse soupçonnait ses amants, et même ce brave monsieur de Sainte-Même, d'être des espions de Gondi, le ministre résident de Toscane en France.

Ni beau ni laid, et d'un esprit commun, Gentilly n'en avait pas moins conquis la princesse. D'une humeur toujours égale, il la servait en toutes choses, laçait ses souliers, peignait ses cheveux, nouait ses jarretières et était toujours prompt à satisfaire ses désirs.

« Jamais je n'ai connu femme de chambre plus attentionnée ! » avait-elle coutume de lui dire en pouffant.

Et lorsque le tempérament impétueux de Marguerite-Louise réclamait des satisfactions plus terrestres, le dévoué Gentilly s'exécutait sans barguigner et prodiguait à sa maîtresse les soins amoureux qu'elle réclamait.

En retour, la princesse, ordinairement fière et méprisante avec sa domesticité, ne dédaignait pas de veiller sur la santé de son serviteur-amant. Elle lui commandait de ne pas abuser du vin et des liqueurs, et quand il se trouva la proie d'une grave fluxion intestinale, elle ne craignit pas de lui administrer elle-même un bouillon pointu*, au risque de blesser sa pudeur.

Cette familiarité atteignit son comble quand, à l'occasion d'un séjour à la campagne, Marguerite-Louise n'hésita pas, au vu de ses dames de compagnie, à entrer nue dans une rivière en compagnie de Gentilly. On observa même que le serviteur profita de ce bain pour se serrer sans vergogne contre sa maîtresse.

* Un clystère.

Tous ces faits et bien d'autres furent fidèlement rapportés à Cosimo III, qui exigeait de son ambassadeur qu'il lui contât par le menu le quotidien de Marguerite-Louise. Souffrait-il d'apprendre les turpitudes de son épouse ? Il n'en montrait rien mais réclamait à Gondi toujours plus de détails sur son dévergondage. Exactement comme s'il prenait un plaisir douloureux à connaître sa dépravation. Au fond de lui-même, n'enviait-il pas secrètement sa liberté ?

En même temps, il écrivit à Louis XIV et se plaignit que la conduite scandaleuse de sa femme déshonorait son trône. Quand la grande-duchesse l'apprit, elle entra dans une grande fureur et prit aussitôt sa plume :

> *Vous me mettez dans un désespoir tel que je ne pense plus qu'à me venger, à moins que vous ne changiez votre façon de me traiter. Je vous jure que pour ce motif je vous exècre davantage, et je ferai un pacte avec le diable rien que pour vous faire enrager et me soustraire à votre folie. Il suffit. Toutes les extravagances que je pourrai faire pour vous déplaire, je les ferai ! Et vous ne pourrez pas m'en empêcher. Et si vous espérez me faire revenir près de vous, prenez garde à vous, car vous ne mourrez d'aucune autre main que la mienne.*

Marguerite-Louise était tellement contente de son épître qu'elle la montra au roi. Louis éclata de rire.

« Belle cousine, comme vous y allez ! Votre plume suffit à le poignarder.

– Cosimo est un être répugnant et avaricieux.

– Mais il demeure votre époux devant Dieu.

– Il l'a été si peu. Et de façon si commune », répliqua-t-elle en grimaçant.

Louis XIV sourit. Si las qu'il fût d'arbitrer les conflits conjugaux entre Cosimo et Marguerite, il ne pouvait se dissimuler que la pétulance de sa cousine était plaisante. Elle reprit :

« Et malgré notre séparation, il ne cesse de m'espionner, allant même jusqu'à corrompre certains de mes gens afin de connaître mes faits et gestes.

– Je lui ferai savoir que je lui dénie ce droit. Puisqu'il a accepté que vous reveniez en France, il ne doit plus se mêler de vos affaires ni juger votre conduite.

– Si Votre aimable Altesse lui écrit, pourrait-Elle aussi demander l'augmentation de mon apanage ? Car j'ai grand-peine à tenir mon rang... Sinon, que ce ladre me restitue ma dot !

– Il en sera fait selon votre volonté... Mais puis-je à mon tour vous semoncer : votre baignade en tenue d'Ève, si charmante dût-elle être aux yeux de ceux qui la contemplèrent, a produit un grand émoi. »

Marguerite-Louise fit une profonde révérence et répondit :

« Je promets à Votre Altesse que je ne me baignerai plus que vêtue d'une chemise !

– Alors, belle cousine, faites en sorte qu'elle soit cousue du lin le plus robuste ! »

* *
*

Toujours fâché que la nouvelle de sa mauvaise santé fût parvenue en France et eût réjoui son épouse, Cosimo III décida tout à trac de régenter ses mœurs alimentaires. Sur les conseils de son médecin, le célèbre Francesco Redi*, il délaissa viandes, gibiers et boissons capiteuses. On ne servit plus à sa table que des herbes, des légumes et des fruits.

* Redi, considéré comme l'un des premiers médecins de son temps, a découvert que l'on pouvait être immunisé contre certaines maladies infectieuses par l'inoculation de germes.

Cette nouvelle hygiène de vie engendra chez lui une passion pour les jardins et la botanique. Ses potagers et vergers s'enrichirent des espèces les plus rares. Et le grand-duc prit grand plaisir à les visiter chaque jour, accordant plus d'attention à ses jardiniers qu'il n'en avait jamais distribué à ses ministres. En même temps, toujours selon l'enseignement de Redi, il se mit en devoir de délier son corps alourdi par des années de trop bonne chère. Il marcha, chassa, monta à cheval et se revancha ainsi de tous ceux qui le voyaient déjà à l'article de la mort.

Réconcilié avec sa santé, le grand-duc songea également à la paix de son âme et fit venir d'Espagne des moines de l'ordre Alcantarini. Pour eux, il ordonna la construction d'un couvent à proximité de sa villa préférée, Ambrogiano.

Cosimo n'était pourtant nullement rasséréné. Outre les tourments que lui infligeait Marguerite-Louise, il était préoccupé par la conduite de son fils aîné, Ferdinando. Le jeune homme s'était affranchi de la férule du marquis d'Albizzi et menait grande vie en compagnie de débauchés. Francesco-Maria, le propre frère cadet de Cosimo, bien qu'il fût destiné à recevoir la pourpre cardinalice, approuvait cette dissipation et y participait avec ardeur. Complices, le neveu et l'oncle couraient de villa en villa pour y commettre leurs fredaines, en se gardant bien de mettre leurs pas dans ceux du grand-duc. Plus grave encore, ils n'hésitaient pas à se moquer des dévots, à vilipender publiquement la politique grand-ducale et même à voler des tableaux dans les églises afin d'enrichir leurs collections personnelles.

Il était temps d'en terminer avec cette licence. Francesco-Maria, en attendant de coiffer son chapeau de cardinal, serait nommé gouverneur de Sienne. Quant à son fils aîné, il convenait de le marier au plus tôt et de hâter les négociations déjà entreprises.

Cosimo III s'empressa de le convoquer en son *palazzo* et de lui imposer sa volonté. Ferdinando obéit mais vint à reculons. Depuis qu'il lui avait été ordonné de ne plus correspondre avec sa mère, il se dispensait de paraître à la cour.

Bien découplé et de figure agréable, le jeune homme ne se départit pas d'un air renfrogné pendant que son père commençait à le sermonner.

« Je ne puis vous celer que votre déportement m'afflige et que vous donnez un bien malheureux exemple à la jeunesse de notre État. Il m'est revenu que vous entretenez près de vous un nommé Cecchino, un castrat avec lequel vous vivez dans la plus grande familiarité. »

Le grand-duc s'interrompit, sans pouvoir réfréner une grimace, et observa son fils. Ferdinando avait-il seulement écouté ?

« Ces êtres mutilés m'inspirent un dégoût extrême, car la perte de leurs attributs les incline au péché et à la perversion socratique. »

Un mince sourire se dessina sur les lèvres de Ferdinando. Il n'ignorait rien des ragots qui avaient couru sur la jolie soubrette de son père, que les mauvaises langues avaient surnommée « Cosminet ».

Sévère, Cosimo III reprit :

« Alors je vous ordonne de cesser toutes ces folies qui déshonorent notre maison. Votre devoir commande que vous preniez épouse afin d'assurer la continuité de notre lignée. »

Ferdinando afficha une moue dédaigneuse. Il savait que, depuis très longtemps, Cosimo et ses ambassadeurs travaillaient à le marier, ce dont lui-même, tout à ses plaisirs, ne se souciait guère. Le grand-duc avait d'abord porté son choix sur l'infante du Portugal, fille unique de Pedro II. Toutefois, des difficultés diplomatiques survinrent et il renonça. Il avait ensuite envisagé une princesse française. Mais Louis XIV, qui regrettait encore d'avoir donné sa cousine à un Medici, fit la sourde oreille. Cosimo III pensa alors à la sœur de la dauphine de France, Violante-Béatrice de Bavière. Une telle union lui vaudrait une alliance avec l'une des familles régnantes les plus puissantes et les plus riches d'Allemagne en même temps qu'elle renforcerait ses liens avec la couronne de France. Les premiers contacts entre les deux cours étaient prometteurs. Cosimo en informa son fils.

« Tous s'accordent à dire que Violante est une princesse de nature fort docile et de grande culture. Malgré son extrême jeunesse, elle parle plusieurs langues, connaît le latin et pratique sa religion avec une piété admirable. »

Ferdinando ne doutait pas que cette dernière qualité avait retenu l'attention de son père. Que lui importait à lui que cette petite princesse allemande fût vertueuse et même cultivée, puisqu'il n'avait aucune appétence pour le mariage !

Cosimo, tout rebuffé qu'il fût par l'indifférence de son fils, poursuivit malgré tout :

« On dit qu'en outre, elle aime à composer de la musique et joue de plusieurs instruments. »

Le jeune homme dressa l'oreille. Ce talent l'enchantait. Mais, tout à sa mauvaise humeur, il n'en montra rien. Toutefois, il se fit doucereux quand il demanda :

« Mon père, si je consens à me marier, me permettrez-vous au préalable de voyager ?

– Où voulez-vous aller ? répondit Cosimo en fronçant les sourcils.

– Je désire me rendre à Venise.

– Cette ville pullule de putains et de gitons. Je crains qu'elle ne donne à un esprit aussi dolent que le vôtre maints sujets de coupables distractions.

– J'y admirerai davantage les œuvres de l'esprit que celles qui procèdent de nos humeurs terrestres. »

Le grand-duc, nullement convaincu, haussa les épaules. Toutefois il était lui-même trop instruit des malheurs qui altéraient un ménage forcé pour s'opposer plus longtemps au vœu de son fils.

« Soit ! Mais je veux que pour me plaire vous songiez déjà à aimer cette épouse que je vous destine... »

* *
*

Gian-Gastone n'appréciait rien tant que la solitude. Non pas qu'il fût sauvage, mais il avait été conduit presque naturellement à se tenir à l'écart de la société. Mal aimé par un père dont il abhorrait les excès religieux, déprisé par un frère aîné trop brillant et ignoré par une sœur égoïste et prétentieuse, l'adolescent avait vite compris qu'il ne trouverait de salut qu'en lui-même. Ce qui ne l'empêchait pas de penser le plus souvent possible à cette mère qui l'avait abandonné alors qu'il n'était qu'un enfançon. Aucune autre femme, nourrice ou gouvernante, n'avait pu lui donner les caresses qu'il réclamait. Pour autant, il ne la condamnait pas et lui trouvait mille excuses. Il souffrait chaque fois que les familiers du grand-duc, évoquant les privautés qu'elle accordait à des hommes de basse extraction, parlaient d'elle en termes orduriers.

Dès qu'il le pouvait, il se réfugiait pendant de longues heures dans une petite rotonde nichée dans les jardins de Boboli. Il méditait et cultivait sa mélancolie. S'il s'endormait sur le sofa qu'il y avait fait porter, il lui arrivait parfois de songer que Marguerite-Louise se penchait au-dessus de lui, murmurait des mots doux à son oreille, puis déposait des baisers au creux de son cou. Ce rêve, toujours le même, excitait violemment ses sens et l'éveillait aussitôt. Et, à sa grande honte, il devait éteindre de sa propre main ce feu qui brûlait sa chair.

Au reste, quand Gian-Gastone ne ruminait pas ses pensées, il excellait à jardiner. Il n'était pas rare de le voir, arrosoir et binette à la main, cultiver le petit carré qu'il avait aménagé près de sa chère rotonde. Il s'intéressait aussi à l'art antique. Mais la chicheté de Cosimo, qui répugnait à garnir sa bourse, ne lui permettait pas de réunir les marbres dont il aurait voulu orner sa retraite.

Plus il grandissait en âge, plus il était porté à haïr ce père qu'il rendait responsable du départ de Marguerite-Louise. Et, bien qu'il fût écarté des affaires de l'État, il n'en jugeait pas moins avec une rare lucidité la manière dont le grand-duc gouvernait, pressurant ses sujets, négligeant la défense de la Toscane et accordant toujours plus de faveurs au clergé, au risque d'écorner gravement le trésor toscan.

Il n'était jusqu'à l'incommensurable vanité de son père qui ne l'horripilât. Comme il lui paraissait désolant que Cosimo se réjouisse de voir figurer sur son blason les lys de la couronne de France ! Ces lys qui étaient le symbole même de son infortune, puisque Louis XIV ne les lui avaient offerts que pour lui faire oublier qu'il était *cornuto* !

* *
*

Le contrat de mariage avait été rédigé et signé à Munich le 24 mai 1688. Il était très favorable aux Medici : la dot de Violante-Béatrice de Bavière était fixée à huit cent mille thalers payables en espèces et en bijoux. Puis, selon l'usage, la jeune fille fut mariée par procuration, l'ambassadeur de Toscane représentant Ferdinando.

Quelques mois plus tard, et malgré un temps exécrable, la petite princesse et ses gens se mirent en route pour l'Italie. Violante ouvrait des yeux étonnés sur les contrées qu'elle découvrait. La traversée des Alpes, si pénible fût-elle, lui arracha des exclamations admiratives. Puis ce fut la découverte des paysages italiens et l'éblouissement de la lumière sur le moutonnement des collines ou encore sur les élégantes maisons des cités qu'elle visita. Tout au rebours de Marguerite-Louise d'Orléans, elle sut d'emblée qu'elle aimerait sa nouvelle patrie.

Âgée d'à peine seize ans, Violante-Béatrice était gracile. Son grand front éclairait un visage longiligne où brillait un regard tendre et violet. Le nez un peu pointu ne déparait pas une bouche mutine. Son teint était frais, son cou délié et son épaule blanche. Certes, la future épouse de Ferdinando ne répondait pas à tous les canons de la beauté, mais il y avait chez elle une délicatesse qui donnait envie qu'on la prît contre soi pour la protéger de la méchantise du monde.

À chaque étape, la princesse était reçue avec munificence. Mais elle fut bientôt lasse de ces repues interminables. Enfin, entrant dans Bologne la Rouge, elle approcha de la Toscane. Son carrosse parcourut les rues à arcades bordées de demeures construites en brique rose. Elle admira la statue de Giambologna. La nudité de son Neptune, tout en muscles, lui fit grande impression. Apprenant que la dépouille de saint Dominique reposait en cette cité, elle tint à se recueillir devant son tombeau. Puis elle gagna le *palazzo* du Podestat que dominait une imposante tour. Une délégation d'élus et d'aristocrates l'y attendait. Un jeune homme s'en détacha et vint vers elle. Gracieux malgré la robustesse de sa charnure, il s'inclina avec solennité et lui prit maladroitement la main. Puis il débagoula un compliment appris par cœur.

« Permettez-moi de vous souhaiter la bienvenue. Je suis Gian-Gastone, le frère de votre futur époux et je me réjouis d'accueillir une aussi charmante princesse. »

Violante rougit. Mais elle nota que le garçon ne semblait pas moins embarrassé qu'elle. Elle retira sa main, fit une révérence et répondit dans un italien parfait :

« Monsieur mon beau-frère, votre délicatesse me va droit au cœur. J'y devine l'augure d'une amitié naissante. »

Ils se revirent lors du banquet où ils furent placés côte à

côte. Gian-Gastone parlait peu et paraissait mal à l'aise au milieu de cette assemblée bruyante. Violante s'efforça d'effacer cette gêne, mais n'y réussit guère. Le jeune homme évitait son regard et ne semblait préoccupé que de manger.

* *
*

Comme il était beau ! L'adolescente ne cessait de l'observer et d'admirer sa prestance. Ses traits étaient réguliers, son regard hardi, ses dents parfaites. Ferdinando de Medici. Son époux.

Elle était entrée en Toscane en traversant les sombres forêts du Mugello. Des écharpes de brume s'accrochaient aux cimes des arbres. Des ruisseaux vif-argent dévalaient les pentes. Des gorges tourmentées s'ouvraient au cortège des voitures. Puis, soudain, la vallée s'élargissait et on devinait dans les lointains, éclairée par un pâle soleil d'hiver, la mollesse dorée de la plaine.

Il était venu à sa rencontre. Au premier de ses regards, elle avait vacillé. Une chaleur qui était montée du plus profond d'elle-même. Un émoi nouveau qu'elle n'avait encore jamais ressenti. Elle, qui ignorait tout de l'amour – on lui avait seulement appris qu'elle devait en toutes choses satisfaire les désirs de son époux, même ceux qui lui paraîtraient les plus rebutants –, avait soudain songé qu'il serait doux de s'abandonner dans les bras vigoureux de cet homme. Elle en éprouva aussitôt une grande honte. Comment des pensées aussi indécentes pouvaient-elles assaillir une innocente et pieuse jeune fille ?

Ferdinando monta dans son carrosse et s'assit en face d'elle. Intimidée, elle se rencogna contre la paroi de la voiture. L'œil rieur, il la contempla.

« Je vous trouve bien effarouchée, madame.

– C'est que... »

Elle ne trouvait plus ses mots et se sentit fort sotte. Ferdinando, loin de lui venir en aide, afficha un sourire ironique et la détailla. Instinctivement, elle recouvrit sa poitrine avec un pan de son châle.

« Monsieur, vous me gênez ! Votre regard est si ardent ! »

Il rit. Puis il se tourna sur le côté, feignant d'observer le paysage.

« Savez-vous, dit-il enfin, que ma famille est originaire de cette région montagneuse ? Qui étions-nous ? Sans doute de modestes paysans qui ont secoué leur glèbe pour venir faire fortune à Florence dans le commerce et la banque... N'êtes-vous point désappointée de vous unir au rejeton d'une lignée aussi modeste ? »

Il la dévisagea et rit à nouveau. Se moquait-il ? Enfin, elle osa parler.

« Il m'importe surtout, monsieur, que vous soyez un bon époux. »

Il haussa les épaules.

« Êtes-vous si savante, madame, que vous sachiez ce qu'est un bon époux ?

– Monsieur, ne me tourmentez pas en vain... Je n'aspire qu'à devenir votre amie. »

Ils se turent un instant. Puis Ferdinando la fixa.

« Nous n'avons demandé ni l'un ni l'autre à nous épouser. J'accomplirai mon devoir. Mais je n'ai nulle intention de déroger à l'arrangement ordinaire de mon existence.

– Je ne souhaite en aucune façon vous contrarier, dit-elle vivement.

– Le voudriez-vous que vous ne le pourriez pas ! »

Il se pencha vers elle, la regarda dans les yeux.

« J'ai le mariage en détestation. J'ai eu trop tôt l'exécrable exemple de mes géniteurs... Monsieur mon père est tant fanatisé par les prêtres qu'il a remis sa vie entre leurs mains et leur laisse le soin de gouverner et régenter nos sujets.

Quant à ma pauvre mère, accablée par l'excessive bigoterie de son époux, elle est devenue folle et putain !

– Monsieur...

– Pardonnez-moi de vous rebuter... Mais telle est la vérité que je ne puis celer. Ainsi comprendrez-vous mieux les errements de mon déportement ! »

Et soudain, il posa sa main sur la sienne. Elle en reçut un grand choc. Le rouge monta à ses joues. Ferdinando eut la délicatesse de ne point le remarquer.

« Néanmoins, je vous serai dévoué et vous épargnerai, autant que se peut, les affres de mes dérèglements. »

Une unique larme coula sur sa joue. Elle ressentit à nouveau cette chaleur qui l'avait submergée lorsqu'elle avait découvert son époux.

Elle aimait déjà. C'était effrayant.

* *
*

Une chape de glace pesait sur Florence. L'air était si froid qu'on eût dit qu'il pouvait craquer. Une bise coupante courait dans les rues, sur les places. Même la lumière dure de ce mois de janvier concourait à accentuer l'impression de gel.

Violante grelottait malgré la chaufferette dont on avait garni le carrosse. Et c'était à peine si elle avait la force de répondre aux vivats des Florentins qui, en dépit du gel, s'était massés sur le parvis de la cathédrale pour saluer les nouveaux époux.

Assis sur la banquette à côté d'elle, Ferdinando semblait maussade. Bien qu'elle ne le connût que depuis quelques jours, la petite princesse était déjà accoutumée à ses brusques sautes d'humeur. Ainsi, à Pratolino où le grand-duc et sa mère, Vittoria della Rovere, les attendaient au sortir du Mugello, Ferdinando avait fait montre d'une grande exubérance, enchanté qu'il était de l'avancement des travaux de son théâtre. Il avait longuement expliqué à Violante qu'il avait lui-même conçu les machineries et conçu l'ordonnancement des décors. Le grand Scarlatti devait y donner un opéra dans quelques semaines.

« Je vous sais éprise de musique... Ce sera mon cadeau de mariage. »

Il paraissait alors si jeune et si entreprenant. Et aujourd'hui, alors qu'ils venaient tout juste d'être unis devant Dieu, cette soudaine tristesse... Elle-même se sentait le cœur brouillé. Pour la première fois, ce soir, ils partageraient la même couche. Malgré le désir qu'elle avait de lui plaire, elle s'inquiétait. Et d'abord de sa propre ingénuité. Elle n'ignorait pas que, avant de se marier, Ferdinando avait longtemps séjourné à Venise où il avait dû connaître maintes belles courtisanes. Comment pourrait-elle jamais rivaliser avec ces créatures pimplochées et impudiques ? Ses tétons de fillette, ses cuisses malingres et sa croupe de garçon sauraient-ils lui faire oublier l'opulence des Vénitiennes telles qu'elle les avait découvertes dans les tableaux du Titien ?

Ils arrivaient en vue du *palazzo* Pitti. Cosimo III descendit de son carrosse et vint vers eux. Depuis ce premier jour où Violante lui avait été présentée à Pratolino, le grand-duc lui manifestait les plus grands égards et se félicitait publiquement à tous moments de la venue dans sa maison d'une belle-fille aussi docile et vertueuse. Comme elle s'en ouvrait à Ferdinando, celui-ci ricana :

« Il en est ainsi parce qu'en moult points vous semblez l'image inversée de ma mère. »

Elle n'avait pas répliqué mais avait été secrètement blessée : elle avait déjà contemplé un portrait de Marguerite-Louise et avait été frappée par sa beauté et le doux embonpoint de ses charmes. Était-elle donc elle-même si rebutante ?

* *
*

Lasse, Violante n'avait toujours pas réussi à se réchauffer malgré le grand feu qui brûlait dans la cheminée pendant le banquet. Accompagnée de ses demoiselles d'honneur, elle gagna enfin sa chambre où ses servantes l'attendaient. Des prêtres vinrent en procession bénir la couche nuptiale avant qu'elle ne fût déshabillée. Pieds nus et en chemise, elle attendit le bon vouloir de Ferdinando. Mais comme il ne paraissait pas, elle se glissa dans le lit et les domestiques refermèrent les courtines, non sans avoir pris soin de disposer des chandelles au chevet. Bientôt, elle pleura à chaudes larmes. Que n'était-il là pour la serrer dans ses bras et remplir ce devoir d'homme qui était encore pour elle un grand mystère ?

Les joues encore mouillées de larmes, elle finit par céder au sommeil. Sa chaleur l'éveilla. Il était couché près d'elle, relevait sa chemise. Elle poussa un cri quand il la pénétra. Mais en même temps, entourant son dos de ses bras, elle le retint contre elle aussi fortement qu'elle le pût. Elle sentit qu'il se produisait une grande agitation dans son corps. Ainsi, c'était cela, ce va-et-vient animal, ce mouvement mécanique et un peu sot. Toutefois, elle ne connut nul dégoût, tout juste de l'étonnement. Et bien qu'elle n'éprouvât aucune extase, Violante remercia le Seigneur de lui avoir donné un époux.

* *
*

Cosimo III avait décidé que les festivités du mariage se prolongeraient jusqu'au début du carême. Violante découvrit avec ravissement sa nouvelle vie. Fêtée et courtisée, elle appréciait autant les réceptions données en son honneur que les nombreuses cérémonies religieuses commandées par le pieux grand-duc. Elle fut néanmoins décontenancée de n'y point voir souvent Ferdinando. Il n'était pas non plus attentionné à venir la visiter en sa couche et résidait ordinairement en sa villa de Pratolino où il traitait avec générosité ses jeunes amis. La princesse ne s'en offensait guère : amoureuse, elle s'appliquait d'abord à ne pas contrarier le bonheur de son époux.

Au cours de ses promenades et dévotions, elle allait volontiers au-devant des Florentins. Ceux-ci, pourtant naturellement railleurs, ne furent pas sans noter sa simplicité qui tranchait avec la morgue des dames de la cour et des princesses étrangères qui venaient s'unir avec leurs souverains. Ils furent d'autant plus prompts à l'apprécier que les fêtes grandioses de ses épousailles desserraient quelque peu l'étau rigoriste dans lequel l'Église les enfermait depuis si longtemps. Quant à Violante, elle aima d'emblée ce peuple bon enfant qui ne barguignait pas à lui accorder son affection.

Il n'était jusqu'au ciel pour l'enchanter. Soudain, la froidure disparut, laissant place à une douceur qui annonçait déjà le printemps. Habituée à la dureté des hivers bavarois, la jeune femme en fut tout étourdie.

Le jour de mardi gras, les Florentins se précipitèrent sur la *piazza* Santa Croce. Afin de clore les célébrations de son mariage, Ferdinando avait pris l'initiative d'y organiser un tournoi, renouant ainsi avec la tradition des Medici. Deux escadrons de neuf cavaliers devaient s'affronter tout au long de l'après-midi. L'Asie y combattrait l'Europe.

Violante, habillée de brocart, entourée d'une nuée de jeunes femmes babillardes, fut conduite dans une tribune construite à la hauteur du milieu de la lice. Peu après, Ferdinando, qui commandait le parti de l'Asie, fit son entrée sous les applaudissements de la foule. Le cœur de son épouse s'emballa. Monté sur un grand cheval blanc, habillé de satin vert brodé de perles et de pierres précieuses, coiffé d'un heaume orné de longues plumes multicolores, chaussé de longues bottes et arborant cimeterre, il était plus beau que jamais. Ses compagnons portaient la même vêture. Mais des fils d'argent remplaçaient les bijoux qui ornaient le pourpoint princier. Des sonneries de cor saluèrent les jouteurs. Puis le parti d'Europe parut à son tour. Il était mené par Gian-Gastone, serré dans un habit munificent. Violante remarqua que son beau-frère semblait peu assuré. Sans doute n'avait-il accepté de jouer ce rôle que pour complaire à son frère aîné et au grand-duc.

Les concurrents s'alignèrent de part et d'autre de la lice, baissèrent la visière de leur heaume et se lancèrent les uns contre les autres. Violante ferma les yeux. Toutefois, quand elle les rouvrit, elle respira d'aise. Ce tournoi, à la différence des joutes d'antan, n'avait pour objet que de porter à l'admiration des spectateurs la richesse des vêtures des cavaliers et la somptuosité des caparaçons des montures. Il y eut néanmoins un vainqueur qui appartenait au camp de l'Asie. Il vint galamment s'incliner devant la jeune princesse. Mais déjà, Ferdinando et ses compagnons s'éloignaient. Il ne lui avait pas jeté un regard. Elle eut hâte de regagner ses appartements du *palazzo* pour y pleurer tout son soûl.

IV

1689-1696

De plus en plus délaissée par son époux, Violante-Béatrice de Bavière se consolait en la compagnie de Gian-Gastone. N'étaient-ils pas, chacun à leur manière, des êtres solitaires, sensibles et mal aimés ?

Ils parlaient peu mais écoutaient de la musique et visitaient ensemble les églises ou palais de la cité. Le jeune prince avait en effet été chargé par le grand-duc de recenser les trésors artistiques de Florence. Il mettait à cette besogne un réel intérêt et étonna plus d'une fois sa belle-sœur par la sûreté de son jugement. Néanmoins, comme par le passé, il s'isolait de longues heures dans sa rotonde des jardins de Boboli où nul n'avait la permission de pénétrer.

Poussée par la curiosité, la princesse décida de forcer cette retraite. Elle ne doutait pas que Gian-Gastone, qui semblait l'affectionner si fort, l'accueillerait sans prendre ombrage de son indiscrétion. Un valet gardait la porte. N'osant la repousser, il lui donna l'entrant. Elle pénétra dans une grande pièce dont l'odeur était fétide et l'atmosphère moite. Les fenêtres étaient fermées, les rideaux tirés. Dans la pénombre, Violante distingua les courtines d'un lit. Soudain, Gian-Gastone en surgit tel un beau diable, vêtu d'une simple chemise et de chausses. Apercevant une silhouette féminine, il s'immobilisa, décontenancé, puis reconnut sa belle-sœur.

« Que faites-vous céans, madame ? rugit-il.

– Je venais vous visiter, mon joli beau-frère... » balbutia Violante.

Violemment, il ouvrit un rideau. La princesse, interdite, contempla le désordre des lieux. Sur une paillasse voisinaient les objets les plus divers, instruments de laboratoire, bocaux, loupes et même une cuvette. Mais le plus étonnant se trouvait de l'autre côté, où une série de cages étaient entassées les unes sur les autres. À l'intérieur, des oiseaux, réveillés par la lumière, commencèrent à gazouiller. Violante s'approcha. Il y avait là des volatiles parés de couleurs vives qu'elle n'avait encore jamais vus.

« Ce sont des oiseaux exotiques... Des spécimens rares. Ils ont besoin de chaleur. C'est pourquoi je ferme fenêtres et rideaux.

– Mais n'ont-ils pas aussi besoin de lumière ? »

Gian-Gastone ne répondit pas.

« Je ne vous savais pas cette passion pour la gent ailée...

– Je poursuis la beauté dans toutes les expressions que la nature nous offre ! »

À cet instant, Violante vit bouger les courtines du lit. Une jambe nue et musclée se glissa hors de la couche et un adolescent à demi dévêtu apparut. Le cheveu brun et bouclé, le teint mordoré et le torse puissant, il sourit à belles dents. Gian-Gastone essaya de s'interposer entre le jeune homme et sa belle-sœur. En vain. Le jouvenceau l'écarta sans façons et s'abîma dans une profonde révérence devant la princesse. Puis, se relevant, il éclata d'un rire de satyre. Violante, bouleversée, fit volte-face et s'enfuit.

* *
*

De grosses larmes coulaient sur les joues sales du petit enfant. Des soldats étaient en train de l'attacher à une colonne de la place du marché. Violante demanda que l'on arrêtât son carrosse.

« Qu'a donc fait ce petit malheureux pour être ainsi traité ? » demanda la princesse à l'une de ses demoiselles d'honneur, la gracieuse Virginia.

La jeune fille haussa les épaules.

« Je suppute qu'il s'agit d'un tire-laine surpris en train de couper une bourse. »

Les gardes avaient fini de lier l'enfant, ventre collé contre la pierre. L'un d'eux sortit un stylet de sa gaine. Violante poussa un cri.

« Se pourrait-il qu'il le dépêche ? »

D'un geste vif, le soldat déchira les haillons qui couvraient le dos du gamin. Un autre s'était déjà saisi d'un fouet. Il frappa. Un sillon de sang se dessina sur la peau de l'enfant. Une deuxième fois, la lanière de cuir déchira la chair de la victime. Violante bondit hors du carrosse.

« Cessez ! Cessez immédiatement ! »

Elle courut vers le groupe de soldats, suivie par ses deux demoiselles d'honneur. Le garde qui tenait le fouet s'immobilisa. Avait-il reconnu la belle-fille de son souverain ? Était-il impressionné par l'arrivée impromptue de ces trois femmes richement vêtues ? Il demeura le bras en l'air.

« Détachez-le ! »

Les soldats, inquiets et désemparés, se regardèrent. Celui qui faisait office de bourreau prit sur lui :

« Nous exerçons céans la justice de Son Altesse sérénissime qui est aussi notre ministre de la Justice.

– Et moi qui suis l'épouse du duc Ferdinando, je vous ordonne de m'obéir ! »

Violante fut la première étonnée de la fermeté de son ton. Mais son regard dut être si impérieux que, malgré eux, les gardes commencèrent à détacher l'enfant. Dès qu'il fut libéré, le gamin s'enfuit en courant, sans un regard de reconnaissance pour sa bienfaitrice. Les trois jeunes femmes, sans un mot, regagnèrent aussitôt leur carrosse.

« Cette justice, qui frappe des enfançons à peine sortis des jupons de leurs mères, est exécrable !

– Elle peut être parfois plus impitoyable, dit Virginia. Je sais l'histoire d'un enfant de cinq ans qui, sur ordre du grand-duc, vient d'être proprement escouillé. Pardon, si je blesse votre pudeur...

– Que me contez-vous là ?

– Ce chenapan voulait s'emparer de la médaille d'une garcelette de trois ans. Comme la fille se mit à piauler, il la frappa violemment à la tête avec une pierre, de telle façon qu'il lui occasionna des dommages irréparables et qu'elle en mourut.

– Mais tous les deux n'étaient que des enfants !

– Certes. Mais le grand-duc, dans son immense sagesse, a jugé que la méchantise de ce jeune garçon était telle qu'il ne devait pas lui être permis de se reproduire lorsqu'il serait devenu un homme ! »

Violante ne répondit pas et s'abîma dans ses pensées. Les mœurs florentines la déconcertaient. Comment la beauté et la cruauté pouvaient-elles y voisiner en permanence ? La munificence des *palazzi,* les trésors artistiques dont ils regorgeaient, les œuvres rassemblées par les Medici qui faisaient de Florence une cité incomparable admirée de toute l'Europe, contrastaient avec la violence qui y régnait quotidiennement, exacerbée par la misère grandissante de ses citoyens. Dès la nuit tombée, on assassinait, on violait. Des bandes de pillards affamés couraient la campagne. Et, presque chaque jour, des condamnés à mort étaient exécutés derrière les hautes murailles du Bargello.

Le carrosse sortit des murs de Florence où un escadron de soldats attendait la voiture princière. Le cortège prit la route de Pratolino. Depuis plusieurs jours déjà, Violante n'avait pas de nouvelles de son époux et elle avait résolu de le retrouver là où il se consacrait tout entier à ses plaisirs.

L'air embaumait. Les collines étaient baignées de lumière. Les feuilles des oliviers doucement agitées par le vent semblaient autant de médailles d'argent accrochées aux branches. La jeune femme goûtait son premier printemps toscan. Elle voulut y voir le signe que son cher Ferdinando se réjouirait de sa venue. Elle avait tant hâte de lui donner un enfant qu'elle était décidée à être amoureuse pour deux.

* *
*

Elle entendit d'abord des rires. Elle marcha jusqu'à la porte du théâtre. Ferdinando, entouré d'une nuée de jeunes gens, le bras posé sur les épaules de ce chanteur vénitien qui ne le quittait guère, avait un papier à la main et lisait. Sans perruque, le cheveu ébouriffé, il était seulement vêtu d'une chemise à col et manches de dentelles ouverte sur sa poitrine et dont les basques flottaient sur sa culotte moulante.

Chaque nouvel extrait déclenchait des explosions de gaieté. Ferdinando lui-même riait à en perdre haleine. Il reprit sa lecture. Violante, que personne n'avait encore aperçue, écouta :

« Mon cher fils, sache que cette nouvelle abbesse est tant attachée à me nuire qu'elle a osé m'accabler publiquement de reproches devant mes compagnes d'infortune. Je lui ai répliqué vertement et lui ai débagoulé mon ressentiment avec force démonstrations physiques qui l'ont bien secouée... »

De nouveaux rires éclatèrent. Le trille haut perché de Cecchino domina cette joyeuse cascade. Violante observa que le castrat, dans un geste familier, posait sa tête sur l'épaule de Ferdinando. Elle en éprouva aussitôt un vif sentiment de jalousie. Que n'était-elle à la place de ce gros garçon joufflu qui osait ainsi s'abandonner contre son époux ?

Le duc poursuivit :

« Et comme, malgré tout, elle semblait faire fi de ma philippique, je me suis pourvue d'une hache et d'un pistolet et l'ai poursuivie à travers tout le couvent, en menaçant de l'occire tout de gob ! »

L'assistance s'esclaffa derechef. La vision d'une princesse du sang ainsi harnachée courant après l'abbesse de son couvent était aussi bouffonne qu'irrésistible.

« Je dois ajouter qu'elle eut tellement peur qu'à sa grande honte, elle se laissa aller et souilla sa robe. Quant à moi, satisfaite d'avoir constaté l'humiliante déroute de l'ennemie, j'abandonnai mes armes, regagnai mes appartements et pris aussitôt ma plume afin de me plaindre au roi mon cousin de l'offense qui m'avait été infligée par cette pimbêche. Je ne manquai pas de signaler à Sa Majesté que cette caillette, qui osait attenter à la délicatesse de mes sentiments, ne craignait pas de se dévergogner avec un financier de sa connaissance. »

Un immense éclat de rire salua cette dernière phrase. Le jeune duc ajouta, l'œil égrillard :

« Elle-même, d'après ce qu'on m'a rapporté, ne se dévergogne-t-elle pas avec un moine défroqué ? »

Puis, soudain, ce fut le silence : Ferdinando venait de découvrir la présence de Violante sur le seuil du théâtre. Cecchino s'écarta ostensiblement. Le duc, fendant le groupe de ses compagnons, vint à elle.

« Ma chère épouse, quelle bonne surprise ! »

Il prit sa main, la baisa et reprit :

« Avez-vous partagé notre hilarité ? Ma mère est décidément une personne hors du commun. »

Violante, figée, ne répondit pas.

« Un pistolet et une hache ! Vous imaginez ? Il me vient à regretter qu'elle n'en ait pas usé pareillement avec son triste mari !

– Monsieur, vous parlez de votre père.

– Que m'importe ! »

Et il poursuivit plus fort, de façon à être entendu par tous.

« Mon père est un cagot et ma mère une putain. Il en résulte une grande effervescence dans mon propre sang ! »

Il rit un peu nerveusement tandis que ses compagnons gloussaient. Violante, blême, demeura silencieuse. Ferdinando s'inclina devant elle.

« Madame, je crains que cette compagnie de gais lurons ne gâte vos vertus qui sont émerveillables. Aussi, je vous encourage à retourner au plus vite en notre *palazzo* de Florence.

– Vous me chassez ? balbutia-t-elle.

– Non, j'entends seulement préserver la chasteté de vos charmantes oreilles. »

Sans un mot, la princesse réprima ses larmes, fit demi-tour et commanda son carrosse.

* *
*

L'hiver était survenu à l'improviste. Il neigeait sur Florence. La ville, frileuse, parut se replier sur elle-même. Seuls quelques enfants se glissaient à l'extérieur des maisons afin de se battre à coups de boules de neige.

Fuyant les frimas de la campagne, Ferdinando était de retour depuis plusieurs semaines. De fort méchante humeur, il ne quittait guère ses appartements et, s'il venait à prendre son déduit avec son épouse, c'était toujours à la volée et sans manifester la moindre émotion, sinon celle qui l'obligeait à accomplir brièvement l'acte charnel.

Cosimo III s'impatientait. Venant régulièrement visiter sa belle-fille, il s'enquérait de sa santé : « N'êtes-vous point encore grosse, ma fille ? » Hélas, Violante ne pouvait lui répondre que par la négative. Son ventre refusait obstinément de s'arrondir.

Deux ans déjà... Était-elle coupable ? Quels péchés avait-elle commis qui l'empêchaient d'engendrer ? Devait-elle implorer le Seigneur tandis que Ferdinando la besognait ? Curieusement, elle ne mettait jamais en cause la puissance virile de son époux. Si elle demeurait inféconde, c'était sa faute à elle. Et à elle seule. Car elle était incapable d'inspirer à Ferdinando le désir qui la rendrait mère.

À l'instigation du grand-duc, médecins, apothicaires et magiciens furent mandés auprès d'elle. Certains opinèrent prudemment qu'en raison d'une malformation la matrice de la princesse était inapte à la conception. D'autres en tinrent pour une incompatibilité entre la semence des deux époux. Enfin certains incriminèrent la sécheresse des organes naturels de la jeune femme, obstacle à une conjonction complète lors des congrès qui l'unissaient à son époux. Tous prescrivirent des onguents, des fumigations et même des cures. Chacune de ces consultations était une épreuve douloureuse pour Violante, affligée dans sa pudeur et son amour-propre.

Informé de ces avis contradictoires, Cosimo III, cédant à ses penchants habituels, s'en remit aux prêtres. Sur leurs conseils, il commença par ordonner des cérémonies solennelles au cours desquelles tout le clergé toscan implora Dieu d'accorder sa grâce à la jeune princesse en lui permettant enfin d'enfanter. Violante, vêtue d'une robe de pénitente, dut assister à ces dévotions. Ce fut pour elle une humiliation supplémentaire.

Le grand-duc, qui avait accueilli sa belle-fille avec une grande faveur, ne dissimulait plus son irritation. D'autant que les Florentins, au contraire de Violante, accusaient Ferdinando d'être incapable d'engendrer. Ils y étaient fortement enclins car nul n'ignorait que le jeune duc était plus occupé à mignarder Cecchino qu'à visiter la couche de son épouse. Et lorsqu'un prêtre réussit à persuader Cosimo III que l'élévation sur une colonne d'une statue de San Antonino comblerait enfin ses vœux, un railleur écrivit à la base du monument : *Pour engrosser les dames, il faut un vit et non pas un pilier.*

Violante, de plus en plus seule, se rapprocha de Gian-Gastone qui semblait avoir oublié la visite importune de sa belle-sœur. Également mal-aimés, ils unirent leurs détresses et leur amitié devint affection. Toutefois, le fils cadet de Cosimo III évita d'imposer une nouvelle fois à Violante la présence de Damiano, ce jeune faune qu'elle avait surpris sortant de son lit et qui continuait de hanter sa retraite de Boboli.

* *
*

Dépité par la stérilité d'une union en laquelle il avait mis tant d'espérance, le grand-duc travailla à marier son unique fille, Anna Maria Luisa. Deux partis se présentaient, l'un français – le dauphin –, l'autre allemand – l'Électeur palatin. Le choix était délicat, car politique.

Cosimo III, par raison, préférait le fils de Louis XIV. Non seulement parce que, lors de sa visite en France, le roi l'avait reçu avec magnificence, mais aussi parce qu'il avait déjà uni son fils aîné à une princesse allemande. Mais bientôt il apprit que son épouse, Marguerite-Louise, bataillait contre ce projet tant elle craignait qu'une dauphine Medici, même s'il s'agissait de sa fille, ne menaçât la liberté qu'elle avait conquise de haute lutte.

Le grand-duc se résolut donc à négocier avec l'empereur Léopold Ier, suzerain du prince Johann-Wilhelm, l'Électeur palatin du Rhin. Bien que le prestige et la puissance de la Toscane eussent été affaiblis par les souverains qui avaient succédé à Cosimo Ier, une alliance matrimoniale avec les Medici continuait de demeurer attrayante : on savait en effet que, en raison de la présence quasi permanente d'un membre de leur maison au sein du Sacré Collège, ils étaient des « faiseurs de papes ». Léopold Ier envisagea donc avec faveur la demande de mariage formulée par le grand-duc. Cosimo III en profita pour réclamer l'honneur d'être traité à l'égal d'un roi, privilège qui venait d'être accordé au duc de Savoie. Encore une fois, l'empereur consentit.

Anna Maria Luisa, qui avait déjà dépassé la vingtaine d'années, était de belle taille, brune et altière. Sous un haut front, sa figure, mangée par de grands yeux de velours noir, était agréable. Choyée par un père qu'elle chérissait, elle aimait les arts et dansait avec grâce en n'omettant pas de tenir son index levé avec élégance. Le seul défaut qu'on lui connaissait était son rire, souvent intempestif et presque masculin.

Fière et fort attachée à la position qui était la sienne, elle avait déjà repoussé plusieurs prétendants italiens qui ne lui semblaient pas dignes d'elle. Mais l'âge venait et elle ne pouvait plus longtemps repousser son mariage. Cosimo lui fit valoir combien cette union était prestigieuse : l'Électeur palatin, veuf sans enfants, était le frère de l'impératrice d'Autriche et des reines d'Espagne et du Portugal.

Pourtant, lorsque, selon l'usage, elle reçut le médaillon de son futur époux, elle fut très chagrinée. Le prince était lippu et mafflu. Ses paupières tombaient sur de gros yeux globuleux et sa large cravate de soie peinait à cacher son double menton. Johann-Wilhelm de Saxe, bien qu'il n'eût que trente-trois ans, semblait bien plus vieux. Anna Maria Luisa ne dissimula pas ses larmes. Cosimo III entreprit de la consoler, d'autant que lui-même souffrait de se séparer de sa fille tant aimée.

« On me dit de toutes parts que l'Électeur est un homme de qualité et de grande culture. Sa cour est l'une des plus brillantes qui soit. Et, malgré sa corpulence, il danse et pratique les arts équestres avec assiduité.

– Mais, mon Dieu, qu'il est laid ! »

Le grand-duc soupira.

« Je suis certain que vos cœurs, sinon vos corps, s'accorderont aussitôt. »

Cette dernière phrase déclencha un nouveau torrent de pleurs. Mais Anna Maria Luisa ne tarda pas à se calmer. La princesse l'emporta sur la femme.

« Je vous obéirai, mon père, quoi qu'il m'en coûte ! »

* *
*

L'émeute grondait aux portes du *palazzo* Pitti. Un cordon de soldats s'efforçait non sans mal de repousser les pauvres hères qui réclamaient du pain et du travail et menaçaient d'envahir les lieux.

Violante, le cœur serré, observait la foule d'une fenêtre du premier étage. Bien que nullement associée aux affaires de l'État, elle avait vite compris que la politique de son beau-père, inspirée par la grande-duchesse douairière, Vittoria della Rovere, ruinait Florence et la Toscane. Pendant ce temps, la cour affichait un luxe ostentatoire et le clergé était comblé de faveurs. Accablés d'impôts les plus divers – Cosimo III venait d'instituer une nouvelle taxe sur les perruques –, des Florentins toujours plus nombreux sombraient dans la misère. Autour de la cité, les terres n'étaient plus cultivées et les pillards redoublaient d'audace.

Pour regarnir son trésor mis à mal par les excès dispendieux de sa maison, le grand-duc avait confié, moyennant de considérables redevances, le monopole du commerce de certaines denrées tels le sel, l'huile ou la farine à de riches négociants. Les Toscans n'étaient donc plus libres d'acheter là où ils le voulaient et devaient passer sous les fourches Caudines de ces adjudicataires qui fixaient les prix à leur guise. Gare au meunier qui aurait eu la témérité de moudre clandestinement du blé pour son voisin : les galères l'attendaient !

En outre, des règlements vétilleux régissaient la vie des citoyens, déjà soumis à la dictature des prêtres. Ainsi, le grand-duc, par esprit de dévotion, imposa que les Florentins, hommes et femmes, se vêtissent de noir. Fanfreluches, rubans et plumes furent interdits, ruinant les artisans qui vivaient de ce commerce.

Les cris s'élevaient, toujours plus fort. Cosimo III, accompagné de sa mère, parut dans la pièce où se trouvait Violante. Il semblait fort agité. Quant à Vittoria della Rovere, elle était livide. Violante devina que c'était sous le coup de la colère et non de la peur. Sans prêter attention à la présence de la princesse, ils poursuivirent la discussion qu'ils avaient engagée.

« Cette révolte est une abomination ! dit la grande-duchesse. Il faut la réduire par la force.

– Non, je ne peux pas... »

Cosimo essuya la sueur qui dégoulinait de son front.

« Si je donne l'ordre aux soldats de les mettre en pièces, d'autres émeutiers se lèveront ailleurs...

– Ils auront bien trop peur de votre justice. Si vous ne sévissez pas, vous encouragerez la sédition.

– Je le sais... »

Il jeta un coup d'œil à la fenêtre, observa la foule en haillons.

« Je ne veux pas faire couler le sang. Il y va du salut de mon âme.

– Dieu vous a choisi pour gouverner la Toscane au nom de notre sainte Église... Il vous pardonnera de rétablir l'ordre au prix de quelques vies humaines de peu d'importance. »

Violante s'approcha alors de la mère et de son fils. Cosimo III paraissait en grand désarroi.

« Mon père, pardonnez mon insolence... Mais je pense que si vous parliez à ces malheureux, vous sauriez les apaiser. »

Vittoria della Rovere lui jeta un œil noir. La princesse osa pourtant poursuivre :

« Vous demeurez leur souverain bien-aimé... Les critiques ne concernent pas tant Votre Altesse que son entourage. Si vous paraissez au balcon de ce *palazzo*, les Florentins vous rendront grâce et vous écouteront. »

Le grand-duc hocha la tête. Il regarda sa belle-fille comme s'il sortait d'un cauchemar. Puis, d'un pas mal assuré, il gagna la fenêtre et ouvrit. À l'extérieur, les clameurs décrurent aussitôt. La grande-duchesse siffla à l'oreille de Violante :

« Ma fille, il ne revient pas à une petite Bavaroise, fût-elle princesse, de dicter sa politique au souverain de cet État ! »

Puis elle tourna les talons et disparut.

* *
*

« Mon père est un monstre ! »

Gian-Gastone, habituellement si placide, ne décolérait pas. Il venait d'apprendre la mort de Roberto Acciaiuoli, un brave et jeune seigneur qui s'était couvert de gloire en luttant contre les Turcs.

« C'est comme s'il l'avait tué lui-même ! »

Violante posa la main sur le bras de son beau-frère. Il se tourna vers elle. Il avait des larmes aux yeux et tremblait d'indignation. Tous deux étaient partis herboriser dans les hauts de Boboli quand, soudain, le fils de Cosimo III avait explosé, tant il peinait à réprimer la fureur qui l'habitait.

« Comment peut-on être aussi cruel et indifférent à la souffrance des autres ? Roberto est mort de chagrin dans son cachot.

– Mort d'amour », ajouta Violante dans un soupir.

Il la regarda. La jeune femme eut l'impression qu'il la voyait pour la première fois. Renvoyait-elle à ce point l'image vivante de la vacuité et de la solitude ? Elle fut effrayée d'être aussi transparente.

« Me croyez-vous incapable de connaître la passion ? dit-elle vivement.

– Nullement, ma chère belle-sœur. Je sais que vous avez un cœur et qu'il saigne trop souvent. Toutefois le mien n'est pas moins affligé : la nature de mes amours m'inspire les plus grandes souffrances. Je me hais de céder à ce vice antiphysique, mais je trouve en même temps un grand plaisir à me vautrer dans cette abomination et à subir les humiliations de mon amant.

– Pourquoi vous mépriser ainsi ? L'amour, sous toutes ses formes, est toujours inspiré par Dieu.

– Je ne vous savais pas si tolérante.

– C'est qu'aujourd'hui je sais qu'il n'y a rien de plus cruel que d'aimer sans espoir de retour. »

Ils se turent. Gian-Gastone la contemplait avec tant d'émotion qu'elle demanda :

« N'avez-vous jamais porté un regard caressant sur une personne de mon sexe ?

– S'il se pouvait, c'est pour vous que j'aurais une tendre inclination. »

Violante se sentit rougir et détourna son regard. Et, d'une voix peu assurée, elle demanda vivement :

« Contez-moi donc par le détail l'histoire de ce Roberto ! »

Gian-Gastone, également soulagé d'abandonner ce terrain scabreux, s'exécuta.

« Comme vous le savez sans doute, Acciaiuoli, chevalier de l'ordre de San Stefano, a combattu loyalement sous la bannière grand-ducale. À ses côtés se trouvait le capitaine Giulio Berardi qui fut gravement blessé et revint mourir à Florence. Cet officier laissait une épouse, Elisabetta, et deux enfançons. Roberto les visita avec assiduité et s'éprit de la veuve. Bien qu'elle fût de position modeste et sans fortune, il lui offrit le mariage.

– Que voilà un admirable mouvement !

– Oui. Mais en cela il contraria les desseins de son oncle, le puissant cardinal Niccolò Acciaiuoli. *Papabile*, le prélat entendait unir son neveu à une jouvencelle appartenant à l'une des meilleures familles romaines.

– Afin de glaner des voix supplémentaires au sein du Sacré Collège.

– Vous avez deviné. Aussi, dans le but de ruiner les projets de mariage de Roberto, le cardinal s'adressa au grand-duc, mon père. Celui-ci ne barguigna pas : il était tout aussi attaché que le cardinal lui-même à ce que le trône pontifical revînt à un Florentin. Il décida aussitôt d'arracher la veuve Berardi à ses enfants et la fit enfermer dans un monastère.

– Voilà une vraie infamie !

– Certes. Mais la suite n'est pas moins indigne. Roberto réussit à soudoyer un moine de ce couvent, lui donna procuration et fit célébrer religieusement son mariage en présence d'Elisabetta. Puis il s'empressa de rendre la nouvelle publique.

– La veuve Berardi était donc devenue son épouse devant Dieu.

– Toutefois, cela n'empêcha pas mon père de s'assurer de sa personne et de l'enfermer en notre forteresse du Belvédère tandis que Roberto, fuyant le courroux grand-ducal, trouvait refuge à l'étranger. Sur ces entrefaites, le pape

Alexandre VIII trépassa. Le chevalier rédigea un mémoire où il narra les injustices commises à l'instigation de son oncle et l'envoya à tous les cardinaux. Ces derniers furent si scandalisés qu'ils repoussèrent aussitôt la candidature du *papabile* Acciaiuoli.

– Roberto était vengé...

– Mais la colère de mon père n'était pas assouvie. Il feignit de pardonner aux époux et libéra la jeune femme. Rasséréné, Roberto revint à Florence. Ce fut pour y être instantanément arrêté. Quant à Elisabetta, emprisonnée à nouveau, elle ne recouvra la liberté et ses enfants qu'à la condition de déclarer que son mariage était nul. Peu de temps après, Roberto se laissa mourir de désespoir dans la solitude de son cachot. Je viens d'apprendre son décès. »

Bouleversée, Violante demeura silencieuse.

Ils redescendirent vers le *palazzo*. Avant de se quitter, la princesse retint Gian-Gastone par la main.

« Vous ne pouvez m'aimer puisque votre naturel vous porte vers d'autres goûts... Mais je vous en prie, demeurez mon ami le plus attentionné ! »

* *
*

À l'exception de Cosimo III, personne ne pleurait.

Petite et maigrelette alors qu'elle avait été ronde et grasse, Vittoria della Rovere, revêtue d'une robe de satin noir ornée de dentelles blanches, reposait dans le grand salon du *palazzo* Pitti. Comme elle paraissait désormais inoffensive, songea Violante. Pourtant, à tous moments, on s'attendait à la voir se lever, quitter son catafalque et, comme à l'habitude, agonir de reproches et de récriminations son entourage.

Courtisans, notables, chefs des corporations défilaient devant ce corps inanimé veillé par la famille grand-ducale et un imposant cortège d'ecclésiastiques. Tous gardaient les yeux secs tant il semblait impossible de regretter cette vieillarde acariâtre, bigote et bornée, qui avait gouverné l'esprit de son fils si longtemps.

Un nouveau vent allait-il souffler sur Florence ? Le peuple l'espérait mais doutait. Les prêtres et les moines ne se laisseraient pas facilement déposséder des privilèges exorbitants qui leur avaient été concédés par Vittoria. Ils refuseraient d'abandonner ce monstrueux pouvoir qui leur permettait de régner sur tous les aspects de la vie des Toscans et de se livrer en toute impunité à des excès que l'Église s'empressait d'étouffer dès que le scandale menaçait. Ainsi en avait-il été cette année même. Un moine du couvent San Marco avait dû décamper en toute hâte et fuir en Suisse. Directeur spirituel d'un orphelinat de filles, il avait commencé par suborner la supérieure. Il avait ensuite convaincu cette dernière de conduire jusqu'à sa cellule plusieurs de ses pensionnaires. Sous prétexte de leur administrer une sainte et vigoureuse onction, il les déflora les unes après les autres en toute bénignité. Mais lorsqu'il devint difficile de dissimuler les trop visibles conséquences de ses fornications, le frocard se résolut à quitter ce nid douillet, tandis que l'abbesse et cinq de ses filles partirent en toute hâte pour un couvent éloigné afin de s'y délivrer discrètement du fruit de leur péché. Toutefois, malgré les efforts de la hiérarchie cléricale, l'affaire avait filtré et alimenté l'hostilité que les Florentins vouaient à leur clergé.

Violante, bien qu'elle fût fort attachée aux devoirs de sa religion, partageait cette indignation et réprouvait la dictature du clergé instaurée par feu la grande-duchesse douairière. La dévotion chez elle était intérieure et excluait toute ostentation.

Le soir tombait. Les flammes vacillantes des cierges accusaient les méplats sur les visages, allumaient des feux sur les bijoux des femmes et jetaient même des couleurs sur la chair livide de la morte. Debout et mâchoires serrées, Cosimo III, entouré de ses deux fils, continuait à recevoir en silence les condoléances de ses sujets. Un peu plus loin, la robe rouge de son frère, le cardinal Francesco Maria, faisait tache au milieu des surplis blancs des prêtres. Joufflu et bedonnant, ses petits yeux noyés dans la graisse de sa face, le prélat affichait un insolent contentement de soi.

Gian-Gastone, les yeux au plafond, semblait rêvasser. Ferdinando, tête baissée, s'ennuyait. Il était toujours aussi beau, mais arborait désormais, de chaque côté de la bouche, un pli d'amertume. Était-il déjà si désabusé ? À moins que les rebuffades permanentes que lui infligeait son père n'eussent creusé à jamais ces stigmates de lassitude sur sa figure...

Violante avait à peine échangé quelques mots avec lui lorsqu'il était arrivé de son cher Pratolino. Son époux ! Si peu. Pourtant elle l'aimait toujours, d'un amour vain et sans espoir.

Lorsque les derniers visiteurs quittèrent le *palazzo*, la princesse se rapprocha de lui.

« Je me languis de vous, mon mari. Vous me faites si peu l'honneur de me rencontrer. »

Ferdinando haussa les épaules.

« À quoi bon, puisque notre union est décidément stérile ! »

Violante sentit les larmes lui venir. Elle se tourna afin qu'il ne vît pas son chagrin.

« Mais je ne vous en veux point, poursuivit le duc. Je me soucie comme d'une guigne de ma descendance et de la continuité de la dynastie des Medici. Depuis Lorenzo, nous n'avons produit que des assassins, des tyrans, des fats et des débauchés. L'extinction de notre race sera un bienfait pour l'humanité ! »

Il rit. Un peu trop fort. Puis s'en fut à grandes enjambées. Toutefois, avant de sortir, il lança :

« Dès que mon horrible grand-mère aura gagné le mausolée familial pour l'éternité, je partirai pour Venise où l'air est plus respirable et les putains plus capiteuses qu'à Florence ! »

* *
*

Le sort frappait à nouveau les Medici : Anna Maria Luisa ne pouvait concevoir. À deux reprises, elle avait été grosse mais avait promptement perdu son fruit. La faute en revenait à l'Électeur palatin, victime d'une épidémie de maladie vénérienne qui sévissait en Europe du Nord. La princesse, contaminée, craignait d'être devenue stérile. Car, malgré les médecines et les cures qu'on lui prescrivit, son ventre demeurait infécond et le resterait sans doute à jamais. Mortifiée, elle imposa le secret à tout son domestique : personne ne devait savoir qu'elle avait été infectée par ce mal déshonorant. Elle prit même des dispositions testamentaires afin que, au jour de sa mort, on s'abstînt d'ouvrir sa dépouille et de l'embaumer.

Dans les nombreuses lettres qu'elle envoyait à son père, elle s'efforçait pourtant de dissimuler son dépit et sa tristesse. Elle y évoquait les fastes de la cour et la gaieté qui y régnait. Les conversations étaient brillantes, la musique excellente et son époux, malgré son physique disgracieux et sa détestable maladie, se révélait un agréable compagnon qui ne pensait qu'à lui plaire en toutes choses.

Cosimo III, obsédé par la pérennité de sa lignée, accusa durement l'annonce de la probable stérilité de sa fille. Il lui fallait donc marier Gian-Gastone au plus tôt. Justement, Anna Maria Luisa qui, bien qu'elle fût éloignée de Florence, avait repris auprès de son père l'influence autrefois détenue par Vittoria della Rovere, suggéra un parti : elle s'appelait Anne-Marie-Françoise de Saxe-Lauenburg, était veuve et avait déjà donné naissance à une fille. Cette princesse allemande n'était donc pas stérile. Le grand-duc fut aussitôt enchanté. En outre, cette union permettrait aux Medici d'accroître leur entregent en Allemagne et même de greffer un nouveau rameau sur l'arbre de la noblesse impériale. Anne-Marie-Françoise étant héritière du duché de Saxe-Lauenburg, son époux pourrait prétendre à devenir prince du Saint Empire romain.

Le grand-duc fit connaître à sa fille qu'il approuvait ce projet et lui demanda de besogner au plus vite à le réaliser en convainquant la princesse de se remarier. Lui-même interviendrait auprès de l'empereur afin qu'il approuvât ces épousailles. Comme à l'habitude, il devrait certainement ouvrir sa bourse, mais il y était déjà prêt, tant il importait qu'on lui donnât enfin des petits-fils.

Cosimo III n'ignorait pas que son fils cadet ne manifestait aucune appétence pour la gente féminine, même s'il entretenait des relations confiantes avec sa belle-sœur Violante de Bavière. Comment réagirait-il lorsque son père l'informerait de ses intentions ? Le grand-duc devait bien s'avouer qu'il connaissait très mal Gian-Gastone. La plupart du temps, le jeune homme se tenait à l'écart de la cour, reclus dans sa rotonde où il accueillait ce voyou de Damiano, un roué qui abusait de ses bontés et, disait-on, allait jusqu'à le maltraiter. Cosimo ne devrait-il pas commencer par expédier ce drôle aux galères ? Ou bien encore dépêcher un sicaire afin de l'occire ? Mais c'était prendre le risque de provoquer un grand ressentiment susceptible de ruiner à jamais son projet matrimonial : il n'oubliait jamais que coulait dans les veines de ses enfants le sang de l'indomptable Marguerite-Louise.

Avant de convoquer son fils, le grand-duc décida d'aller converser avec Violante. Une demoiselle d'honneur lui donna l'entrant de son salon.

La jeune femme, installée devant un clavecin, s'arrêta de jouer dès qu'elle l'aperçut. Mais le grand-duc, confus d'avoir interrompu sa musique, lui ordonna de continuer. Il s'assit et s'absorba dans la contemplation de ses longs doigts agiles et de son grand front de neige. La tristesse qui émanait de toute sa personne s'accordait à la pièce mélancolique qu'elle interprétait.

Elle s'arrêta, referma l'abattant du clavier et se tourna vers le grand-duc.

« Êtes-vous étonnée de me voir en vos appartements ?

– Vous êtes céans chez vous, mon père. »

Mal à l'aise, il se leva tandis que Violante demeurait assise sur son tabouret.

« Je viens solliciter à la fois vos conseils et votre entremise. »

Un sourire s'ébaucha sur les lèvres de la princesse, si lumineux qu'il semblait éclairer son visage de l'intérieur.

« Mon Dieu, en quoi, moi, si ignorante et pauvrette, pourrai-je aider Votre Seigneurie ?

– Allons ! Je connais vos qualités, qui sont bien supérieures à la modestie dont vous faites montre présentement. »

Il marqua un temps et poursuivit :

« Je me lamente de n'avoir pas d'héritier... Je ne vous reproche point de demeurer bréhaigne, car si votre giron ne porte pas de fruit, la faute en revient aussi à votre époux. Aussi ai-je décidé de marier Gian-Gastone au plus vite ! Mais... »

Il s'interrompit à nouveau, lissa sa moustache en crocs qu'il portait longue et abondante. Il reprit :

« Je sais les grands désordres de sa vie privée et sa préférence pour les mœurs socratiques. Je dois donc m'assurer qu'il honorera sa femme comme le doit un mari. »

Violante ouvrit de grands yeux.

« Mais qu'y puis-je ?

– Vous êtes sa confidente. Percez ses intentions. Voyez si son goût pour les amours contre nature supportera d'être contrarié quelques fois, le temps d'engrosser sa future épouse... »

La jeune femme rougit.

« Vous me faites là une demande incongrue et qui me semble bien peu aisée à satisfaire.

– J'en conviens. Toutefois il est de la plus haute importance que vous vous y employiez. »

Troublée, Violante demeura muette. Elle sentit monter l'irritation du souverain. Mais elle ne trouvait pas les mots pour répondre.

« M'obéirez-vous, enfin ? tonna Cosimo.

– Je ne ferai rien pour vous déplaire, Monseigneur. »

Sans un mot de plus, il se retourna et s'éloigna. Ses talons claquèrent sur le parquet. Violante soupira.

Revenu dans son cabinet de travail, le grand-duc convoqua l'un de ses conseillers, le marquis de Malvezzi, celui-là même qui avait eu l'écrasante tâche de surveiller Marguerite-Louise d'Orléans. Les deux hommes envisagèrent le projet de mariage et l'inquiétude qu'inspirait à Cosimo III le dérèglement de son fils cadet.

« Je sais des hommes, dit le conseiller, qui sacrifient sur les deux autels. Pourquoi n'en serait-il pas de même de Gian-Gastone ?

– J'en doute, tant il semble attaché à ce maudit Damiano.

– Alors, Votre Altesse sérénissime, puis-je oser une suggestion ? Usez d'un subterfuge. Envoyez-lui une belle garcelette experte dans les arts de la galanterie et ordonnez-lui de se déguiser en garçon. Si elle est assez habile, elle trompera votre fils et le conduira jusqu'au déduit. Et l'on saura si Gian-Gastone est apte à se reproduire.

– Il faudra d'abord éloigner son giton !

– Qu'on l'arrête sous un prétexte quelconque ! Un bref séjour au cachot lui trempera le caractère ! »

Songeur, le grand-duc ne répliqua pas tout de suite. Puis il dit :

« Le procédé est un peu fort. Mais il me convient, même s'il offense les préceptes de notre sainte Église. »

* *
*

Le prêtre protestait avec véhémence. Il ne voulait en aucune façon se séparer du petit tableau que Gian-Gastone avait déniché dans un coin obscur de la sacristie. La violence des couleurs, la lumière qui en émanait, la qualité particulière des rouges donnaient à penser au jeune prince qu'il s'agissait d'une œuvre de l'école d'Andrea del Sarto. Son peintre favori. Violante savait qu'il pouvait passer des heures à contempler son *San Giovanni-Battista* qui appartenait aux collections grand-ducales. Il était fasciné par l'expression de ce visage presque féminin dont le regard perdu semblait implorer le spectateur. Ses paupières légèrement gonflées donnaient à imaginer qu'il avait récemment versé des larmes. Il n'était jusqu'au torse imberbe et nu qui le plongeait dans de profondes songeries. Le corps d'un jouvenceau qui attendait l'onction d'une caresse. À qui Andrea avait-il pensé en peignant cette délicate figure ? Et quel modèle l'avait inspiré ?

Le prêtre vociférait toujours. Ce tableau, qui représentait une scène de déposition, appartenait à son église depuis des lustres. L'en priver constituerait un outrage insupportable.

« Alors pourquoi le dissimuliez-vous à la vue de vos fidèles ?

– Nous avons jugé que la nudité excessive du Christ pouvait troubler les pensées de nos ouailles. »

Gian-Gastone éclata de rire.

« Mais cette nudité est admirable et à moi, justement, elle me sied !

– Le regard de Votre Seigneurie ne se peut comparer à ceux de notre humble troupeau !

– Combien en voulez-vous ? » demanda abruptement Violante.

L'ecclésiastique parut un instant déconcerté. Amusé, Gian-Gastone se tourna vers sa belle-sœur.

« Êtes-vous vraiment décidée à acheter ce tableau ?

– Je le ferai si cela peut vous complaire, mon cher beau-frère ! »

Un peu plus tard, après être parvenus à un accord, ils flânèrent sur les bords de l'Arno avant de regagner le *palazzo*. Sous le ciel immaculé, les eaux claires et lentes donnaient une impression d'apaisement. Des gamins à demi nus pêchaient au milieu des herbes folles de la berge.

« Je dois vous parler, commença Violante. Le grand-duc, votre père, m'a entretenue des projets qu'il a pour vous.

– Ce serait bien la première fois qu'il me porte attention.

– Il veut vous donner femme. »

Gian-Gastone s'arrêta subitement. Violante, la voix mal assurée, poursuivit :

« Et il entend que vous procréiez ! »

Le jeune homme, après un instant de stupeur, pouffa.

« Que voilà une idée extraordinaire ! Mon père veut non seulement gouverner ma vie mais aussi mes sens ! »

Il n'en finissait pas de rire. Puis il se calma.

« Et comme il n'a pas eu le courage de me le dire de bec à bec, il vous a demandé d'être son truchement.

– Je l'ai fait à mon corps défendant.

– Je ne vous le reproche pas ! »

Il rit à nouveau.

« Et quelle est celle qu'il désire que j'engrosse ?

– Une princesse allemande, Anne-Marie-Françoise de Saxe-Lauenburg.

– Pouah ! Une Teutonne !

– Vous oubliez que je suis tudesque, moi aussi.

– Mais votre esprit ne l'est assurément point ! »

Ils reprirent leur marche. Un des enfants poussa des cris de joie. Au bout de sa ligne, un gros poisson miroitait au soleil.

« Que devrai-je dire au grand-duc ? demanda Violante.

– J'épouserai puisqu'il le veut. Mais je ne suis pas certain de lui donner satisfaction en tout point. »

Puis son regard se fit rêveur. Il embrassa le panorama de la ville. Le couchant dorait tuiles et coupoles, estompait les contours, nimbait clochers et terrasses d'une lumière apaisante qui tirait maintenant sur le rose.

« N'y a-t-il rien de plus doux que la vision de cette cité ? » dit le jeune homme comme pour lui-même.

Et il ajouta à l'adresse de Violante :

« Et si le destin veut que je conçoive, je ne le ferai qu'en pensant au bien-être des Florentins ! »

* *
*

« Relâchez-la ! » ordonna Cosimo III.

La manœuvre suggérée par Malvezzi avait fait long feu. Gian-Gastone avait éventé la supercherie avant même que la drôlesse pénétrât dans sa retraite. Furieux d'être privé de son giton, il avait commandé à son valet de chasser cet importun qui prétendait le visiter. Mais le « garçon » avait résisté. Dans la lutte qui avait suivi, son pourpoint avait cédé et libéré deux tétons parfaitement pommés. Confuse, la fille s'était aussitôt ensauvée.

Le grand-duc avait une autre raison d'enrager. Il venait de recevoir un médaillon représentant Anne-Marie-Françoise de Saxe-Lauenburg. Bien que le portraitiste eût, comme de coutume, certainement avantagé son modèle, l'impression était détestable. Forte et joufflue, pourvue d'un grand nez qui mangeait sa lèvre supérieure, la princesse arborait une abondante poitrine qui débordait de son décolleté. L'œil, petit, était chafouin et la carnation rouge plutôt que rose.

Oserait-il montrer cette exécrable figure à son fils cadet qui, déjà, déprisait les charmes féminins ?

Enfin, il se décida et fit chercher Gian-Gastone. Il était trop tard pour reculer. La princesse, malgré qu'elle fût peu enjointe à se remarier, avait consenti et l'empereur avait donné sa bénédiction à cette union.

Gian-Gastone parut, un léger sourire sur les lèvres.

« Voulez-vous me parler de ma future épouse ? »

Cosimo poussa le médaillon vers lui. Le jeune homme le prit distraitement et contempla le portrait.

« Quelle est cette ogresse ? Ne me dites pas qu'il s'agit de Anne-Marie-Françoise de Saxe-Lauenburg ? »

Contrit, le grand-duc opina de la tête. Puis, sans y croire lui-même, il ajouta :

« Certes, elle n'est point belle. Mais elle a une complexion qui augure bien de sa santé et de son aptitude à enfanter. »

Gian-Gastone observait toujours le médaillon. Et, au grand étonnement de Cosimo III, il laissa tomber :

« Sans doute devrais-je vous rendre grâce de m'avoir choisi une épouse aussi laide... Une plus jolie m'aurait inspiré le regret de ne pouvoir l'honorer ainsi qu'un mari se le doit ! »

V

1697-1698

Il était revenu. Jaune, émacié et maigre comme un loup. Il n'avait guère tergiversé :

« Je suis souffrant, vous ne devez plus partager ma couche.

– La maladie ne m'inspire aucune crainte.

– Je ne veux pas vous contaminer.

– Je vous soignerai avec le plus grand dévouement.

– Je vous sais gré de vos bontés, mon amie. Mais je ne vous ai apporté que des malheurs et n'ai point mérité vos faveurs. Je ne désire pas vous imposer ma misérable compagnie. Je vais me retirer à la campagne.

– Votre exil sera aussi le mien !

– Bientôt, je vous ferai horreur.

– Vous demeurerez mon époux jusque dans la détresse. »

Violante avait tant insisté que Ferdinando lui permit de l'accompagner à Pratolino. Peu après, elle apprit toute la vérité de la bouche même de son époux, qui la lui conta sans vergogne. À Venise, délaissant son cher Cecchino, le prince s'était soudain converti aux amours féminines. Non pas qu'il n'eût déjà fréquenté ci et là la couche de quelques belles putains, mais, après ces écarts, il revenait toujours à son goût pour les jouvenceaux graciles et imberbes. Jusqu'à ce jour où il s'éprit avec violence d'une grande dame qui était également convoitée par le duc de Mantoue. La coquette l'avait longtemps repoussé sous divers prétextes. Ferdinando n'avait tenu aucun compte de ces avertissements tant il brûlait de vaincre. Enfin, triomphant de son rival, il avait possédé sa proie. Toutefois, quelque temps après, il s'aperçut qu'il payait très cher cette victoire : la belle lui avait non seulement donné son corps mais aussi le mal français, comme on l'appelait de ce côté-ci des Alpes. Et il comprit bien tard pourquoi la jeune femme s'était refusée si longtemps à se rendre.

Décoctions de bois de gaïac, frictions avec des onguents mercuriels, fumigations de cinabre, port de caleçons antivénériens n'avaient pu venir à bout de la maladie. Bien au contraire. Ferdinando, soumis à ce traitement radical, avait cru en mourir et il gardait encore en bouche l'horrible goût de ce mercure censé combattre les miasmes de la vérole.

Le prince avait chassé les médicastres et s'était résolu à quitter Venise. Désormais, avait-il décidé, il vivrait retiré en sa villa de Pratolino, afin de dissimuler au monde les funestes progrès de sa maladie.

Entre deux périodes d'abattement, Ferdinando, feignant d'oublier son mal, se partageait entre les plaisirs que lui donnaient son petit théâtre et une nouvelle passion pour les automates. Il en peupla jardins et bosquets. Construites en bois et animées par des ressorts ou grâce à l'action de l'eau, ces machines s'ajoutèrent aux merveilles aquatiques qui s'y trouvaient déjà. Le prince s'amusait à surprendre les rares visiteurs qui se présentaient à la villa. Soudain, actionné par le truchement d'un dispositif secret, un faune empoignait son flûtiau. Plus loin, dans une grotte figurant l'enfer, Eurydice marchait derrière Orphée. Ailleurs, des naïades s'ébrouaient devant une fontaine.

Ferdinando éprouvait une joie enfantine à concevoir ces mécanismes et à les proposer en spectacle. Toutefois, bien vite, dès que ses hôtes étaient partis, il se laissait aller à la mélancolie. Violante essayait de le distraire en lui faisant la lecture ou en jouant du clavecin. En vain, la plupart du temps.

Elle veillait à ne pas l'accabler par d'inutiles prévenances qui eussent pu l'irriter. Mais dès qu'elle devinait qu'il avait besoin de ses soins, elle se présentait à lui. Parfois, elle pensait qu'il était son unique enfant, un être fragile et irritable qu'il convenait de protéger. Et elle était émue au plus haut point lorsqu'il lui manifestait sa confiance et peut-être même, du moins l'espérait-elle, son affection.

Ce matin-là, il flottait une sorte de volupté dans l'air. Le printemps, tiède et parfumé, baignait les jardins et des milliers de fleurs des champs mouchetaient les prairies de couleurs vives. Quand on foulait cette herbe drue et odorante, il s'en échappait des nuées d'insectes, tout un petit peuple demeuré invisible jusque-là. Violante aimait cette nature généreuse. Elle songeait que, pour la première fois depuis son mariage, elle se sentait en paix avec elle-même. Certes, elle ne serait jamais mère, mais elle se contentait de ce bonheur tranquille et vivait avec plus d'intensité l'harmonie du moment. Il y avait aussi, elle ne devait pas se le cacher, le sentiment que désormais, malade, Ferdinando lui appartenait.

Un bouquet à la main, elle revenait à pas lents vers la villa lorsqu'elle vit un carrosse franchir le portail d'entrée et s'arrêter devant le perron. Des domestiques se précipitèrent, ouvrirent la portière. Gian-Gastone en descendit. Il aperçut sa belle-sœur qui venait à lui, fit quelques pas dans sa direction, s'inclina.

« Très chère belle-sœur, je suis bien aise de vous voir. »

Il baisa sa main. Tandis que Violante répondait à son adresse :

« Je ne suis pas moins heureuse de vous trouver céans.

– Je suis venu vous présenter mes devoirs avant de prendre le chemin de l'Allemagne où je vais rejoindre mon horrible épouse. »

La jeune femme ne put s'empêcher de rire.

« Est-elle aussi laide qu'on le prétend ?

– C'est bien pire ! Outre cette vilaine figure qu'elle arbore, on m'a rapporté qu'elle jouit d'un embonpoint tout à fait exceptionnel. De telle sorte que, même si j'en avais le désir, j'aurais grande difficulté à la tenir tout entière dans mes bras. »

Violante rit à nouveau.

« Je suis certaine que vous exagérez !

– Je crains le contraire... Aussi vous ne devez guère espérer que je vous donne prochainement un neveu ou une nièce ! »

* *
*

Ferdinando était assis dans son cabinet de travail devant une table jonchée de croquis et d'esquisses d'automates. En découvrant son frère qu'il n'avait pas vu depuis son retour de Venise où il avait séjourné brièvement au *palazzo* Pitti, Gian-Gastone ne put dissimuler son étonnement. Il s'était encore délabré. Ses mains tremblaient et sa perruque, mise de guingois, peinait à cacher sa calvitie.

« Eh bien quoi ? dit rudement Ferdinando, j'ai la vérole et mon corps se corrompt de l'intérieur. »

Puis il reprit plus calmement :

« Cette catin est la plus belle que j'ai jamais eue... Dois-je regretter de l'avoir besognée tant et plus ?

– Avez-vous oublié que le vice n'est jamais loin de la beauté ? »

Ferdinando ricana.

« Qui êtes-vous, monsieur l'antiphysique, pour m'administrer des leçons de morale ?

– Vous-même, n'avez-vous pas cédé à ce travers socratique ?

– Certes. Et je ne m'en repens point. Cecchino était caressant et prompt à me servir. Mais je ne sache pas qu'il soit impossible d'aimer les garçons tout autant que les filles. Ou plutôt, les filles après les garçons ! »

Les deux frères se mesurèrent du regard. Leurs relations avaient toujours été rugueuses. Ferdinando, brillant et habile causeur, aimait à se pavaner, tandis que Gian-Gastone, modeste et secret, fuyait la société. Chaque fois qu'il leur arrivait de se rencontrer, l'aîné ne manquait jamais de montrer au cadet qu'il le tenait pour peu de chose.

« Monsieur, je viens prendre congé de votre société... Mon devoir m'appelle à Düsseldorf où ma future épouse m'attend. »

Ferdinando soupira.

« J'ai grand-pitié pour vous, monsieur mon frère. L'Allemagne n'a guère porté chance à notre lignée. Je gage que même si vous réussissez, en dépit de vos préférences, à conjoindre votre épouse, votre union demeurera stérile. »

Gian-Gastone hocha la tête

Et, un instant, il passa entre eux ce qui pouvait ressembler à de l'affection.

* *
*

Damiano buvait à même la fiasque qu'il avait chipée à l'auberge où ils avaient fait étape. Puis, après une longue lampée, il tendit le flacon à Gian-Gastone qui emboucha aussitôt le goulot, sans se soucier du filet de vin qui coulait sur son col et sa chemise.

L'éphèbe était devenu un jeune homme musculeux dont les yeux noirs brillaient comme des escarboucles au milieu de son visage de Maure. Parfois, un sourire féroce fendait sa figure. Comme un coup de stylet, songeait Gian-Gastone, qui le craignait tout autant qu'il le chérissait.

Il avait exigé de Cosimo III que Damiano, en dépit de sa modeste origine sociale (son père était pâtissier) fût attaché à sa suite. Le grand-duc, suffisamment inquiet sur l'issue de ces épousailles, avait consenti. Sans doute espérait-il que la présence de ce giton saurait émoustiller les sens de son fils cadet tout juste avant qu'il n'entrât dans la couche de sa grosse épouse.

Dès lors, chassant son aide de camp dans une autre voiture du cortège, le prince installa le jeune roué dans son carrosse particulier. Tout au long de l'interminable trajet qui les menait jusqu'au palais de l'Électeur palatin à Düsseldorf – Anna Maria Luisa, la sœur de Gian-Gastone, avait pris sur elle d'être la grande ordonnatrice des cérémonies de mariage –, les deux compères firent bonne chère, s'enivrèrent et se livrèrent à la débauche. Le prince s'abandonna d'autant plus volontiers qu'il pensait que, en s'étourdissant, il parviendrait peut-être à vaincre la répulsion qui, déjà, l'habitait à la seule pensée de ses épousailles.

Le cadet des Medici titubait lorsqu'il mit pied à terre dans la cour du palais de sa sœur. Anna Maria Luisa ne dissimula pas sa réprobation. Gian-Gastone n'en eut cure. Hébété, il assista au dîner qu'on donna en son honneur. L'Électeur, petit et rond, lui parut fort comique. Puis il s'endormit et on dut le transporter dans les appartements qui lui avaient été réservés.

Anna Maria Luisa vint le réveiller à la première heure.

« Monsieur, vous nous avez mis en grand embarras et je crains que la nouvelle de votre intempérance ne parvienne jusqu'aux oreilles de votre future épouse.

– Parce que cette gaillarde princesse ne boit ni ne mange ! » railla Gian-Gastone.

L'Électrice leva les yeux au ciel.

« Monsieur mon frère, votre inconduite m'inspire les plus grandes inquiétudes...

– Alors, de grâce, faites en sorte de rompre ce mariage qui m'importune avant même qu'il soit célébré et moins sûrement consommé ! »

Nouveau haussement de sourcil.

« Vous êtes un Medici, monsieur. Et vous serez appliqué à vous montrer digne de l'honneur de notre nom ! »

Puis, quittant la chambre de son frère, elle ajouta :

« Lavez-vous ! Cette pièce sent la tanière. N'oubliez pas que la princesse Anne-Marie-Françoise de Saxe-Lauenburg vient nous visiter au mitan de cette journée afin de vous être présentée. »

* *
*

Elle était aussi grande que grosse. Mafflue, un soupçon de moustache sous le nez, elle se mouvait malgré sa corpulence avec une exceptionnelle vivacité. Elle le contempla sans aménité, comme si la maigre et délicate charnure de son époux lui inspirait les réserves les plus certaines.

On déjeuna. Anne-Marie-Françoise ne s'animait que lorsque la conversation portait sur les chevaux et les chiens.

« Chassez-vous ? demanda-t-elle à Gian-Gastone.

– Madame, j'ai trop de respect pour la vie de mes semblables. »

Elle haussa les épaules.

« Je vous parle de gibier, monsieur !

– Je l'entends bien. Mais les sangliers sont mes frères et les cerfs mes cousins ! »

La princesse écarquilla les yeux. Anna Maria Luisa, prévenant le désastre qui s'annonçait, rompit la joute.

« Gian-Gastone n'aime rien tant que les plaisanteries...

Je suis sûre que sous votre aimable férule, il s'adonnera avec joie au plaisir de courre les animaux de vos forêts. »

Anne-Marie-Françoise parut rassérénée, tout au rebours d'Anna Maria Luisa, qui voyait son frère lamper gobelet après gobelet.

« J'ai grande hâte de retrouver mon château et mes terres, dit la future épouse. La ville m'incommode et me semble d'un ennui incomparable. »

Gian-Gastone grimaça. L'ogresse avait refusé de venir s'établir à Florence et imposé par contrat que le couple vivrait à Reichstadt, un bourg montagneux de Bohême où la princesse résidait ordinairement.

« Pourquoi n'irions-nous pas d'abord en Toscane ? dit le Medici d'une voix pâteuse. Je serais votre guide et vous goûteriez la douceur de vivre de ma patrie...

– Il n'en est pas question, trancha la princesse. C'est à Reichstadt, et nulle part ailleurs, que je veux m'en aller. »

Elle lui lança alors un regard sombre qui ne permettait pas de douter de sa résolution.

* *
*

Assis dans une gloriette recouverte de chèvrefeuille, Ferdinando pleurait. Il essaya de dérober son visage à Violante lorsqu'elle parut, mais ne put étouffer un petit gémissement.

« Mon ami... »

Elle posa une main sur son épaule. Mais il la repoussa.

« Laissez-moi. Je vous défends de me plaindre et ne suis pas digne de votre affection. Je me fais à moi-même horreur ! »

Elle s'assit pourtant à côté de lui.

« Ne sentez-vous pas cette odeur de mort qui flotte autour de moi ? La vérole exsude par tous les pores de ma peau. »

De sa main tremblante, il arracha sa perruque. Son crâne entièrement nu était marbré de vilaines taches purpurines.

« Êtes-vous satisfaite de contempler ma déchéance ? dit-il avec violence.

– Peu m'importe ! Vous êtes toujours l'homme dont je me suis éprise à la première minute où je l'ai vu.

– Vous êtes folle. Moi je n'ai jamais aimé, seulement désiré.

– Je ne vous crois pas, même si je regrette de n'avoir jamais été l'objet de votre attachement. »

Ferdinando ricana.

« Comment en aurait-il pu être autrement ? Je porte en moi les vices de ma mère et l'insensibilité de mon père. J'étais donc voué dès ma naissance à devenir un débauché et un cynique.

– Vous vous accablez inutilement.

– Non, car je me connais mieux que vous ne le pensez... Et j'ai peu d'estime pour moi-même. »

Violante ne répliqua pas. Ferdinando recoiffa sa perruque, se leva avec peine.

« Donnez-moi votre bras, nous allons visiter mes automates. »

Haut dans le ciel, le soleil les éblouit. Ils gagnèrent le plus vite possible les ombrages du parc. Près d'une vasque, perché sur un rocher, un marmouset, allongé, semblait dormir. Le prince manipula un robinet. Soudain, le petit monstre se dressa sur ses jambes arquées et esquissa un pas de danse, aussi comique que disgracieux. Puis il se coucha derechef avant de se relever. Il en serait ainsi tant que l'eau courrait dans les membres du personnage. Violante observa Ferdinando. Un large sourire éclairait son visage hâve et terreux. Le sourire d'un gamin qui assiste aux pitreries d'un polichinelle ou aux cascades d'un acrobate.

Elle prit à nouveau son bras et se serra contre lui.

* *
*

La route, encore... Un mauvais chemin qui brisait les corps tout autant que les voitures. Le cortège s'enfonçait dans une vallée profonde, encaissée entre deux montagnes recouvertes de sombres sapins.

En face de lui, et en dépit des nombreux cahots, Anne-Marie-Françoise de Saxe-Lauenburg s'était assoupie. Damiano, furieux, avait dû déguerpir et céder sa place à la princesse. Il avait rejoint la dernière voiture, celle où étaient entassés les laquais, non sans menacer d'y faire grand tapage.

Un ronflement. Elle tomba de côté sur la banquette mais ne se réveilla pas. Sa robe remontant un peu sur ses jambes découvrit de gros mollets garnis d'une forêt de poils noirs. Son épouse ! Il n'arrivait toujours pas à y croire. Ils avaient été mariés deux mois plus tôt dans la chapelle de l'Électeur palatin. Lors du banquet qui avait suivi la cérémonie, Gian-Gastone avait pris soin de s'enivrer. De sorte que, à peine entré dans le lit nuptial, il s'était endormi. Au réveil, Anne-Marie-Françoise n'avait pas paru lui en tenir rigueur. Et il s'était mis à espérer que la princesse n'avait guère d'appétit pour le déduit.

Toutefois, dès la nuit suivante, la Tudesque réclama son dû. Et comme son époux tardait à s'exécuter, elle se fit pressante, l'écrasa contre ses terribles mamelles, le chevaucha telle une amazone en furie et, pour en terminer, l'empoigna si rudement qu'il en garda une violente douleur pendant plusieurs jours. Malgré ses efforts, elle ne put obtenir qu'une timide bandaison peu propice à favoriser la conjonction tant espérée. Hors d'elle, elle l'injuria et le chassa sans ménagement de sa couche.

Une semaine passa avant qu'Anne-Marie-Françoise revînt à la charge. Ce fut un nouvel et cuisant échec. La princesse en conçut un grand dépit et manda un médecin afin qu'il observât les parties intimes de son époux. Gian-Gastone subit cet examen avec aménité. Le praticien questionna, contempla, manipula et conclut que l'appareil génitoire du prince, ne montrant aucune altération, était en tout point capable de donner satisfaction à sa femme.

La hargne de l'ogresse redoubla. Elle exigea de ce même médicastre qu'il lui fournît des drogues susceptibles d'éveiller les esprits animaux de Gian-Gastone. Elle en saupoudra les mets servis à son époux. Mais rien n'y fit, sinon que les boyaux du prince souffrirent mille brûlures. Anne-Marie-Françoise ignorait que le jeune homme, dès qu'il était renvoyé de la chambre conjugale, s'en allait apaiser les feux que ces décoctions avaient allumés à l'étage des domestiques où logeait Damiano.

Bientôt, elle se lassa. Ce n'était pas encore la paix, tout juste une trêve. Sans doute la princesse espérait-elle que l'air revigorant de la Bohême viendrait à bout de la mollesse de son époux.

Il pleuvait quand le cortège de carrosses entra dans un misérable village aux rues boueuses. Des poules, des chèvres, des cochons crottés rôdaient autour des chaumières. Quelques enfants non moins sales pataugeaient dans la fange.

Anne-Marie-Françoise s'éveilla soudain.

« Nous voici bientôt arrivés ! »

Au détour de la route, Gian-Gastone découvrit, flanqué en haut d'un escarpement, un petit château de médiocre allure, aux murailles noires et aux ouvertures étroites. Était-ce là Reichstadt ? Il n'en douta pas lorsqu'il vit son épouse s'ébrouer, comme si elle sortait d'un long ennui.

* *
*

Il avait froid en permanence. Un froid pénétrant qui glaçait jusqu'aux os. Les hautes cheminées du château dispensaient une chaleur parcimonieuse. On y cuisait sur le devant, on y gelait sur les arrières.

Engoncé dans une houppelande de fourrure, Gian-Gastone regardait la neige tomber à gros flocons. Les troncs des sapins, couleur de deuil, se découpaient sur ce mol édredon blanc qui se brouillait à l'horizon. À droite se détachaient les hauts murs de l'écurie, sans doute le bâtiment le mieux entretenu du domaine. Anne-Marie-Françoise pouvait y passer des journées entières, n'en sortant que pour les repas. Un palefrenier avait rapporté au prince qu'elle y parlait à ses chevaux et les mignardait comme s'il se fût agi de personnes. Quand elle revenait au château, elle sentait le crottin et cette forte odeur de fumier imprégnait jusqu'aux draps du lit conjugal.

Rebutée par l'apparente impuissance de son époux, elle avait renoncé à lui demander les satisfactions qu'elle était en droit d'attendre. Elle compensait cette chasteté forcée par de fréquentes et frénétiques chevauchées dans ses bois. Pique à la main, chaussée de longues bottes et vêtue d'un habit masculin, elle forçait les sangliers, traquait les loups, rembuchait les cerfs de ses bois jusqu'à la tombée de la nuit.

Pendant ces longues absences, Gian-Gastone essayait de trouver quelque réconfort auprès de Damiano. Mais le jeune homme, vexé d'avoir été provisoirement ravalé au rang de domestique, affichait une fâcheuse insolence. Le prince ne comptait plus les humiliations et même les mauvais traitements que son amant lui infligeait. Il subissait sans protester. Peut-être même y trouvait-il un certain plaisir... Tandis qu'Anne-Marie-Françoise soignait son dépit conjugal en s'étourdissant de chasses et de galops, Gian-Gastone s'empiffrait de friandises et buvait plus que de raison. La conséquence en fut une bouffissure qui altéra assez rapidement son corps et sa figure. Peu lui importait ! Il ne s'aimait pas. Il lui semblait ainsi que cette transformation physique révélait enfin sa vraie nature.

La neige encore. Et l'ennui, toujours. Le jeune homme rêvait de Florence, de ses rues ensoleillées, de ses terrasses, fontaines et jardins. L'art aussi lui manquait. Reichstadt n'offrait que des murs nus, des meubles qu'on aurait pu trouver dans la masure d'un paysan, une vaisselle grossière et une bibliothèque affligeante de médiocrité. Quant à la cuisine, elle était aussi rustique que la propriétaire des lieux.

Le soir tombait. Des aboiements signalèrent le retour de la princesse. Foulant la neige à grandes enjambées, elle apparut à la poterne du château, entourée d'une meute de molosses dont elle calmait les ardeurs à longs traits de fouet. Bientôt, elle viendrait s'asseoir devant le feu, jambes étendues, dépoitraillée. Ses vêtements fumeraient et Gian-Gastone sentirait le remugle qui monterait de son corps, odeur mélangée de poils de chien mouillé, de cuir et de sueur.

Il se saisit du flacon d'eau-de-vie qu'il avait posé dans le renfoncement de la fenêtre et le vida d'un trait.

* *
*

Violante vit tout de suite qu'il avait vieilli. La lippe pendante, l'œil larmoyant et la moustache grisonnante, Cosimo III avait perdu de sa superbe. Il n'était jusqu'à sa vêture qui sentait le négligé.

La princesse s'était résolue à quitter Pratolino pour quelques jours. Malgré son abnégation et la sincérité de son dévouement à Ferdinando, elle était lasse et éprouvait le besoin de retrouver le monde, ne serait-ce que brièvement. Et, ainsi que le voulait l'étiquette, elle commença par rendre visite à son beau-père.

« Comment se porte monsieur mon fils ? demanda-t-il par politesse.

– Son séjour à la campagne fait merveille », mentit Violante.

Ce fut à peine si le grand-duc entendit. Perdu dans ses pensées, il semblait soucieux. La princesse savait que la mort de plusieurs de ses proches l'avait plongé dans une profonde affliction. Francesco Redi, son médecin personnel, disparut le premier. Cosimo n'oubliait pas qu'il devait à ses sages conseils d'être encore en vie. Puis son théologien particulier, le révérend père Pennoni, trépassa à son tour. Le grand-duc lui était très attaché et lui demandait conseil en toutes choses. Son absence lui pesait. Il était enfin d'autant plus fâché qu'un mauvais plaisant avait cru bon de saluer à sa façon le décès de l'ecclésiastique. Il avait osé afficher une méchante caricature sur la fontaine construite en face du *palazzo* Pitti. Cette image représentait l'enfer. Pennoni était installé derrière une fenêtre tandis que Cosimo III, frappant à la porte, demandait s'il pouvait entrer. « Vous pouvez, vous pouvez ! » répliquait le prêtre ainsi qu'il avait l'habitude de répondre lorsque le grand-duc requérait son avis sur la création d'un nouvel impôt.

Les gardes du *palazzo* s'étaient aussitôt emparés de ce dessin. Ce qui n'avait pas empêché l'histoire de courir tout Florence et de provoquer les rires des citoyens excédés par la tyrannie du clergé. Cosimo III avait exigé du Conseil des Huit* qu'il fût procédé avec célérité à l'identification et à l'arrestation de l'impudent. Mais, en dépit de cet ordre, le farceur ne fut jamais retrouvé.

Le grand-duc avait d'autres sujets de tourment. Soucieux de sa grandeur, Cosimo III était chagriné de constater que, malgré le fait que l'empereur lui eût conféré la dignité royale, ni la France ni l'Espagne ne reconnaissaient cette souveraine distinction. Atteint dans sa vanité, il était aussi alarmé par les demandes d'argent toujours plus pressantes du Habsbourg, son suzerain. Léopold Ier, considérant qu'il avait honoré les Medici en leur permettant de conclure des

* La police florentine.

unions matrimoniales avec d'illustres familles allemandes, réclamait des contributions exorbitantes. Le trésor du grand-duché, déjà bien écorné par les subsides versés à l'Église, n'y suffisait plus. Ainsi, malgré ses réticences, Cosimo III, dûment approuvé par le pape Innocent XII, se résolut à imposer le clergé.

Abbés et abbesses, prélats et prêtres, poussèrent des cris d'orfraie. Propriétaires de biens immenses, habitués à la vie douillette qui était la leur depuis des lustres, attachés à leurs plaisirs – il n'était pas rare de voir dans les couvents de jolies nonnettes jouer les ballerines devant un public d'ecclésiastiques émoustillés –, ils s'indignèrent de voir un prince, par ailleurs si dévot, porter atteinte à leurs bourses. Bien que beaucoup ne s'acquittassent de cet impôt qu'avec une mauvaise volonté ostentatoire, il revint quand même au Trésor assez de pécunes pour bailler à l'empereur les cent cinquante mille écus qu'il réclamait à cor et à cri.

Soudain, Cosimo sortit du songe où il était plongé. Il regarda Violante.

« Ma fille, pourquoi ne viendriez-vous pas vivre à nouveau dans ce *palazzo* qui est aussi le vôtre ? Vous égayeriez ma vieillesse qui est bien solitaire.

– Non, Votre Altesse, il ne se peut, répondit-elle doucement. Je me dois à mon époux. »

Le grand-duc haussa les épaules.

« À quoi bon ! Puisque votre union ne porte pas de fruit ! »

Puis il repoussa violemment son fauteuil, se leva et explosa :

« Quel funeste destin est le mien ! Aucun de mes enfants n'est apte à engendrer. Et la mort me prendra sans que j'aie de successeur. »

Il s'assit à nouveau.

« Le sang vicié de mon épouse est cause de cette affligeante stérilité. Je me suis uni à elle parce que cette alliance était flatteuse pour notre famille. Mais je n'aurais jamais dû obéir à mon père. »

Il demeura un instant silencieux. Allait-il retomber dans sa morosité coutumière ? se demanda Violante. À tout prendre, elle le préférait coléreux et vindicatif, même s'il était criant qu'il accusait injustement son épouse.

Toute désireuse qu'elle était de dissiper ces sombres humeurs, la jeune femme s'avança :

« Me permettez-vous, mon père, de vous rappeler que vous avez un frère qui pourrait travailler à vous donner un successeur

– Francesco Maria ! s'exclama le grand-duc. Il est trop entiché de son chapeau de cardinal. Jamais il ne consentira à abandonner la pourpre pour le mariage. Son état lui permet de vivre, de festoyer à sa guise et de s'engraisser à loisir en sa villa de Lappeggi.

– Sans doute... Mais n'est-ce pas grâce à vos largesses qu'il jouit ainsi de l'existence ? »

Le regard de Cosimo III se fit plus brillant.

« Vous suggérez que si je lui coupais les cordons de la bourse, il viendrait à résipiscence.

– Il se pourrait qu'il fût tenté de vous donner satisfaction... Désirez-vous que je sonde ses intentions ? Il m'a souvent demandé d'aller le visiter à Lappeggi. Je pourrais honorer son invitation. »

Le grand-duc ne répondit pas mais acquiesça d'un petit hochement de tête.

* *
*

Les ordres de son père étaient formels : Gian-Gastone n'était pas autorisé à quitter Reichstadt sans son consentement exprès. Mais le jeune homme n'en pouvait plus. Même ses brefs séjours à Prague où, en compagnie de

Damiano, il s'abandonnait à la beuverie et à la débauche dans les bas-fonds de la ville, ne suffisaient plus à combler le vide qui l'habitait.

Il prit secrètement sa résolution. Un matin, alors que Anne-Marie-Françoise était partie chasser, et sans même que Damiano le sût, il rassembla ce qu'il lui restait de la maigre pension que son père lui servait, s'empara de quelques bijoux de son épouse, ordonna que l'on attelât des chevaux à une calèche et s'enfuit.

Où allait-il ? Il lui était impossible de revenir à Florence où il ne doutait pas que Cosimo III l'eût aussitôt condamné à retourner auprès de sa terrible épouse. Il choisit donc de gagner d'abord le château de sa sœur Anna Maria Luisa. Non pas qu'il eût beaucoup d'affection pour l'Électrice palatine, qui lui avait trouvé ce parti si mal assorti, mais du moins espérait-il que les liens du sang éveilleraient en elle quelque commisération.

Dès qu'il atteignit Düsseldorf, on l'informa que la princesse prenait les bains à Aix-la-Chapelle. Il repartit aussitôt. À peine arrivé dans cette ville d'eaux, il s'épancha dans le sein de sa sœur. Au rebours de ce qu'il craignait, Anna Maria Luisa lui fit bonne figure et écouta avec patience ses récriminations. Certes, elle n'ignorait rien de la rusticité d'Anne-Marie-Françoise de Saxe-Lauenburg. Mais elle avait cru de son devoir de lui choisir cette épouse qui était apparentée aux Habsbourg car cette alliance ne pouvait que rehausser le rang des Medici. Toutefois, elle compatit au désarroi de son jeune frère et laissa même entendre à demimot que son propre mariage, malgré l'affection que lui vouait l'Électeur, ne lui apportait pas les joies auxquelles elle avait aspiré. Gian-Gastone fut touché par ses confidences. Néanmoins, il ne pouvait pas demeurer plus longtemps en Allemagne sans embarrasser sa sœur et son époux. Quelques jours plus tard, il remonta dans son carrosse.

Sa décision avait mûri lentement. Il souhaitait se rendre

auprès de cette mère dont il ne gardait aucun souvenir. Qu'espérait-il, qu'attendait-il ? Comprendre ? Aimer après tant d'années d'absence ? Il ne le savait pas lui-même. Mais, alors que sa voiture roulait en direction de la France, son cœur balançait entre l'impatience et l'angoisse. Il redoutait surtout que sa mère, qui s'était jusqu'alors si peu souciée de son existence, ne trouvât sa visite importune.

Il ne connaissait de Marguerite-Louise d'Orléans que le tableau qui la représentait jeune et qui avait sans doute été peint peu après son mariage. Le portrait d'une fine mouche à l'œil effronté qui se sait belle et en profite. Tant d'années plus tard, restait-il quelques vestiges de cette joliesse ? Sa vie dissipée dont la cour toscane faisait toujours des gorges chaudes avait-elle gâté ses appas ?

Lorsqu'il passa la frontière, afin de tromper les espions que Cosimo III avait certainement lancés à ses trousses, il était devenu le marquis de Sienne.

Gian-Gastone hésita à gagner directement Paris, tant il avait peur d'affronter sa mère. Redevenu Medici, il demanda à visiter le château de Blois, ancienne propriété de sa famille maternelle et aujourd'hui inhabité. Ici, son ambitieux et fol grand-père, Gaston d'Orléans, avait conspiré contre le cardinal Richelieu et son propre frère, Louis XIII. Auparavant, sa lointaine aïeule, la reine Caterina, avait vécu et trépassé dans ces murs. Puis son arrière-grand-mère, Maria, veuve d'Henri IV, y avait été reléguée sur ordre de son fils, Louis. En passant de salle en salle, le jeune homme donna libre cours à son imagination : tout un peuple de fantômes venait à sa rencontre. Ses ancêtres. Ils parcouraient les galeries, grimpaient les escaliers, hantaient les appartements. Ils complotaient, forniquaient, nourrissaient de sombres desseins. Caterina consultait Nostradamus, son fils Henri III ourdissait l'assassinat du duc de Guise, Maria pleurait la mort de Concini et de sa chère

Galigaï, Gaston s'abouchait avec Cinq-Mars, le favori de Louis XIII, aussi beau qu'inconséquent.

Bouleversé, Gian-Gastone crut se trouver mal tant ces personnages lui semblèrent d'une présence oppressante.

Il songeait toujours. Que n'était-il né au temps du Magnifique ? En ce temps lointain, Florence rayonnait. Tous les grands esprits y accouraient de l'Europe entière, les artistes les plus célèbres ornaient ses maisons et monuments, l'air était à la volupté et l'insouciance. Mais la cité était désormais une belle endormie. La décadence avait été longue et continue. Elle s'était amorcée sous le bref règne de Cosimo II, petit-fils de Cosimo Ier. Prince aimable mais chétif, le grand-duc avait commis la funeste erreur de mettre fin aux activités de la banque Medici. Les fastes du train princier étaient désormais à la charge du Trésor public. Ensuite, se sentant mourir et son fils Ferdinando étant trop jeune pour régner, il avait prévu de confier la régence à sa mère, Christine de Lorraine, et à son épouse, Marie-Madeleine d'Autriche. Également inaptes à gouverner, dévotes et même bigotes, ces deux femmes s'entourèrent d'ecclésiastiques auxquels elles prodiguèrent de nombreux dons au détriment des finances toscanes, scellant ainsi la décrépitude de Florence et soumettant son grand-père, Ferdinando II, à leur terrible volonté.

Lorsque Gian Gastone sortit du château, le soir tombait. Il décida de partir pour Paris aux premières heures du jour.

* *
*

Violante fut enchantée de découvrir une campagne aussi harmonieuse. Le plaisir de l'œil y était constant : l'eau de la petite Ema, si diaphane qu'on avait tout de suite l'envie de s'y rafraîchir, les berges semées de fleurs les plus diverses, les contreforts de la vallée plantés d'arbres variés, aulnes, trembles, peupliers, saules. C'était un perpétuel ruissellement de verts, un dégradé enchanteur dont la princesse ne se lassait pas. Plus haut, dominant ce fouillis naturel, se trouvaient les jardins plus policés de la villa de Lappeggi. Le cardinal, qui enviait Pratolino, n'avait pas limité ses dépenses. Certes, on n'y trouvait point d'automates et de fontaines magiques, mais, au hasard des promenades, parmi les essences rares avaient été placées nombre de statues antiques ; certaines, fort impudiques sinon obscènes, étonnaient dans le parc d'un prélat.

Gras, jouisseur et de figure aimable, Francesco Maria avait réservé un excellent accueil à sa nièce par alliance. En habit de cavalier, malgré son obésité, il n'avait de cardinal que ses bas rouges.

« Votre charme va ensoleiller cette modeste maison... »

Violante avait souri car la villa de son oncle était rien moins que modeste. Marbres, tableaux, argenterie, objets précieux jonchaient les pièces dans un apparent et trompeur désordre. Esthète tout autant que prodigue, le cardinal vivait fastueusement au milieu d'une cour bruyante de poètes, d'artistes et de courtisans qui flattaient ses goûts, partageaient sa table, pillaient sa cave et le volaient à l'occasion. Francesco Maria n'y voyait pas malice. Ainsi, surprenant un jour l'un de ses domestiques en train de s'emparer d'un magnifique chandelier, il poussa la bénignité jusqu'à lui offrir son jumeau : « Ainsi, coquin, tu posséderas la paire ! »

Cependant, comme la vie même du cardinal, tout semblait éphémère à Lappeggi. Les murs, déjà, se lézardaient et les peintures ne tarderaient pas à s'écailler. La raison en était que l'impécunieux Francesco Maria n'avait pu payer les quatre-vingt mille écus que l'architecte Antonio Ferri estimait nécessaires pour aménager les jardins et construire une bâtisse qui résistât aux affronts du temps. « Je ne peux t'en donner que trente mille ! Mais je veux que tu respectes les plans originaux. Avec cette somme, combien de temps ma villa demeurera debout ? » L'homme de l'art avait réfléchi, calculé puis livré sa réponse : il garantissait une vingtaine d'années. Le cardinal avait souri : « C'est plus qu'il ne m'en faut ! Mets-toi sans tarder au travail ! »

Tout au long de la journée, ce n'étaient que rires, farces et travestissements. Francesco Maria y trouvait la meilleure médecine contre les maux qui le tourmentaient, à commencer par la goutte qui empoisonnait son sang et paralysait ses membres. Mais, pour rien au monde, le prélat n'aurait renoncé aux plaisirs de la table. Tout était prétexte à faire la fête. On bâfrait jusque dans les chambres, on coqueliquait sans retenue et sans se soucier d'être surpris, on jouait à n'importe quelle heure du jour et de la nuit en vidant flacon sur flacon.

La sage Violante avait d'abord été tourneboulée par cet incessant tohu-bohu et elle avait jugé avec sévérité l'indécence qui régnait, souveraine, dans la maison du cardinal. Puis, peu à peu, elle s'était elle-même laissé gagner par ce tourbillon, tant la gaieté de Francesco Maria était contagieuse. Toutefois, elle n'oubliait pas sa mission. Enfin, un matin, elle obtint un long entretien avec son oncle. Le prélat était encore couché et sirotait à petites gorgées son chocolat en mangeant des *bruschette* frottées de confiture qui croustillaient sous ses dents. Il mastiquait avec tellement d'application qu'on eût dit qu'il n'y avait rien de plus sérieux que cette dégustation matinale.

Mais lorsque Violante lui exposa la raison de sa visite, il explosa d'un rire tonitruant.

« Je n'ai jamais entendu propos plus plaisant ! Mais enfin, ma fille, me voyez-vous marié ? Mon auguste frère est un grand nigaud s'il imagine un seul instant me voir apparié avec une épouse.

– Il s'agit de sauver la lignée des Medici.

– Peu me chaut qu'elle s'éteigne ! La seule idée de me perpétuer me fait horreur. Et puis, je suis trop attaché à mes vices pour choisir demain le chemin de la vertu ! Votre ambassade, si délicieuse soit-elle, est donc condamnée à l'échec. »

La jeune femme soupira. Francesco Maria, la peau vermillon et l'œil vif, riait doucement et ses bajoues tremblaient comme de la gelée. Violante songea qu'il était l'expression même du plaisir de vivre et de la prospérité.

« Puis-je vous confesser, ma nièce, et sans que votre pudeur en souffre, que mes appétits intimes sont émoussés. Il me suffit désormais de voir mes jeunes amis tant mâles que femelles se caresser et prendre leur déduit en toute liberté pour rassasier mes esprits animaux. Par conséquent, une épouse n'attendrait de moi nul secours pour apaiser ses impatiences. »

Ce fut dit avec une telle bonhomie que, malgré elle, la princesse sourit. Elle décida pourtant de ne pas en rester là.

« Mon oncle, je crains que, si vous ne donnez pas satisfaction au grand-duc, celui-ci puisse être tenté de diminuer votre rente.

– Il serait bien imprudent car il se priverait de ma grande influence au sein du Sacré Collège.

– Pourquoi ne venez-vous pas visiter votre frère et parler avec lui de bec à bec ? »

Le cardinal grimaça :

« Ah non ! Je n'irai pas à Florence. Cette ville grouille de prêtres et on y sent l'encens à chaque coin de rue ! »

À son tour, Violante éclata de rire.

* *
*

Devait-il se faire annoncer ? Préparer sa mère à le revoir ? Gian-Gastone balançait. Toujours la peur d'être rembarré et peut-être même chassé. Il rôda longuement autour du couvent avant de se décider. Enfin, il frappa à la porte. La sœur tourière qui lui ouvrit lui lança un regard goguenard lorsqu'il demanda à être reçu par la princesse Marguerite-Louise d'Orléans. Pensait-elle qu'il était son nouvel ami de cœur ?

« Et qui veut s'entretenir avec Son Altesse Royale ? » interrogea-t-elle avec désinvolture.

Une nouvelle fois, il hésita. Il se sentit niais et bredouilla :

« Annoncez son fils, Jean-Gaston. »

Il lut l'étonnement dans l'œil de la nonne. Et elle s'éloigna sans un mot.

Il attendit de longues minutes dans la loge. Parfois, venant des profondeurs du bâtiment, il entendait des rires, des soupirs, des petits cris qui ne laissaient aucun doute sur l'origine des émois qui les inspiraient.

Enfin, la religieuse reparut.

« Son Altesse Royale vous demande de vous présenter céans demain à la même heure ! »

Ce fut comme un coup de couteau. Une longue déchirure. Il eut soudain envie de remonter illico dans sa calèche et de disparaître. Quel fou avait-il été de penser que sa mère aurait pris plaisir à le recevoir ! Que représentait-il pour cette femme qui avait choisi d'abandonner ses trois enfants ? Plus de vingt ans avaient passé, effaçant les sentiments, dissipant les émotions. Gian-Gastone n'était plus qu'un étranger, le fils d'un époux qu'elle avait haï.

Il revint pourtant le lendemain. Marguerite-Louise ne le reçut point. Ce jeu cruel dura plusieurs jours. Malgré tout, le jeune homme voulait espérer : elle entend m'éprouver, pensait-il pour se rassurer. Et, pour panser ses blessures, il se rendit à Versailles. La cour l'accueillit avec curiosité. Puis avec faveur quand on apprit que Louis XIV lui accorderait une audience. Le souverain, bien qu'il fût décrépit et édenté, lui fit belle impression.

« Mon parent, je suis bien aise de vous voir en ma cour. »

Le roi lui adressa mille compliments, admira sa prestance, goûta sa conversation. Le soir même, Monsieur, frère du roi, fut invité à l'accompagner à l'opéra du Palais-Royal. Outre le fait que les deux princes se reconnurent aussitôt, car ils partageaient les mêmes inclinations, Gian-Gastone apprécia de retrouver des manières dont il était éloigné depuis si longtemps.

Le lendemain matin, au cinquième jour de sa présence à Paris, il revint à nouveau au couvent. La sœur tourière le reçut avec déférence. Gian-Gastone comprit qu'il allait enfin voir sa mère.

VI

1698-1702

Violante subit la colère de Cosimo III. Non pas qu'il lui reprochât l'échec de sa mission auprès du cardinal, mais ses espions venaient de lui apprendre que Gian-Gastone s'était rendu à la cour de Louis XIV.

« Comment a-t-il osé se présenter ainsi à l'improviste, sans l'apparat qui convient au fils du grand-duc de Toscane ? C'est un affront pour notre maison et ma personne ! »

Furieux, il marchait de long en large dans son cabinet de travail, au premier étage du *palazzo*.

« Non seulement il a désobéi à mes ordres en quittant son épouse, mais il m'a ridiculisé ! Un laquais n'aurait pas agi avec une telle impudence ! Songez qu'il loge à Paris dans une auberge des faubourgs, indigne de sa condition ! »

Les veines de son cou saillaient, ses mains tremblaient de rage. Violante tenta de venir au secours de son beau-frère :

« Pensez, mon père, à l'ennui qui devait l'accabler dans ce château perdu au fin fond des forêts de Bohême ! Il m'a écrit plusieurs fois pour me faire part de son désarroi...

– Il suffit ! Moi aussi, j'ai reçu des lettres : Anne-Marie-Françoise de Saxe-Lauenburg est hors d'elle et se plaint de la terrible offense qui lui a été infligée. Gian-Gastone devait d'abord ne pas contrevenir à mes ordres et s'appliquer à fréquenter la couche de son épouse. Mais je n'ignore pas que son goût le porte vers d'autres épanchements. Mes mouches m'ont rapporté qu'il se livre aux pires excès quand il lui arrive d'aller à Prague en compagnie de son giton, ce ribaud de Damiano. Il ne pense qu'à souiller notre nom !

– Mais vous l'avez vous-même autorisé à partir en Allemagne avec ce Damiano.

– Parce que, sot que j'étais, j'espérais que cette présence vivifierait ses sens. »

Sa colère sembla s'éteindre d'un seul coup. Il se laissa tomber dans son fauteuil. Et ce fut d'une voix de vieillard égrotant qu'il poursuivit :

« D'où vient que tout s'écroule autour de moi ? »

Le grand-duc renifla. Des larmes coulèrent sur ses joues, qu'il ne songea pas même à dissimuler. Partagée entre la gêne et la pitié, la princesse détourna le regard. Mais, brusquement, Cosimo III se redressa et dit avec violence :

« C'est elle ! Elle qui l'a attiré dans ses rets pour me nuire ! Elle qui me hait encore plus que je ne la méprise. »

Après un temps, Violante comprit qu'il parlait de Marguerite-Louise d'Orléans.

« Je sais ce qu'elle désire : soustraire ce pauvre Gian-Gastone à mon influence ! Et pour réaliser ses vœux, elle est capable d'encourager ses plus bas instincts. »

Une fois de plus, le grand-duc se laissait envahir par son ressentiment contre celle qui demeurait à jamais son épouse devant Dieu.

« J'ai déjà envoyé un courrier à notre ambassadeur en France, le marquis Rinuccini. Il a pour ordre de raccompagner mon fils jusqu'au château de son épouse.

– Et si Gian-Gastone refuse de le suivre ?

– Je le déshériterai et le priverai de ses rangs et biens ! »

Violante n'osa pas le contrarier et demanda la permission de prendre congé.

* *
*

Le blanc sur son visage, comme du plâtre, cachait imparfaitement les flétrissures du temps. Et ces deux taches rouges au milieu des joues. Sa mère. Pimplochée comme une fille des rues. Une femme ronde dont la robe décolletée à l'excès cachait à peine les deux globes de ses abondants tétons.

Elle ne manifesta aucune émotion et le regarda de haut, comme si elle le soumettait à un examen.

« Vous n'êtes pas trop vilain garçon, monsieur mon fils. Mais on me dit que le beau sexe ne vous inspire que répulsion ! Fi ! C'est parce que aucune fille d'Ève n'a su allumer votre chandelle ! Demeurez céans en ce couvent et je gage qu'une de nos jolies nonnettes ne tardera pas à bientôt vous affriander. »

Interdit, Gian-Gastone ne répliqua pas. Il n'arrivait toujours pas à accepter que cette créature vulgaire fût sa génitrice. Elle rit. Un petit rire épicé et égrillard.

« Que vous voilà bien emprunté ! Votre aversion pour la gent féminine vous rend-elle aussi muet ? »

Il fit non de la tête et éprouva alors une étrange impression : n'était-il pas le digne fils de cette goton qui portait un des plus grands noms de France ? Ne trouvait-elle pas, elle aussi, plaisir à s'abaisser et à souiller son titre et sa position dans des amours roturières et scandaleuses ?

Comme il demeurait toujours silencieux, elle lui proposa de se rendre dans ses appartements privés. Ils traversèrent un cloître où se prélassaient quelques couventines au regard de braise qui dévisagèrent sans pudeur le jeune homme. Puis ils gagnèrent le premier étage et pénétrèrent dans un vaste salon dont le mobilier et la décoration n'auraient pas dépareillé à Versailles.

« Tout me semble si étrange ici ! dit enfin le jeune homme.

– C'est que vous n'êtes pas habitué à la vie conventuelle, répondit Marguerite-Louise en riant.

– Je ne savais pas qu'on y vivait si librement.

– La liberté est le plus cher de nos biens. Notre Seigneur ne peut S'offenser de voir Ses petites épouses si heureuses sous Son toit ! »

Gian-Gastone sourit. Elle reprit :

« Nous avions ici une supérieure qui nous accusait d'inconduite... J'ai obtenu de l'évêque qu'il la chassât. Dorénavant, je règne avec bonheur sur cette communauté. »

Elle s'approcha ensuite d'une luxueuse console aux pieds tournés où étaient disposés un cafaron empli d'un liquide ambré et des verres.

« Mon fils, voulez-vous goûter de cet excellent xérès qui m'est envoyé tout spécialement d'Andalousie ? »

Sans attendre, elle servit et vida d'un trait la moitié de son verre. Puis elle s'assit sur un sofa et invita Gian-Gastone à prendre place auprès d'elle.

« Pardonnez-moi les traits un peu vifs dont je vous ai accommodé. Il me paraît que messieurs les antiphysiques font offense à notre sexe. Toutefois, je dois considérer que vous avez pris ces fâcheuses mœurs dans votre patrie où les hommes florentinent sans retenue.

– Je suis donc absous.

– Oui. Compréhension vaut absolution. »

Elle finit son verre, se leva pour se resservir, regarda son fils.

« Eh quoi, vous n'appréciez pas mon xérès ?

– J'ai au contraire peur de l'apprécier à l'excès. »

Elle rit en reprenant place auprès de Gian-Gastone.

« Monsieur, dit-elle plus sérieusement, pourquoi êtes-vous venu me visiter ?

– Mais, madame, vous êtes ma mère.

– La belle affaire ! Me voyez-vous émue de vous voir ? Que valent les liens d'une mère et d'un fils séparés depuis si longtemps ? La vérité est que je vous ai oublié ! Et je vous défends aujourd'hui de m'aimer ! »

Éberlué et blessé, Gian-Gastone ne sut d'abord quoi répondre. Puis, sur un ton mal assuré, il demanda :

« N'avez-vous jamais éprouvé quelque sentiment pour vos enfants ? »

Marguerite-Louise leva les yeux au ciel.

« Vous étiez à peine sortis de mon giron que votre cagot de père vous confiait à une armée de ventrières et de nourrices... Vous ne m'apparteniez plus. Cosimo avait trop peur que par la seule faute de mon lait je ne vous inocule le germe de la rébellion. C'était à peine si j'avais le droit de vous serrer contre moi !

– Comme vous avez dû souffrir ! »

Elle soupira et ajouta, provocante :

« Je n'en ai pas le souvenir... Vous étiez ses enfants. Et si peu les miens. Il ne m'a guère laissé le temps de m'attacher à vous.

– Le regrettez-vous ? »

Marguerite-Louise hésita à répondre. Il parut à Gian-Gastone que son masque de courtisane allait soudain se lézarder et tomber à ses pieds. Mais elle se ressaisit bien vite.

« Non, je lui en sais grâce, car j'aurais été assurément une mauvaise mère. »

Elle se leva en hâte, se servit à nouveau un verre de vin. Puis elle dit précipitamment :

« On ne peut pas être mère et amante ! Or j'étais d'abord une amante ! »

Ainsi, ce qui se murmurait à Florence était donc vrai : Marguerite-Louise avait été éprise de Charles de Lorraine et n'en avait que plus détesté l'époux qu'on lui avait donné.

Et, comme si elle regrettait déjà cette confidence, la princesse ajouta d'une voix sourde, embuée par l'émotion :

« Mais partez, monsieur mon fils... Partez, je vous en supplie ! »

* *
*

L'été pesait sur Pratolino. Une torpeur qui amollissait les corps et les cœurs. Corsetée dans son habit de voyage, Violante se précipita dans ses appartements pour y trouver un peu de fraîcheur. Une servante la dépouilla de sa robe et humecta son visage et sa poitrine. Son époux, lui dit-on, était parti se promener en son jardin.

Vêtue d'une simple chemise de batiste, elle jeta un œil à sa psyché et découvrit sa gracile silhouette d'adolescente, et sous le fin tissu, les sombres aréoles de ses tétins, le buisson de son ventre. Des appas laissés en jachère. Mais que savait-elle de l'amour et de ses joies sinon ce qu'elle avait expérimenté si furtivement avec Ferdinando ?

Parfois, dans la solitude de sa chambre et sans qu'elle en connût la véritable raison, des larmes lui venaient aux yeux. Elle pleurait longuement et il lui semblait alors que son corps se lavait de l'intérieur et que cette eau emportait ses impuretés et ses mauvaises pensées.

Elle s'allongea, pensive. Elle était trop lucide pour se plaindre de son sort. N'était-elle pas princesse ? Admirée et même jalousée par les plus grandes dames de ce pays qui l'avait adoptée. Jusqu'aux plus humbles qui lui manifestaient une sincère affection lorsqu'elle allait au-devant d'eux pour leur venir en aide. Il y avait tant de pauvreté en Toscane. Florence, qu'on lui avait dite si industrieuse autrefois, sombrait dans la misère. Et bien qu'elle fût une catholique assidue à ses devoirs religieux, elle ne pouvait s'empêcher de comparer la prospérité des gens d'Église à l'indigence des plus modestes citoyens.

Le sommeil lui vint comme par surprise. Elle sombra dans un rêve agité et troublant. Un personnage masculin aux traits flous se penchait au-dessus d'elle, baisait ses lèvres, insinuait ses mains sous sa chemise, caressait sa nudité. Elle ne protestait pas. Sa chair était tout entière parcourue d'un doux frisson. Elle attirait l'homme à elle, osait toucher sa mentule, écartait les jambes. Mais soudain, il se reculait. Et, bouleversée tout autant qu'épouvantée, elle découvrait enfin son visage : c'était Gian-Gastone !

Violante poussa un cri et se réveilla sur-le-champ. Elle était en sueur. Toute vergogneuse qu'elle fût, elle dut néanmoins reconnaître que ce songe l'avait émue au plus haut point. En témoignait l'embarrassante mouillure de son intimité.

Encore pantelante, elle ferma les yeux. Les rêves disaient-ils la vérité ? se demanda-t-elle avec effroi. À cet instant, elle sut qu'elle n'était plus amoureuse de Ferdinando.

* *
*

Le marquis Carlo Rinucci n'avait pas barguigné : Gian-Gastone avait dû expliquer au roi de France qu'il quittait sa cour à grand regret. Des affaires familiales le réclamaient en Bohême. Louis XIV, courtoisement, avait feint d'y croire. Mais, pour adoucir les affres de ce départ précipité, le souverain lui offrit son portrait et une magnifique épée dont la poignée était incrustée de pierres précieuses.

L'ambassadeur lui déconseilla d'aller présenter ses adieux à sa mère. Le jeune homme y consentit : il n'avait pas envie de revoir cette vivante et pitoyable image de lui-même.

Le retour fut détestable. Brillant causeur, Rinuccini avait pourtant eu à cœur d'entretenir la conversation tout au long de ce long voyage. Mais plus Gian-Gastone voyait se rapprocher cette Bohême qu'il exécrait et le triste château où l'attendait son ogresse et plus il s'enfermait dans un silence obstiné.

Enfin, ils entrèrent dans l'étroite vallée qui conduisait à Reichstadt.

« Monsieur mon geôlier, railla le prince, vous allez bientôt avoir le plaisir de voir la plus gente dame de cette pittoresque contrée ! Mais peut-être appréciez-vous la rusticité des mœurs et la capiteuse odeur du fumier ? »

Le marquis répliqua sur le ton de la plaisanterie :

« Mes narines sont déjà piquées de curiosité !

– Elles risquent plutôt de rapidement se pincer ! »

Rinuccini rit un peu trop fort. Et, pour Gian-Gastone, ce fut une maigre consolation d'imaginer ce Florentin raffiné et cultivé séjourner dans cette grossière demeure où chiens et chevaux étaient mieux traités que les humains.

Anne-Marie-Françoise de Saxe-Lauenburg les reçut sans aménité. Elle attendit d'être seule avec son époux pour l'agonir d'injures et de récriminations. Gian-Gastone lui avait gravement manqué en s'enfuyant comme un malandrin. Tout son domestique s'était moqué. Et elle n'osait plus paraître chez ses voisins. Aussi exigea-t-elle une compensation immédiate !

Pieds nus et en chemise, tel un pénitent, le fuyard dut entrer dans la couche de l'ogresse. Et la princesse se démena tant et si bien qu'elle obtint une fragile et brève intromission, au grand désarroi de Gian-Gastone.

* *
*

Cosimo III pestait. La mort du pape Innocent XII ruinait ses projets et investissait son frère, Francesco Maria, d'une influence encore plus importante au sein du Sacré Collège. Dans ces conditions, il était inutile de se bercer d'illusions. Jamais il n'accepterait de jeter aux orties son chapeau de cardinal pour se marier.

Le grand-duc était d'autant plus contrarié qu'il avait noué avec le souverain pontife des relations tout à fait privilégiées qui lui donnaient les plus grandes espérances à la fois pour son trône et pour son propre salut. Au printemps de cette année 1700, il s'était décidé à se rendre à Rome. Comme son aïeul Cosimo Ier un siècle et demi plus tôt, il fut reçu avec une déférence qui flatta sa vanité. Brûlant d'une foi qui confinait au mysticisme, le grand-duc entreprit de visiter toutes les églises de la Cité éternelle, ne manquant pas de se confesser et de communier à chaque fois.

Cette extrême dévotion plut tant au pape qu'il lui fut accordé sur sa demande un privilège exceptionnel ! Il désirait en effet baiser le *Volto Santo**, un linge sacré avec lequel, sur le chemin du Golgotha, des fidèles avaient essuyé le visage du Christ et qui avait miraculeusement gardé l'empreinte du Seigneur. Cette précieuse relique était périodiquement montrée au peuple par les chanoines de San Giovanni in Laterano, préposés à sa garde. Eux seuls avaient le droit de gravir la tribune en haut de laquelle était déposé le précieux tissu. Si Innocent III voulait exaucer le vœu de Cosimo III, il devait donc d'abord le faire chanoine de la basilique. Considérant que son mariage était nul dans les faits, le souverain pontife accéda à la demande grand-ducale. Chanoine, Cosimo exulta. Jamais il n'avait connu un tel bonheur. Dans sa grande magnanimité, Innocent III lui permit aussi de présenter le *Volto Santo* à la foule des fidèles. Vêtu d'une splendide chasuble, le grand-duc monta solennellement les degrés de la tribune, s'empara avec mille précautions de la sublime relique, y posa ses lèvres et l'exposa à la vue des ouailles tandis qu'un prélat lisait le bref papal qui proclamait le grand-duc chanoine de San Giovanni in Laterano.

Encore plein de sa nouvelle félicité, il s'était ensuite abîmé en prières dans la chapelle de Pie IV quand, soudain, il entendit des bruits de pas. Il se retourna. Innocent XII et sa suite venaient à lui. Sans se relever, Cosimo se traîna à

* Littéralement le « Visage Saint ».

genoux au-devant du pape afin de recevoir sa bénédiction. Il lui sembla que chaque douloureux raclement de ses vieux os sur le pavement ajoutait à sa béatitude. L'attitude humble d'un si grand prince élevé à la dignité royale fit grande impression sur le clergé romain.

Avant de quitter Rome, le grand-duc ouvrit largement sa bourse afin d'acquérir nombre de saintes reliques dont il comptait doter les églises toscanes, la plus émerveillable étant un fragment de boyau de saint François-Xavier.

Or, à peine revenu à Florence, il eut la douleur d'apprendre le trépas de ce souverain pontife qui avait eu tant de bontés pour lui. Puis, peu de temps après, alors que les cardinaux, dont Francesco Maria de Medici, étaient assemblés en conclave, parvint la nouvelle de la mort du roi d'Espagne, Charles II. Ce décès était attendu depuis longtemps car ce monarque était de santé chétive. Il en résulta toutefois une grande agitation à Rome et dans toute l'Europe. Le Habsbourg espagnol étant dépourvu d'héritier, son trône était vacant. La France et l'Autriche pouvaient également prétendre à la succession. Cependant, un prélat romain, Gianfrancesco Albani, et le cardinal-archevêque de Tolède, Portocarrero, avaient pris les devants et, œuvrant secrètement, avaient persuadé Charles II, peu de temps avant sa mort, de choisir le camp français en la personne de Philippe, petit-fils de Louis XIV et de Marie-Thérèse d'Autriche, elle-même fille aînée de feu le roi d'Espagne Philippe IV. Cette royale décision, couchée sur testament, avait été aussitôt contestée par les Habsbourg de Vienne, Léopold Ier revendiquant l'héritage espagnol pour son second fils l'archiduc Charles. Le Habsbourg redoutait en effet qu'un jour les deux royaumes de France et d'Espagne ne fussent réunis sous un même sceptre, celui d'un Bourbon.

Derechef, et malgré la paix qui avait été signée deux ans plus tôt à Aix-la-Chapelle, les deux principales puissances européennes se dressaient à nouveau l'une contre l'autre. Le conclave ne parlait plus que de cette affaire. Les cardinaux hésitaient. L'enjeu était d'importance : le nouveau pape serait-il francophile ou favorable à l'empereur ? Ce choix pesait aussi sur la question italienne, les États de la péninsule étant traditionnellement convoités par les Habsbourg et les Bourbons.

Francesco Maria de Medici, par son seul crédit, était capable de faire pencher le balancier dans un sens ou dans l'autre. Et bien qu'il fût le protecteur spirituel de l'Autriche et de l'Espagne, il donna sa préférence au cardinal Gianfrancesco Albani : le parti français triomphait. Dès que le nouveau pontife eut été intronisé sous le nom de Clément XI, le Medici se hâta de retrouver sa chère villa de Lappeggi.

Le choix de son frère embarrassa Cosimo III au plus haut point : n'avait-il pas lui-même opté pour une politique de rapprochement avec Vienne en unissant ses trois enfants à d'illustres familles allemandes ? L'empereur ne manquerait pas de prendre ombrage de l'élection de Clément XI et imputerait au grand-duc de Toscane la responsabilité de l'élévation d'un pape francophile au trône de saint Pierre.

Déjà, la félicité de son triomphe romain se dissipait.

* *
*

Elle les surprit au détour d'un bosquet : Ferdinando, culotte sur les genoux, besognait une petite servante, écartelée contre un tronc d'arbre, jupons relevés. Poussa-t-elle un cri en découvrant cette scène ? Toujours est-il que le prince se retourna et découvrit son épouse. Sans se troubler, il se rajusta et, tandis que la domestique s'enfuyait, il dit tranquillement :

« Que voulez-vous, il me vient encore des appétits intempestifs. Et comme je ne peux les satisfaire avec vous, je dois trouver des substituts... »

Horrifiée, Violante demeura sans voix. Il reprit :

« Ce n'est qu'une modeste servante, promise à se marier avec un rustaud des environs...

– Mais vous l'avez certainement contaminée ! »

Ferdinando haussa les épaules.

« Je gage qu'elle l'était déjà. Car ce n'est pas la première fois qu'elle voit la feuille à l'envers. »

Il s'approcha d'elle. Instinctivement, elle recula.

« Je vous répugne, n'est-ce pas ? Comme je vous comprends ! Moi-même, je n'ose plus me regarder dans mon miroir. Je n'ai plus de cheveux, ma peau se flétrit, mes dents se déchaussent... Et le reste est à l'avenant. Je suis d'ores et déjà un vieillard alors même que je n'ai pas quarante ans ! Oserez-vous encore dire que vous me demeurez affectionnée ?

– Vous êtes mon époux. Cela me suffit.

– Un époux décrépit et bientôt cacochyme ! Un cynique qui défie la loi divine !

– Je vous espérerais meilleur. Mais je n'ai point la possibilité de gouverner votre conscience ! »

Ferdinando éclata de rire.

« Alors, de grâce, convertissez-moi ! Faites de moi le plus parfait des hommes avant que je ne trépasse. »

* *
*

Sa mission accomplie, le marquis de Rinuccini était parti. L'odieux tête-à-tête recommença, alors qu'un hiver précoce désolait le paysage. Anne-Marie-Françoise ne manquait jamais de rabrouer son époux en toute occasion, sans se soucier de la présence des gens de sa maison. Mais il était vrai que Gian-Gastone lui offrait de nombreux motifs de récriminations. Il se refusait à ses avances, s'enivrait, négligeait de répondre à son courrier et se désintéressait avec obstination des affaires du domaine. En outre, ses visites à

Prague en compagnie de son vaurien de Damiano devenaient de plus en plus fréquentes. Il y dépensait le maigre apanage que lui avait consenti Cosimo III à boire, jouer et s'encanailler. Il en résulta rapidement qu'il dut s'endetter de façon considérable. Incapable de rembourser ses créanciers, il s'empara des bijoux que son père avait offerts à Anne-Marie-Françoise en cadeau de mariage. Lorsque son épouse découvrit le larcin, ce fut un nouveau sujet de querelle. Désormais, seule ou en société, elle ne l'appelait plus que « le voleur ».

Le grand-duc, informé de ce désastre conjugal, écrivit à la princesse et lui proposa de venir s'installer à Florence où il lui serait réservé le meilleur accueil. Il lui assura que, revenu parmi les siens, Gian-Gastone se conduirait comme le plus attentionné des époux. Il vanta aussi les charmes de Florence et l'excellence de son climat. Mais Anne-Marie-Françoise n'entendait pas quitter ses bois, ses chiens et ses chevaux. Elle fut confortée dans cette décision par le discours de son directeur de conscience, un capucin allemand qui lui rapporta combien les Medici usaient de façon scélérate avec leurs femmes. Et il lui narra par le menu la fin tragique d'Isabelle Orsini et d'Éléonore de Tolède*.

La princesse, qui n'avait nul besoin d'être convaincue, fut épouvantée et ne pensa pas un seul instant que le moine, en noircissant les mœurs des Medici, songeait d'abord à sauvegarder la position qu'il occupait auprès d'elle.

Cosimo III, toutefois, ne voulait pas rendre les armes. Il demanda l'intercession de l'empereur. Mais le Habsbourg, fâché par la conduite de Francesco Maria lors du conclave, ne fut guère enclin à donner suite.

Gian-Gastone était donc condamné à demeurer à Reichstadt, confiné dans sa tristesse et son ivrognerie. Il lui coûtait même d'aller à Prague où ses créanciers le réclamaient.

---

* Voir *Les Lys de sang*, le deuxième tome de *La Malédiction des Médicis.*

Damiano, qui s'ennuyait tout autant que lui, le tentait en lui promettant des plaisirs toujours renouvelés. L'ancien apprenti pâtissier avait perdu depuis longtemps la grâce adolescente qui avait séduit le cadet des Medici. Le jeune taurillon était devenu un puissant taureau. Un homme dans la force de l'âge, aux traits virils, qui, en raison de la transformation de sa charnure, craignait de perdre son influence auprès de son amant. Aussi, lors de leurs escapades pragoises, s'attachait-il à lui trouver dans les quartiers populaires des jouvenceaux qui satisfaisaient le goût de Gian-Gastone pour les très jeunes gens. Lui-même ne dédaignait pas de participer à ces ribauderies qui lui servaient à maintenir le prince sous sa coupe. Mais, parfois, ces expéditions nocturnes dans le dédale des rues mal famées tournaient mal. Et le Medici ne devait qu'à la force physique de Damiano de se sortir d'affaire.

Installé comme à l'habitude dans le renfoncement d'une fenêtre, Gian-Gastone promenait son regard sur ce paysage qu'il exécrait. La monotonie le rendait dolent. Bercé par une douce ivresse, il n'entendait plus les injures de son épouse. En fait, il ne la voyait plus. Elle passait devant lui, transparente. Et, à demi hébété, il s'étonnait de constater qu'une femme aussi corpulente pût disparaître ainsi à ses yeux.

* *
*

Cosimo III, qui en avait eu tant à connaître, abhorrait les soucis. Or, il devait bien admettre que l'Europe roulait cul par-dessus tête.

L'affaire de la succession d'Espagne menaçait de dégénérer. Philippe V, conformément au testament de Charles II, était monté sur le trône. L'empereur, considérant toujours que seul un Habsbourg pouvait régner à Madrid, se préparait à la guerre contre les royaumes français et espagnols. Et, comme à l'accoutumée, il demanderait une contribution pécuniaire au grand-duché de Toscane.

De son côté, Louis XIV, déjà maître de Milan et de Mantoue, exhortait les États italiens à se coaliser contre l'Autriche. Cosimo craignait que le roi n'en profitât pour étendre son influence sur toute la péninsule.

Il n'était jusqu'à cette malheureuse querelle avec Lucques qui l'inquiétait. Tout avait commencé par un banal incident : deux citoyens de cet État avaient été convaincus d'avoir perpétré des méfaits en Toscane. Le Conseil des Huit ordonna leur arrestation. Mais les malandrins avaient déjà passé la frontière de la petite République. Les gardes qui les pourchassaient commirent l'erreur de pénétrer en territoire lucquois pour s'emparer d'eux. Les deux hommes furent arrêtés et conduits sous bonne escorte dans une prison toscane. Cette affaire provoqua une grande indignation à Lucques. Des citoyens de cette cité n'hésitèrent pas à entrer en Toscane. Ils menèrent une véritable attaque contre la prison et libérèrent leurs deux compatriotes. Leur retour fut triomphal et donna lieu à de nombreuses réjouissances.

L'affront était patent et méritait réparation. Cosimo III hésitait. Il réunit son conseil et demanda exceptionnellement à son fils aîné d'y paraître. Ferdinando ne pouvait refuser et prit le chemin du *palazzo* Pitti. Fardé et perruqué, il ne laissa rien deviner des atteintes de son mal. Quand vint son tour de donner son avis, il dit avec fermeté :

« L'insolence des Lucquois doit être punie avec la plus grande sévérité. Envoyons un régiment pour leur frotter les oreilles.

– Une affaire aussi misérable mérite-t-elle une guerre ? observa le marquis de Rinuccini.

– Et pourquoi pas ? rétorqua Ferdinando. Ces scélérats

nous ont gravement manqué. Il y va de l'honneur du grand-duché et de son autorité qui a été bafouée ! »

Cosimo III demeura coi. Jamais encore il n'avait eu à décider d'une entrée en guerre. Cette perspective lui inspirait les plus grandes craintes. Mais Ferdinando avait raison : si la Toscane ne réagissait pas, elle donnerait un exemple détestable à tous ses voisins.

Tous les regards se tournèrent vers lui : il devait trancher !

« Adressons-leur un ultimatum. Si Lucques ne nous remet pas les coupables et leurs complices qui ont violé notre territoire, nous interviendrons par les armes !

– Alors, ajouta Ferdinando, si Votre Altesse choisit d'abord la clémence, exigeons tout de suite que les Lucquois nous livrent en otages quelques dignitaires de leur République. »

Après cette réunion de cabinet, Cosimo III tenta de retenir son fils auprès de lui. En vain. Ferdinando regagna Pratolino au plus tôt.

Un courrier comminatoire fut envoyé à Lucques. Mais la République rejeta avec hauteur les exigences du grand-duc et en appela à la médiation du pape et des principales cours européennes. La Toscane répliqua en provoquant quelques escarmouches aux frontières des deux États. Toutefois, le grand-duc mit vite fin à ces actions militaires. Au nord, le prince de Vaudémont, gouverneur de Milan, était prêt à saisir la moindre occasion pour intervenir dans le conflit. À l'ouest, la flotte française pouvait à tous moments débarquer à Livourne, tandis qu'au sud les garnisons espagnoles se renforçaient. Plus que jamais, Cosimo III devait se garder de toute provocation et, s'il voulait maintenir la paix en ses États, se tenir à égale distance des Habsbourg et des Bourbons. Ainsi reconnut-il Philippe V comme roi d'Espagne sans toutefois refuser la sollicitation financière de l'empereur. Quant à la querelle avec Lucques, devant la guerre qui menaçait d'embraser toute l'Europe, elle ne pesait guère et le grand-duc abandonna ses revendications.

En menant cette politique d'équilibre, il suivait en cela l'exemple de son frère, le matois Francesco Maria. Le cardinal, qui était toujours le protecteur spirituel de l'Autriche et de l'Espagne, voulut ne point contrarier le royaume transalpin. Et, pour conforter ses bonnes relations avec le roi Louis XIV, il ajouta à ses armoiries, à côté de l'aigle impérial, les lys de France. Il n'obtint pourtant pas sur-le-champ les bénéfices qu'il espérait tirer de cette compétition entre les deux maisons. Le roi lui fit connaître que la présence de l'écusson autrichien à côté de ses armes était offensante, tandis que l'empereur se plaignit que les lys étaient peints plus haut que son aigle.

Cependant, cela ne dura qu'un temps. Louis XIV, désireux de s'attacher le cardinal, lui proposa de remplacer la protection spirituelle qu'il exerçait sur l'Autriche par celle de la France. Francesco Maria ne barguigna pas longtemps : cette offre royale était accompagnée d'une considérable annuité. Ses revenus augmentant, le cardinal pouvait aussi s'affranchir de la dépendance grand-ducale et décliner avec plus d'assurance les projets matrimoniaux de son frère.

* *
*

Violante écrivait régulièrement à Gian-Gastone. Elle n'espérait pas de réponse car elle savait sa détresse et l'état d'hébétude dans lequel il était plongé. Le comte Martelli, qui était allé en ambassade à Prague, lui avait dressé un terrible tableau de son existence à Reichstadt. La jeune princesse avait été bouleversée. Encore le diplomate ne lui avait-il pas dit à quel point son beau-frère avait physiquement changé !

En continuant malgré tout à lui envoyer lettre sur lettre,

elle espérait maintenir les chastes liens qui s'étaient établis entre eux avant son mariage avec cette Anne-Marie-Françoise qui lui inspirait tant de répugnance.

Elle lui contait les mille riens de la vie, les potins de la cour quand elle en avait connaissance, la gaieté et les facéties de son oncle Francesco Maria. Mais elle n'évoquait jamais la maladie de Ferdinando et s'abstenait également de mentionner sa propre solitude.

Pourtant, un jour, elle osa : « J'ai rêvé de vous ! » Elle retint sa plume. Elle rougissait encore à chaque fois qu'elle pensait à ce songe qui l'avait si violemment émue. Néanmoins, après un temps, elle reprit d'un trait : « Vous étiez beau comme au premier jour où je vous ai vu. Et à mon réveil, je me suis souvenue qu'un jour vous m'aviez dit que s'il se pouvait que vous eussiez du goût pour la gent féminine, c'est pour moi que vous auriez une tendre inclination. Je n'ai pas oublié. Et, sortant de ce songe, j'ai conçu un tel bonheur qu'il a illuminé ma journée entière. Se pourrait-il qu'un jour vous éprouviez pour moi une amitié amoureuse qui comblerait mes aspirations ? »

Elle se relit. Cette lettre était de la dernière indécence. Jamais elle n'aurait l'audace de l'envoyer à son beau-frère.

Au même instant, on toqua discrètement à la porte de la chambre. Et Ferdinando, qui visitait pourtant rarement ses appartements, parut. D'instinct, Violante dissimula la lettre sous ses mains. Le geste n'échappa pas à son époux qui, moqueur, s'approcha d'elle.

« À quel amant destinez-vous cette missive ? »

Écarlate et confuse, elle ne répondit pas. D'un geste vif, il déroba la feuille de papier. La princesse poussa un cri :

« Non, je vous en prie ! »

Déjà, il lisait et commentait, railleur :

« Je vous fais compliment de votre style, ma chère épouse, et, en raison de mes propres débordements, je ne vous blâme en aucune façon. Mais, de grâce, il vous faut satisfaire ma curiosité. Quel est cet antiphysique qui a ravi votre cœur, à défaut de posséder votre corps ?

– Vous ne le connaissez pas ! balbutia-t-elle.

– Allons… La rougeur de votre visage dément votre propos. »

Il eut beau insister, malgré son humiliation, elle tint bon. Et, lui arrachant la lettre des mains, elle la déchira. Riant, il tourna les talons.

VII

1705-1709

Violante fut épouvantée lorsqu'elle le vit descendre poussivement de son carrosse. Gian-Gastone semblait avoir quinze ans de plus que son âge. La face bouffie, le corps épaissi, la démarche hésitante témoignaient des excès qu'il avait commis. Damiano sortit derrière lui puis suivirent trois jeunes garçons au regard insolent.

Lorsqu'il aperçut sa belle-sœur, qui s'efforçait de dissimuler sa réprobation, il vint au-devant d'elle à petits pas. Il s'inclina, lui prit la main.

« Chère Violante, vous êtes aussi charmante qu'en mon souvenir ! »

Elle balbutia quelques paroles de bienvenue. Où était le jeune homme de son rêve, cet être gracieux qui avait accompagné ses premiers pas à Florence ? Se pouvait-il que, sous ces traits empesés de mauvaise graisse, il existât encore ?

« J'avais hâte de vous revoir et de saluer monsieur mon frère.

– Hélas, vous ne pourrez le visiter car il est ce jour grandement affligé. »

Gian-Gastone ne parut nullement déçu.

« Votre seule présence me suffira donc.

– Je vous trouve bien galant. »

Il se retourna, jeta un œil à ses compagnons de voyage, regarda à nouveau Violante :

« Souffrez que ces vauriens aillent se restaurer en vos cuisines ! Ils sont fort affamés. »

Puis il la prit par le bras et l'entraîna vers les jardins.

« Quel bonheur de retrouver la Toscane ! Il me semble que je revis après tant d'années de ténèbres.

– La princesse votre épouse ne vous a-t-elle point accompagné ?

– Dieu merci ! Anne-Marie-Françoise préfère l'affection de ses chiens et chevaux à la mienne. »

Violante ne put s'empêcher de sourire. Il reprit :

« Mais ne regrettez pas de ne pas la voir à mes côtés. Elle est d'un parfait ennui et gâte par sa seule présence les meilleurs moments de la vie ! Mais ne parlons plus d'elle : il me suffit de l'évoquer pour aussitôt sentir monter à mes narines l'affreux remugle qui est le sien.

– Vous vous moquez !

– Si peu. Contez-moi plutôt quelques-uns de ces ragots de cour dont vous ornez si élégamment vos lettres. J'ai un tel mépris pour cette société inutile que j'adore en connaître les vices et les futilités.

– Pourquoi ne m'avez-vous jamais répondu ?

– À Reichstadt, je n'avais d'appétit à rien, sinon à me rassasier de pâtisseries autrichiennes.

– Il me semble que votre tour de taille en a gardé le souvenir ! »

Il rit.

« Vous n'avez pas manqué de l'observer... Mon père aussi, lorsque je suis allé lui présenter mes devoirs dès mon arrivée à Florence. Mais je n'en ai éprouvé aucune contrariété. Mon embonpoint et la laideur de ma face ne font que refléter la noirceur de ma nature !

– Je vous interdis de dire de telles sottises, se récria la princesse.

– Vous mentez ! Votre regard vous a trahie, lorsque je suis descendu de ma voiture ! »

Furieuse d'avoir été découverte, elle rétorqua néanmoins :

« Il est vrai que j'ai estimé que votre physique avait pâti de votre long séjour à l'étranger, mais je n'ai jamais pensé qu'il pouvait être accordé avec la qualité de votre âme. Et puis, je déteste cette manière que vous avez de vous avilir !

– Vous êtes, Dieu soit loué, une innocente. Mais je revendique le privilège de me bien connaître. Et ce que je sais de moi me paraît haïssable au plus haut degré. Mon honorable épouse pue de l'extérieur à force de se frotter à ses animaux et moi, je pue de l'intérieur tant mon esprit est vicié. Toutefois, tel suis-je, tel je veux demeurer !

– Je ne vous crois pas, dit Violante avec force. Je ne vous croirai jamais ! »

À cet instant parurent sur le perron de la villa de Pratolino Damiano et les trois jeunes gens qui l'accompagnaient. Gian-Gastone les désigna du doigt :

« Voyez mes compagnons de plaisir. Ils sont impudents, grossiers et ne pensent qu'à me ruiner. N'avez-vous pas honte pour votre bien-aimé beau-frère ? »

Et, devant Violante interdite, il éclata de rire.

* *
*

Cosimo III se réveilla en sursaut. Le même cauchemar, toujours. Sa couronne et son sceptre étaient disposés sur une table ronde dans la salle du trône du *palazzo*. Autour, les principales têtes couronnées d'Europe s'agitaient furieusement et tentaient de s'emparer des symboles de sa souveraineté. Leurs mains griffues, leurs faces grimaçantes d'avidité. Louis XIV, Philippe V, Anne Stuart, Joseph Ier qui venait de succéder à son père Léopold, Charles de Habsbourg, le Grand Pensionnaire des Pays-Bas, Heinsius, Charles XII de Suède et encore tous ces princes allemands... Et derrière cette foule, le pape Clément XI qui observait avec bénignité la cohue des rapaces qui voulaient décider de l'avenir de son grand-duché. Mais savent-ils que je vis encore et que je ne désespère pas d'avoir un héritier ?

Une sueur glacée coulait dans son dos. Se pouvait-il que la race des Medici s'éteignît ? Trois siècles de règne sur Florence puis sur toute la Toscane. Une élévation incomparable qui avait permis à sa famille de s'allier aux plus grands de ce monde et de sauvegarder l'indépendance de l'État, en dépit des convoitises des uns et des autres.

Il était responsable de l'œuvre construite par ses ancêtres. La veille, Cosimo III avait convoqué Gian-Gastone.

« Anne-Marie-Françoise doit vous rejoindre à Florence. Je suis certain que le doux climat de nos régions sera propice à la conception... »

Son fils n'avait fait aucun commentaire et s'était contenté de hocher la tête. Assurément, il était ivre. Il avait rapporté de son long séjour en Bohême un goût immodéré pour la bière et avait même décidé de planter du houblon. Le grand-duc avait en horreur cette flaccidité tant morale que physique qui semblait maintenant l'ordinaire de Gian-Gastone.

« Je veux que vous lui ordonniez de venir. La place d'une épouse se trouve auprès de son mari ! »

Et au moment même où il prononçait ces mots, il pensa à sa propre situation. Cette maudite Marguerite-Louise qui, à force d'intrigues et de méchantises, avait réussi à fuir en France. Malgré les ans, cette blessure le taraudait encore, car, bien qu'Innocent XII, en le faisant chanoine, eût reconnu que son mariage était en réalité rompu, le dévot Cosimo considérait qu'il demeurait toujours uni à Marguerite devant Dieu. Que n'avait-elle trépassé lors de l'une de ces orgies dont elle était coutumière et affriolée ! Il aurait pu se remarier et assurer lui-même sa descendance.

Si, comme il devait le craindre, Anne-Marie-Françoise de Saxe-Lauenburg ne lui donnait pas le prince qu'il attendait, il lui faudrait songer à nouveau à obliger son frère, Francesco Maria, à abandonner la pourpre pour aller à l'autel. Le cardinal était tant impécunieux qu'un jour il viendrait à résipiscence afin de rembourser ses dettes.

Lorsqu'il gagna son cabinet de travail, il se découvrit d'autres soucis : dans un courrier arrivé le matin même, le nouvel empereur d'Autriche, Joseph Ier, considérant que les États toscans étaient des fiefs impériaux, exigeait une contribution de trois cent mille doublons pour ses dépenses de guerre contre les Français et les Espagnols. Mais ce n'était pas encore assez. Le Habsbourg demandait aussi que six de ses régiments fussent accueillis en Toscane afin d'y prendre leurs quartiers d'hiver. Il réclamait enfin que Cosimo III reconnût comme roi d'Espagne son frère, l'archiduc Charles. En cas de refus, Joseph lancerait contre les ports toscans la flotte de ses alliés anglais et hollandais.

Une nouvelle fois, la Toscane, que la guerre avait jusqu'alors épargnée, devenait un enjeu européen. Le grand-duc, désireux de ne pas céder à l'empereur, devait en appeler à Louis XIV. Les Français, qui venaient de vaincre à Turin, pouvaient intervenir à tout moment si Florence était en danger. Cette seule menace suffirait peut-être à juguler les prétentions autrichiennes. Car Cosimo ne s'y trompait pas : à terme, Joseph Ier ambitionnait de mettre la main sur ses États et cherchait un prétexte pour assouvir ses appétits.

* *
*

Ferdinando ne quittait plus guère son lit. Son esprit était affaibli par la maladie. Il lui arrivait même de ne plus trouver ses mots.

Violante le soignait avec dévouement, ne laissant à nul autre le soin de veiller à satisfaire le moindre de ses désirs. Cela n'empêchait pas la scrupuleuse jeune femme de se reprocher de prendre du plaisir à effectuer ces modestes tâches. Son époux lui avait échappé tant qu'il était ingambe, mais, souffrant et cloué dans son lit, il n'appartenait qu'à elle.

Était-ce péché ? se demandait parfois Violante. Son directeur de conscience avait beau la rassurer et la féliciter au contraire pour son émerveillable abnégation, elle ne se contentait pas de cette absolution. N'y avait-il pas aussi de l'orgueil à paraître ainsi se sacrifier au chevet de son époux et susciter une admiration unanime ?

Ferdinando ne sortait de sa torpeur ordinaire que lorsqu'on le transportait en son théâtre. Avant d'être contraint de s'aliter, le prince avait convié à Pratolino le plus grand des facteurs de clavecins, Bartolomeo Cristofori. Las de constater que cet instrument était incapable de reproduire les nuances et donnait à entendre des notes d'un niveau sonore égal, le prince lui avait demandé de concevoir un procédé qui permettrait une plus grande sensibilité. Cristofori avait promis d'y réfléchir et revint avec un nouvel instrument qui répondait en tout point aux vœux de Ferdinando. Il avait imaginé de remplacer le sautereau du clavecin qui pinçait les cordes par un petit marteau recouvert d'une peau délicate qui les frappait. Grâce à un ingénieux système de pédales, le musicien pouvait ainsi jouer à sa guise *piano* ou *forte.*

Rapidement, le nouvel instrument fit florès et fut adopté par les musiciens européens les plus célèbres. Alessandro Scarlatti et son fils Domenico, qui composaient régulièrement pour le prince, ne le dédaignèrent point et un jeune et prometteur musicien allemand du nom de Haendel vint à Pratolino où il expérimenta ce « piano » et y donna plusieurs de ses œuvres, pour le plus grand bonheur de la cour grand-ducale.

L'alitement de Ferdinando suivit de peu le départ du Saxon. Mais, malgré la détresse physique qui l'accablait, il ne renonça jamais à se rendre dans son théâtre où, dès les premières notes, la musique le transfigurait. En ces occasions, Violante retrouvait un peu de l'homme dont elle était tombée si vite amoureuse. Mais aussitôt, elle ressentait les affres de la jalousie : ne pensait-il pas encore à Cecchino, ce trop joli castrat qui avait autrefois enchanté ses jours et ses nuits ?

* *
*

Sur ordre de son père, Gian-Gastone retourna à Reichstadt afin de convaincre sa terrible épouse de venir à Florence. Il partit le cœur léger, car il savait que son séjour serait de courte durée : il ne doutait pas un seul instant qu'Anne-Marie-Françoise refuserait de quitter ses terres glacées et inhospitalières.

Le voyage pour la lointaine Bohême fut égayé par moult ripailles et autres débordements. Indifférent au scandale qu'il provoquait à chaque étape, le prince vivait dans un permanent état d'ivresse. Il était à peine éveillé que Damiano lui apportait une première cruche de bière. Les libations se poursuivaient tout au long de la journée. Au soir, il était ivre mort et les ruffians de son ancien amant devaient le porter jusqu'à son lit.

La princesse grimaça en le voyant pénétrer dans la grande salle du château. Sa perruque, qu'il portait maintenant bouclée et longue jusqu'aux épaules, était posée de guingois sur son crâne, son habit était souillé de chocolat et ses grosses lèvres, mal torchées, portaient encore les traces des pâtisseries dont il s'était empiffré dans sa voiture. D'une voix pâteuse, il déclama :

« Je viens sur ordre de mon père vous prendre de corps ! »

Et aussitôt, il éclata d'un rire d'ivrogne. Anne-Marie-Françoise haussa les épaules, détailla sa vêture.

« Vous êtes tant répugnant que je n'oserais pas même vous loger en mes écuries ! »

Il se laissa tomber sur un banc disposé à côté de la cheminée où brûlait un grand feu.

« Votre accueil me réjouit, ma chère épouse. Qu'il est doux de retrouver la chaleur du nid conjugal !

– Cessez de railler ! Vous n'avez jamais été un mari et encore moins un amant.

– Je suis confus que ma nature si pauvrette n'ait pu réjouir votre forte charnure et je conçois que vous préfériez vos étalons dont l'inégalable membrure ne se peut comparer à la mienne. »

Les yeux de la princesse brillèrent de fureur.

« Assez d'infamie ! Je n'ignore pas que vous êtes pétri de bougrerie et que vous inclinez à choisir les vases de vos gitons plutôt que celui de votre épouse. »

Gian-Gastone rit à nouveau :

« Ah ! madame, que voilà une franche explication ! Mais je dois rendre réponse à monsieur mon père !

– Je n'irai jamais à Florence car j'ai sous les yeux un triste exemple de ses mœurs dépravées.

– Parce que vous pensez que dans vos forêts et pâtures, il n'existe pas de sodomites ! Comment s'amusent donc vos pâtres lorsqu'ils sont éloignés de leurs bergères ? Et ces dernières, lorsqu'elles se languissent de leurs drôles, ne jouent-elles pas entre elles à la fricarelle ?

– Vous êtes ignoble. Je ne veux plus entendre ! »

Fort content de lui, il se leva avec peine.

« Je vous rends à vos étalons, madame. Moi, je vais commander un bain à vos servantes. »

* *
*

Le gel s'en était enfin allé. De mémoire de Florentin, on n'avait jamais connu une telle froidure. Les récoltes, les oliviers, les vignes avaient été dévastés : la Toscane risquait de connaître la disette et le trésor grand-ducal un grand dépérissement.

Cette exceptionnelle calamité n'avait pas empêché Cosimo III, entiché de royauté et qui regrettait encore que le roi d'Espagne, Philippe V, n'eût pas mis le pied à terre lors de sa visite à Livourne, de recevoir fastueusement Frédéric IV, souverain du Danemark et de Norvège. Des bals, des fêtes d'eau, des feux d'artifice avaient rythmé le séjour du monarque. Le roi avait ensuite accepté avec enthousiasme l'invitation du cardinal Francesco Maria à Lappeggi où la chère, lui avait-on dit, était exquise et les plaisirs constants. Désireux de faire honneur à Frédéric IV, le frère du grand-duc avait aussi convié sa nièce par alliance, son neveu, tout juste revenu de Reichstadt, et quelques belles dames de la cour.

Quel étrange roi ! songeait Violante. Si simple, si enjoué, toujours prêt à rire, danser et tenir des propos plaisants et parfois exagérément libres. La figure avenante, la taille élégamment prise et la jambe bien faite, le roi était précédé par une flatteuse réputation de souverain éclairé : ne venait-il pas d'abolir le servage en ses États ?

Dix-huit ans plus tôt, alors qu'il n'était encore que prince héritier, Frédéric était déjà venu en Toscane. Voyageant à Lucques, il s'était épris d'une belle et gente dame de noble naissance, Maddalena. L'avait-il séduite, comme le prétendait la rumeur ? Quoi qu'il en fût, elle rompit ses fiançailles avec un aristocrate lucquois. Mais le prince dut repartir vers son lointain pays. Trois années durant, la jeune fille attendit en vain des nouvelles de son probable suborneur. Désespérée, elle finit par demander consolation à la religion et entra au couvent de Santa Maria Maddalena dei Pazzi à Florence. Cependant, il se disait qu'en secret Frédéric IV n'avait jamais cessé de se tenir informé du destin de son aimée. Et s'il revenait en Toscane, si longtemps après avoir connu Maddalena, il était évident pour tous que c'était dans le dessein de la revoir. Toutefois, seule la mère supérieure avait le pouvoir de lui accorder cette faveur. Encore devait-elle demander une dispense de l'archevêque avant d'autoriser cette visite !

Cette malheureuse histoire d'amour tenait en haleine la cour de Toscane depuis qu'on avait appris le retour de Frédéric. Pourrait-il rencontrer son ancienne amante ? Et celle-ci accepterait-elle de le recevoir maintenant qu'elle avait coiffé le voile ?

Le cardinal, fort dépité, ne parut point au premier dîner : une douloureuse crise de goutte le retint en sa chambre. Violante prit place entre le souverain et son beau-frère. Gian-Gastone avait encore engraissé. Définitivement débarrassé de son épouse, il se montra gai et même spirituel. Quant à Frédéric IV, tandis que les mets les plus délicats défilaient sur la table et qu'un petit orchestre réjouissait les illustres oreilles des invités, il ne cessa d'être prévenant. Sa conversation, en français, était fleurie et ornée de bons mots.

La présentation des desserts, friandises et liqueurs fut un feu d'artifice. Le gourmand cardinal avait ordonné que fussent disposées sur des plats en or des pyramides de gâteaux, dragées et chocolats. Toutefois, Gian-Gastone grimaça lorsqu'on plaça devant lui un carafon en cristal de Bohême empli d'un vin ambré. Tous remarquèrent sa contrariété. Violante s'enquit de son soudain déplaisir. Le prince répondit avec le plus grand sérieux :

« C'est que le verre de ce flacon me rappelle cruellement le pays de mon ogresse ! »

Aussitôt, il éclata de rire. Le roi qui, au premier abord, ne comprit pas, s'esclaffa à son tour lorsque Violante lui eut expliqué de quoi il retournait.

Après le dîner, on joua au lansquenet. Puis Frédéric IV, qui commanda que l'on oubliât l'étiquette, abandonna les cartes, émit le désir de se promener dans le jardin et offrit son bras à la princesse. La joyeuse compagnie déambula dans les allées où le nain du roi amusa l'assemblée par mille facéties et cabrioles. Frédéric IV admira le charme et la lascivité des statues antiques du parc et en fit compliment à Violante et Gian-Gastone.

« Votre oncle sait rendre justice à toutes les expressions de la beauté. Je lui en sais gré.

– Votre Altesse le lui dira elle-même, car le cardinal ne tardera pas à se relever de sa crise de goutte, répondit Violante.

– Je l'espère, car j'aspire à rencontrer un tel homme de goût ! »

Un buffet froid avait été préparé dans l'orangerie. Chapons en gelée, fruits glacés et vins rares furent offerts à foison. Frédéric IV y fit honneur sans retenue. Puis il ouvrit le bal au bras de Violante. Légère, elle se laissa aller au plaisir de la danse. Pour la première fois depuis longtemps, la princesse se sentit libre, loin des miasmes de Pratolino. Elle constata aussi, non sans étonnement, qu'elle n'éprouvait nul regret d'avoir abandonné Ferdinando, ne serait-ce que peu de jours. La gentillesse et la galanterie du roi n'étaient pas pour rien dans cette ivresse nouvelle.

L'aube pointait lorsque le roi, enfin, manifesta le désir de s'aller coucher, bien qu'il ne semblât nullement fatigué. Et ce fut de la manière la plus familière qu'il planta un baiser sur la joue de la princesse avant de la quitter.

* *
*

La matinée était déjà bien avancée quand Violante se réveilla. Elle sonna ses gens. Après avoir tisonné les braises de la cheminée, on lui passa une douillette robe de chambre sur sa chemise. Puis elle but une tasse de chocolat. Rêveuse, elle s'installa devant une fenêtre. Le soleil d'hiver, bas sur l'horizon, dessinait de grandes ombres sur le jardin. La nature était encore en repos. Les branches dénudées des arbres semblaient de grandes mains qui imploraient le ciel de les rappeler à la vie.

Elle demanda sa broderie. Son corps, rompu par la danse, était délicieusement engourdi. Tout en tenant l'aiguille, elle écouta d'une oreille distraite le caquetage de ses demoiselles d'honneur. Il n'était question que de Frédéric IV, de sa prestance, de ses mœurs simples et sans afféterie. Il fut aussi discuté de la question qui agitait tout le monde à Lappeggi : le monarque serait-il autorisé à rencontrer sœur Maddalena en son couvent de Florence ?

Violante sursauta quand un oiseau abusé par la transparence des vitres vint frapper avec violence le carreau. Elle ouvrit la fenêtre : le volatile, une grive, gisait sur le pavé, au pied du mur. Il ne bougeait plus. Une plume demeurait collée sur le vitrage.

Troublée par ce qui était peut-être un méchant présage, la princesse referma la croisée et reprit son ouvrage.

Il vint presque tout de suite après. Frédéric IV ! Il avait à peine cogné à la porte et était entré sans plus attendre. Instinctivement, Violante resserra sa robe de chambre sur sa gorge. En simple habit de chasse, chaussé de bottes, le roi s'approcha d'elle, lui prit la main et la baisa.

« Sire, je suis encore en mon naturel et n'ai point été habillée ni toilettée.

– Peu m'importe votre vêture ! Je viens en ami et suis seulement désireux de jouir de votre conversation. »

D'un geste, il adressa un signe aux demoiselles d'honneur qui s'égaillèrent comme une volée de moineaux et sortirent de la chambre. Mi-courroucée, Violante fit observer que ce tête-à-tête était bien inconvenant. Le roi sourit.

« Je vous élis comme ma cousine. Ainsi nous ferons taire grincheux et ragotins. »

Puis il prit un petit tabouret recouvert de velours, s'assit sans façons aux pieds de la princesse et commença à deviser plaisamment. Elle lui demanda comment étaient les femmes de son lointain et froid pays. Il lui répondit qu'elles étaient en tout point semblables aux Italiennes, allant jusqu'à posséder des appas aussi désirables et disposés aux mêmes endroits. Violante rit.

« Ne sont-elles point mafflues à la façon des Allemandes du nord et des Hollandaises ?

– Mais vous-même, madame, qui êtes tudesque, vous ne me semblez point exagérément rebondie.

– Sire, est-ce un compliment ? »

Il sourit, porta le regard sur ses tétons dont elle avait un instant abandonné la garde.

« Il me semble, ma cousine, que vous êtes honnêtement pourvue et qu'il ne vous manque aucun de ces charmes qui réjouissent le regard masculin et appellent les caresses. »

Rougissante, Violante recouvrit vivement sa gorge.

« Au risque de lui manquer de respect, je trouve Votre Majesté bien libertine. »

Et elle se revancha aussitôt en osant évoquer son amour de jeunesse pour Maddalena. Le visage du souverain s'assombrit.

« J'ai grande vergogne à y songer.

– Parce que vous l'avez abandonnée ?

– Je l'ai aimée d'un amour pur et naïf. J'étais encore un jouvenceau. Mais j'étais aussi fils de roi. »

Embarrassé, Frédéric toussa et reprit :

« Lorsque j'ai appris qu'elle était devenue couventine, j'ai eu le cœur brisé.

– L'aimiez-vous encore ?

– Je ne sais plus. Mais à ce jour, j'aspire de toutes mes forces à la revoir !

– Qu'espérez-vous ? Elle est perdue à tout jamais pour vous. À vouloir vainement réparer, ne risquez-vous pas de réveiller son ancienne douleur ? »

Il demeura silencieux, prit sa tête dans ses mains. Son affliction paraissait tellement sincère que Violante, émue, résista à la tentation de poser sa main sur la sienne ou même de le serrer contre son sein.

« Cousine, vous avez sans doute raison... Mais je ne pourrai pas retourner dans ma patrie sans l'avoir rencontrée, ne serait-ce qu'une seconde. »

Elle soupira :

« Au moins avez-vous eu le bonheur d'être aimé... »

Il releva la tête, vit une larme mouiller l'œil de la princesse. Il se mit debout, caressa sa joue du revers de sa main comme pour cueillir cette perle qui roulait sur sa peau. Il n'en fallut pas plus pour que Violante, à son tour, se redressât et, se faufilant, s'écartât du roi.

« Monsieur, il est temps que je m'habille. Vous devez me laisser.

– Si vous me le permettez, je serai votre femme de chambre ! »

Elle regarda Frédéric, rit.

« Soit ! Toutefois je banderai vos yeux.

– Mais comment serai-je en mesure de vous servir si je ne puis vous voir ?

– Sire, vous êtes un impertinent. Alors promettez-moi de détourner les yeux lorsque j'ôterai ma chemise.

– Cousine, il en sera fait selon votre volonté. Cependant je ne gage pas que quelque miroir ne me renvoie de vous une image indiscrète. »

Elle rit de nouveau mais frissonna lorsque la main du roi se posa sur son épaule et commença à la dépouiller de sa robe de chambre.

* *
*

L'affaire était délicate. En ces temps troublés, il fallait veiller à ne point s'engager dans un camp ou dans l'autre afin de ne fâcher ni les Habsbourg ni les Bourbons. La future épouse devait donc appartenir à une famille qui ne fût ni alliée avec la maison d'Autriche ni avec celle de France.

Il avait enfin trouvé. Elle s'appelait Eleonora. Fille du duc de Mantoue, Vincent de Gonzague, elle paraissait rassembler toutes les qualités requises, tant politiques que physiques. Le grand-duc s'en était assuré en envoyant des espions en reconnaissance. Ils lui rapportèrent que la jeune fille, qui comptait moins de vingt ans, était jolie et dépourvue de défauts corporels. Interrogés, ses médecins avaient assuré qu'elle était apte à devenir mère.

Cosimo III se transporta donc à Lappeggi. Son frère était à nouveau alité. Il avait à peine fini de souffrir de la goutte qu'un méchant catarrhe l'assaillit. En outre, sa coutumière intempérance avait fatigué à l'excès ses boyaux et provoqué une hydropisie.

Malgré ces affections, le cardinal s'efforçait de faire bonne figure, ne se départait pas de son habituelle bonne humeur, se laissait voler avec la même aménité et continuait de boire et de manger assidûment. Toutefois, lorsqu'il vit apparaître le grand-duc dans sa chambre, il fronça les sourcils. Cette visite exceptionnelle ne lui disait rien qui vaille.

Coiffé d'un bonnet de nuit, rubicond et bouffi de graisse, il reposait au milieu de son lit sous une montagne de couvertures. Cosimo III s'avança avec circonspection, tant il craignait les maladies.

« Approchez-vous, monsieur mon frère, les maux qui me frappent n'ont pas encore la propriété de sauter à la face des gens qui me visitent ! »

Le grand-duc se pinça le nez et vint jusqu'au chevet du cardinal. Un serviteur lui avança un fauteuil et il s'assit. Goguenard, Francesco Maria poursuivit :

« Quelle mauvaise nouvelle m'apportez-vous ? Car je doute que vous eussiez pris la peine de venir jusqu'à moi pour m'être agréable. »

Cosimo haussa les épaules. Non sans malice, le cardinal observa que les longues moustaches tombantes du grand-duc accentuaient le caractère chagrin et renfrogné de son visage.

« Monsieur mon frère, il me faut en appeler à votre sens du devoir. La malheureuse stérilité de notre lignée impose que vous renonciez à la pourpre et que vous épousiez. »

Francesco Maria fut aussitôt pris d'une violente quinte de toux grasse, suivie d'une expectoration dans son mouchoir. Mal à l'aise, Cosimo détourna le regard. Enroué et gêné par les humeurs qui encombraient sa gorge, le cardinal répondit enfin :

« Voyez mon affliction... Quelle épouse voudrait-elle d'un vieillard égrotant, hydropique et catarrheux ?

– Votre santé se peut améliorer si vous renoncez à vos bombances quotidiennes.

– Quelle horreur ! Désirez-vous abréger ma vie ? La seule idée de la continence m'inspire le plus grand effroi. Mon organisme est tant habitué à ces nourritures riches et parfumées qu'il dépérira instantanément si je l'en prive. »

Cosimo secoua la tête.

« Le pape m'a assuré qu'il vous octroierait une dispense... Ainsi, vous retournerez à l'état laïc et pourrez vous marier sans offenser l'Église. J'ai aussi obtenu des cours espagnole et française que vos pensions continuent à vous être versées.

– Alors me voilà bel et bien ficelé !

– Si vous ne me donnez pas un héritier, la Toscane tombera entre les mains du Habsbourg.

– Qu'y puis-je ?

– Il me semble que l'état de vos finances ne vous permette pas d'hésiter. On m'a rapporté que vous étiez perclus de dettes ! »

Francesco Maria s'efforça de sourire.

« Je n'en suis pas moins également perclus de douleurs ! »

Puis il soupira :

« Je me rends à vos raisons, monsieur mon frère, même si elles me déplaisent au plus haut degré. Et quelle est celle que vous me destinez ? Car je suis certain que vous avez déjà marchandé ces épousailles.

– Elle a pour nom Eleonora de Gonzague. On la dit belle et avenante.

– Je la plains d'emblée ! Car même si elle consentait à partager ma couche, je crains que mon aiguillon soit impuissant à lui donner quelque émoi, tant il s'est ensommeillé depuis longtemps ! »

Irrité, Cosimo III se leva.

« Alors vous userez de substances propres à redonner vigueur à vos humeurs spermatiques ! »

* *
*

Le vendredi saint, il plut toute la journée. Le roi Frédéric IV, qui n'aimait rien tant que se promener, s'ennuyait.

Le matin même, il avait rendu visite à la princesse Violante, qui avait été priée par le grand-duc de paraître à ses côtés lors des festivités pascales. Comme à Lappeggi, il l'avait surprise à son réveil et lui avait à nouveau offert de lui servir de femme de chambre. Elle s'était récriée : sa dignité royale lui interdisait de répéter cette indécence. En fait, la jeune femme, troublée plus qu'il n'était convenable, avait eu peur de céder à l'entreprenant monarque.

Néanmoins, ils avaient conversé comme deux amis. Violante, qui avait appris que le roi avait enfin pu approcher sa nonne, ne résista pas à la curiosité de lui demander des détails sur cette entrevue.

Frédéric IV expliqua d'abord qu'il s'était entremis auprès de Cosimo III. Mais le grand-duc, tout souverain qu'il fût, ne voulait point braconner sur les terres de l'archevêque de Florence. Il alla donc voir ce dernier. Il le sentit hésitant et, pour tout dire, effrayé à l'idée d'autoriser une visite aussi contraire à la tradition monastique. Quelques clicailles eurent raison de son indécision et le prélat consentit à condition que la mère supérieure du couvent bénédictin de Santa Maria Maddalena dei Pazzi donnât elle-même son autorisation. Frédéric envoya une ambassade auprès de l'abbesse et celle-ci conçut qu'il était bien malaisé de désobéir à un roi. Toutefois, elle conjura sa peur en demandant à toutes les nonnes de Florence de prier pour le salut de l'âme de leur sœur qui allait courir un si grand danger.

« Elle craignait donc que vous ne séduisiez à nouveau votre religieuse ? demanda Violante, non sans ironie.

– Sans doute pensait-elle qu'à ma seule vue la malheureuse tomberait en pâmoison !

– Vous voilà bien présomptueux, sire !

– Il est des femmes qui me trouvent fort à leur goût et brûlent d'envie de tomber dans mes bras.

– Grand bien leur fasse, mais... »

Elle s'interrompit et se garda de poursuivre sur ce terrain hasardeux.

« Poursuivez, je vous prie.

– Maddalena reçut l'autorisation de soulever à demi son voile lorsqu'elle me recevrait. Mais nous ne serions pas seuls. Une nonnette assisterait à notre entretien.

– Afin de veiller sur la vertu de votre ancienne amante.

– Et sur la pureté des mes intentions.

– Comment vous parut-elle ? »

Frédéric hésita. Puis il dit tout de gob :

« Oserais-je dire que la religion l'avait transformée ? Certes, elle gardait des reflets de sa joliesse passée. Mais il y avait désormais chez elle une sécheresse qui me glaça. Comment vous expliquer ? Ces années de réclusion l'avaient racornie. Et sous l'impitoyable robe noire qui la couvrait jusqu'aux pieds, je ne retrouvai aucune des rondeurs qui m'avaient autrefois affolé.

– Parce que vous avez essayé de les deviner, malgré qu'elle fût devenue l'épouse de Notre Seigneur Jésus ?

– Hélas, oui.

– Quelle impudence ! »

Mais, en même temps, elle ne put s'empêcher de rire.

« De quoi avez-vous parlé ?

– Elle refusa tout net d'évoquer le passé, sous le prétexte que dans une maison pieuse, on ne pouvait aborder des sujets aussi scabreux... Non, elle s'inquiéta du salut de mon âme, m'assura qu'elle priait souvent pour moi et me recommanda de vivre en bon catholique et d'abjurer cette abominable religion réformée qui est la mienne.

– Sage conseil !

– Puis, comme je lui offrais un petit médaillon de moi, elle me remit en échange un crucifix qu'elle me demanda de porter toujours sur moi... Alors, mais j'ai vergogne à le dire, j'ai pleuré comme un enfançon. J'avais encore les yeux gonflés lorsque je suis sorti du couvent. »

Ils demeurèrent silencieux. Et à nouveau, comme à Lappeggi, Violante eut peur d'elle-même tant elle avait envie de le consoler. Heureusement, tout à son chagrin, le roi ne tarda pas à prendre congé.

La pluie ne s'était nullement calmée. Des mendiants, couverts de haillons, n'en stationnaient pas moins devant le *palazzo* et se précipitaient sur les visiteurs dès qu'ils apparaissaient à la grille. Le roi ouvrit la fenêtre de sa chambre, fouilla dans sa bourse et leur jeta des pièces de monnaie. Il se fit aussitôt un grand tumulte. Les miséreux se battaient, poussaient des cris, roulaient sur le pavé. Des gardes intervinrent et chassèrent les mendiants. L'un d'eux remarqua avec colère :

« C'est grand scandale de provoquer un tel tapage le jour du vendredi saint ! »

Frédéric IV haussa les épaules et referma la fenêtre.

VIII

1711-1715

Francesco Maria avait trépassé au petit matin. Mort d'hydropisie autant que de tristesse. Violante accueillit la nouvelle avec émotion mais sans étonnement. Elle se souvenait encore du triste jour de son mariage.

Les cloches de Santa Maria del Fiore avaient beau sonner à la volée, jamais on ne vit mariage plus lugubre.

La morgue qu'Eleonora affichait dissimulait assurément sa détresse. Violante, le cœur serré, l'observait à la dérobée. Elle était si jeune, si belle... Rencogné à côté d'elle dans un fauteuil tendu de velours écarlate, Francesco Maria de Medici, bouche ouverte, cherchait son souffle. Le contraste était saisissant entre ces deux êtres que l'archevêque allait unir. Elle, la tête haute, dressée comme un jeune rameau, le visage altier, et lui, cuit dans sa graisse, la face couperosée, l'œil terne, conscient du ridicule de la situation.

Depuis l'annonce officielle des épousailles, l'ancien cardinal s'était muré dans une morosité que rien ni personne ne parvenait à briser. Son formidable appétit de vivre s'était éteint. Et s'il mangeait et buvait autant que par le passé, c'était sans joie et comme par habitude.

Comment Cosimo III avait-il pu penser que ce mariage si mal assorti pourrait donner le fruit qui sauverait les

Medici de l'extinction ? Pitoyable famille ruinée par la dégénérescence et la folle ambition du grand-duc qui avait causé le malheur des siens.

Pendant cette triste cérémonie, assis à proximité de sa belle-sœur dans la loggia grand-ducale, Gian-Gastone regardait ses ongles et bâillait. Le teint jaune, l'œil vitreux, il subissait plus que jamais les insolences de Damiano qui gouvernait sa vie et ses plaisirs, le pourvoyait en jouvenceaux et le gavait de pâtisseries et de boissons liquoreuses. Indifférent, Cosimo III consentait à ces désordres : il n'avait jamais aimé ce fils qui avait été incapable d'engrosser sa femme. Quant à Ferdinando, qui avait été transporté au *palazzo* Pitti pour le mariage de son oncle, il avait refusé avec obstination de sortir de sa chambre et ne supportait plus que la présence de son épouse.

Face à l'autel, les promis avaient été invités à se lever puis à s'agenouiller devant le prélat. Francesco Maria, quasi impotent, dut être aidé par un chambellan. Eleonora lui lança alors un regard si méprisant que Violante en frissonna. Il lui sembla dès ce moment que tout était dit.

La suite confirma son pressentiment. Dès le premier soir, la jeune femme refusa que son époux la rejoignît. Celui-ci, trop content d'échapper à cette épreuve, n'en conçut nulle amertume. Il en fut pareillement dans les jours qui suivirent. Toutefois, Cosimo III, qui avait aussi des espions à Lappeggi, ne tarda pas à être informé et entra dans une violente colère. Il exigea au plus vite la consommation du mariage. Contraint et désormais soumis à la volonté de son aîné, Francesco Maria s'y apprêta et avala les substances aphrodisiaques que l'apothicaire du grand-duc lui avait tout spécialement préparées. Lorsqu'il lui sembla que ses sens émoussés avaient repris quelque vigueur, il se présenta à la porte de son épouse. Mais Eleonora lui refusa l'entrant, arguant d'une subite indisposition.

Une nouvelle fois, Francesco Maria se résigna et retourna

à sa morne existence. Il en vint à regretter le temps où on le volait sans vergogne. Depuis son mariage, la foule des joyeux gredins qui vivaient à ses dépens avait déguerpi. On n'entendait plus leurs rires, leurs plaisanteries gauloises et leurs jurons. Bientôt, l'ancien cardinal n'eut même plus le goût de manger.

L'échec était patent, mais Cosimo III ne voulait pas en rester là. Des prêtres furent envoyés en ambassade auprès de la jeune épouse afin qu'elle consentît enfin à recevoir son mari. De guerre lasse, elle céda. Mais, ce soir-là, malgré ses poudres et électuaires, Francesco Maria fut incapable d'honorer sa femme. Il en conçut un si grand dépit qu'il se promit de ne jamais recommencer. Il décida alors que seule la mort pourrait apaiser ses tourments. Elle vint à lui doucement, presque naturellement. Telle une amie.

* *
*

Violante fut longtemps affligée par la disparition de Francesco Maria, qui lui avait manifesté en toute occasion une admirable bonté. Elle fut d'autant plus chagrinée que sa veuve, Eleonora, ne craignit point de célébrer sa libération en menant grand train. Établie dans un *palazzo* de Florence, elle s'entoura d'une cour de jeunes patriciens auxquels elle ouvrit sa couche et dispensa ses faveurs sans compter.

En dépit du scandale que provoqua cette conduite libertine, Cosimo III ne daigna point semoncer sa belle-sœur. Plus sombre que jamais, hanté par la question de sa succession, il remâchait tout au long du jour sa déception. Cette morosité quotidienne ajoutait à l'atmosphère morbide qui régnait dans le *palazzo* Pitti. Personne ne pouvait oublier que, au premier étage, le prince Ferdinando s'éteignait lentement. Une longue somnolence traversée de crises fulgurantes où le fils aîné de Cosimo vitupérait les prêtres, témoignait d'une affreuse lucidité et appelait la mort de tous ses vœux.

Comme pour mieux se pénétrer de l'idée de sa fin prochaine, il avait demandé à son père l'autorisation d'exposer dans sa chambre quelques-unes des figures de cire de sa collection. Modelées par le Sicilien Gaetano Zumbo, elles étaient toutes plus effrayantes les unes que les autres. Un cadavre décomposé de femme voisinait avec celui d'un vieillard sans nez. Un enfant au ventre ballonné et verdâtre se putréfiait alors même qu'il donnait l'impression d'être toujours vivant. D'autres aussi : corps mangés de vers, membres pustuleux, peau couverte de bubons. Un squelette auquel étaient encore attachés des lambeaux de chair. Les couleurs violentes, hideuses, accentuaient le réalisme des scènes.

Violante, lorsqu'elle visitait son époux, détournait le regard de ce théâtre de l'horreur. En revanche, lorsque Ferdinando ouvrait les yeux, il semblait se repaître de ces images macabres.

« Ce Zumbo était un génie... Voyez comme la mort est belle ! Et imaginez mon corps pourrissant retournant peu à peu au néant. »

Elle ne répliquait pas. Le cynisme de Ferdinando l'indisposait autant que ces figures putrides qui rappelaient l'inéluctable cruauté de la destinée humaine.

* *
*

Lorsque l'ennui lui pesait trop, Violante trouvait quelque consolation auprès de son beau-frère. Gian-Gastone avait repris ses habitudes de garçon et logeait à nouveau dans cette rotonde nichée au cœur des jardins de Boboli.

Elle le trouvait ordinairement couché, quelle que fût l'heure du jour, et ne manquait pas de le morigéner, tandis que les jeunes effrontés qui l'entouraient s'égaillaient en ricanant.

« N'avez-vous point vergogne à vous apparesser ainsi ? »

Gian-Gastone riait. Et, tel un gros chat, il s'étirait avec volupté.

« Je ne connais pas de havre aussi accueillant que mon lit, chère belle-sœur. J'y échappe à la pesanteur et à toutes les méchantises que notre corps nous impose. »

Violante tirait les rideaux, ouvrait les fenêtres pour chasser les miasmes qui empuantissaient la chambre.

« Voulez-vous donc me faire mourir ? » protestait-il sans conviction, en clignant des yeux.

Alors, quand le soleil entrait à gros bouillons dans la pièce, la princesse découvrait les draps souillés de taches de vin, de chocolat ou de restes de victuailles.

« Levez-vous ! Je vais envoyer mes gens nettoyer votre tanière pendant que nous irons goûter l'air des jardins. À moins que vous ne préfériez le spectacle de la rue. »

Gian-Gastone soupirait mais obéissait. Il se levait pesamment et passait aussitôt dans sa garde-robe. Lorsqu'il reparaissait, perruqué, cravaté et parfumé, il offrait son bras à Violante.

Ce jour-là, ils choisirent de visiter la ville. Ils cheminèrent sans escorte. Autant Cosimo III était haï, autant sa famille était aimée du peuple. Les Florentins, qui savaient Ferdinando condamné, aspiraient à voir le débonnaire Gian-Gastone monter au plus tôt sur le trône et succéder à un souverain acariâtre et bigot qui les accablait d'impôts et de vexations inspirées par les prêtres. Même ceux qui nourrissaient au plus profond de leur cœur la nostalgie de la République faisaient bonne figure au fils du grand-duc tant il leur semblait que, malgré ses frasques et ses débordements, ce prince ne pourrait qu'améliorer leur triste sort.

Les deux parents empruntèrent le *Ponte Vecchio* où, depuis longtemps déjà, les orfèvres avaient remplacé bouchers et tanneurs. Ils s'attardèrent à observer le délicat travail de ces artisans. Puis ils passèrent de l'autre côté de l'Arno. Un air frais et limpide venu des hautes collines du Mugello courait dans les rues, gonflait les robes des femmes et se glissait dans leurs engageantes, ces volants de dentelles qui ornaient désormais l'extrémité de leurs manches.

Ils dirigèrent leurs pas vers San Lorenzo. Gian-Gastone, qui attachait pourtant peu d'importance à la vanité familiale, aimait cet endroit où, traditionnellement, les Medici avaient été baptisés, s'étaient mariés puis avaient été inhumés dans la chapelle qui prolongeait l'église. Il commençait toujours par une halte dans la nouvelle sacristie où se dressaient les puissants monuments funéraires de Giuliano, duc de Nemours, et de Lorenzo, duc d'Urbino, tous deux sculptés par l'immense Michelangelo. Sous les représentations de ces deux princes, l'artiste avait placé des figures allégoriques, *La Nuit* et *Le Jour* pour Giuliano, *L'Aurore* et *Le Crépuscule* pour Lorenzo. Jamais, songeait Gian-Gastone, le sculpteur n'avait été aussi grand. La pierre vivait d'une intensité tragique. Les muscles des hommes, l'un, *Le Crépuscule* cédant au sommeil, et l'autre, *Le Jour,* s'éveillant, semblaient vibrer de violence. Tandis que la douceur alanguie de *La Nuit* et de *L'Aurore* appelait les caresses. Mais leur abandon même soulignait aussi que l'amour et la mort étaient liés pour toujours.

« Dieu du ciel, pourquoi n'ai-je pas eu le bonheur de vous épouser ? dit soudain Gian-Gastone. Certes, je ne vous aurais pas apporté les consolations qu'une femme est en droit d'espérer. Mais votre sagesse aurait éloigné de moi tous les démons qui m'assaillent. Et qui sait ? À force de tendresse, vous auriez pu me conduire à vous aimer... »

Émue, Violante ne sut que répondre. Une nuit, n'avait-elle pas rêvé elle aussi que Gian-Gastone se penchait sur son sein et la possédait ?

Des coups de marteau résonnèrent sous la haute voûte

de la nef. Ils s'avancèrent jusqu'à la chapelle des Princes, ainsi nommée parce qu'elle abritait les sarcophages monumentaux des grands-ducs, taillés dans le porphyre, le granit égyptien et le jaspe de Corse, surmontés pour deux d'entre eux d'une statue en bronze des défunts. Commencée en 1601 sous Ferdinando Ier, la décoration de ce gigantesque mausolée octogonal couvert d'un dôme n'était toujours pas terminée. Cosimo III, suivant en cela l'exemple de ses prédécesseurs, avait exigé que les matériaux les plus précieux fussent utilisés pour orner les murs et les colonnettes : marbres de Carrare, bois pétrifié d'Afrique, lapis-lazuli, jaspe, corail, nacre et pierres précieuses se mêlaient et dessinaient de délicates mosaïques. Mais, en dépit du talent des artisans de l'*Opificio delle Pietre Dure**, les travaux avançaient lentement et le grand-duc désespérait de voir cette œuvre grandiose terminée avant le jour de sa mort.

Agenouillés sur le pavement, des ouvriers enfonçaient des petits carrés de pierre à l'aide d'un maillet en bois. Gian-Gastone les salua familièrement puis se tourna vers Violante.

« N'êtes-vous pas troublée à l'idée de visiter votre dernière demeure ? »

Il éclata de rire et reprit :

« Toutefois, je vous promets que nous nous ennuierons ensemble dans le mausolée le plus cher qui ait jamais été construit ! »

Il jeta un œil vers la pénombre de la coupole. Ses parois de brique étaient encore nues, mais le grand-duc avait prévu de les recouvrir de lapis-lazuli.

« La vanité de mon père ne connaît aucune limite. Mais qu'espère-t-il ? La magnificence du lieu n'empêchera pas sa dépouille de retourner à la poussière. Et si Dieu existe, ce

---

* « L'atelier des pierres dures ».

dont il m'arrive de douter, Cosimo III se présentera tout nu devant son Créateur.

– Comment osez-vous être si mécréant ? Dieu ne nous donne-t-il pas tous les jours des preuves de son incommensurable bonté ?

– Bigre, ma chère belle-sœur, la dévotion vous aveugle. Ces sottises ne sont pas dignes d'un esprit aussi éclairé que le vôtre ! »

Il prit à nouveau son bras.

« Allons-nous-en ! Il me semble que les morts qui reposent sous ce pavement essaient de nous attraper par les pieds ! »

Son gros rire résonna longtemps sous la nef, couvrant le bruit des maillets.

Lorsqu'ils sortirent de San Lorenzo, le soleil couchant teignait de mauve les pierres blondes des bâtiments de la *piazza*. Gian-Gastone se pencha vers Violante.

« Vous ai-je peinée ? »

Elle fit non de la tête. Mais elle demeura maussade jusqu'à leur retour au *palazzo* Pitti.

* *
*

Sa moustache blanchissait, ses traits se creusaient, et même sa taille semblait diminuer. Cosimo le taciturne promenait sa triste figure dans les salons du *palazzo*. Dès qu'on le voyait s'approcher, les conversations devenaient des chuchotis et les sourires s'éteignaient comme des chandelles soudainement mouchées.

Chacune et chacun connaissaient son tourment : l'avenir du grand-duché. Tandis que la paix se dessinait en Europe, les appétits des Grands gagnaient en voracité. En embuscade, gueules béantes, ils attendaient. C'était à qui avalerait la Toscane le premier, le plus gourmand étant l'empereur

Charles VI, successeur de Joseph Ier qui venait de mourir subitement. Le Habsbourg faisait valoir que c'était son aïeul Charles Quint qui avait érigé Florence en duché. Il en résultait, selon lui, que la Toscane demeurait un fief impérial et que ses États devraient revenir à la Couronne lorsque le dernier des Medici s'éteindrait. C'était méconnaître l'Histoire : Florence, jouant des rivalités des uns et des autres, avait peu à peu conquis son indépendance et ne se reconnaissait plus nul suzerain. Certes, il n'en allait pas de même pour toutes les possessions toscanes : Sienne, en particulier, bien qu'elle fût gouvernée par le grand-duc, avait été donnée en apanage à l'Espagnol qui pouvait à tout moment prétendre y exercer ses droits et privilèges.

Cosimo pria sa bru de le rejoindre en son cabinet. Bien qu'il n'en laissât rien paraître, il attachait une grande importance aux avis de la princesse. Violante le trouva dans un fort état d'agitation.

« Asseyez-vous, ma fille. »

Lui-même, incapable de tenir en place, arpenta son bureau de long en large.

« Comment se porte monsieur mon fils ? » demanda-t-il par politesse. Mais il écouta à peine la réponse de Violante. Il avait pris son parti de la mort prochaine de Ferdinando et ne s'en souciait plus.

« Vous savez combien le sort de nos États me cause de grands tracas... J'ai envoyé le marquis Rinuccini aux Pays-Bas où il doit participer à la conférence de paix. Je lui ai mandé d'œuvrer afin de préserver l'unité de la Toscane et la perpétuation de notre indépendance...

– Mais, bientôt, mon père, le trône sera en état de déshérence.

– Je ne méconnais point cette triste vérité. Notre famille, qui règne depuis trois siècles sur cette cité, s'éteindra inéluctablement. Après moi, s'il survit au désordre de son existence, Gian-Gastone me succédera. Et il en sera fini au jour de sa mort ! »

Cosimo III soupira et se laissa enfin tomber dans son fauteuil, derrière sa table de travail.

« Il y aurait bien une solution... »

Il se tut un instant, comme pour mieux préparer son effet. Puis il dit :

« J'ai imaginé de m'en remettre aux Florentins.

– La république ? »

Le grand-duc opina du chef. Saisie, la princesse ne sut d'abord quoi répondre. Mais elle s'enhardit :

« Certes, votre gloire ne pourrait qu'en être rehaussée et votre générosité admirée. Cependant, après tant d'années où vos ancêtres et vous-même avez détenu un pouvoir absolu, pensez-vous que les Florentins seraient capables de se gouverner sans retourner aussitôt aux querelles qui ont autrefois ruiné la république ?

– Je ne mésestime pas ce point... On ne passe pas aisément de l'état de sujet à celui de citoyen.

– Ne craignez-vous point qu'une république ne soit une proie trop facile pour tous ceux qui aspirent à s'emparer de vos États ? Arguant de leurs anciens droits, ils revendiqueront la possession de telle ou telle principauté. La Toscane sera dépecée et l'œuvre des Medici réduite à néant. »

Le grand-duc hocha la tête. Violante poursuivit :

« En outre, croyez-vous que certains de vos voisins ne s'effraieront pas de voir une république naître à leurs frontières, au risque d'encourager les mêmes aspirations démocratiques dans leurs propres États ? Ne seront-ils pas tentés de fomenter des troubles afin d'en finir avec un système politique haï ?

– J'éprouve des appréhensions identiques. Mais j'ai reçu ce matin même un courrier de Rinuccini... Les délégués anglais et hollandais se rangeraient volontiers à la solution républicaine.

– Ce sont des puissances nordiques. Elles ne viendront jamais au secours de la Toscane. La question de votre succession ne sera pas résolue sans que l'empire ne donne sa bénédiction. La maison de Habsbourg n'a jamais renoncé à se mêler de nos affaires.

– Aussi ai-je finalement opté pour une solution intermédiaire... À ma mort, je suggère que ma fille, l'Électrice palatine, règne céans. Je la sais suffisamment ferme pour tenir tête à l'empereur. N'est-elle point, du reste, par son mariage alliée aux plus grandes familles allemandes ? Libre à elle, ensuite, d'envisager une transition vers la république. »

Il se tut un moment, puis ajouta en plissant les yeux :

« Je ne doute pas, ma chère enfant, que si l'avenir se dessinait ainsi, vous dispenseriez de précieux conseils à votre belle-sœur l'Électrice. »

Songeuse, Violante revint en ses appartements. Pourquoi le grand-duc l'avait-il conviée puisque, de toute évidence, il avait déjà pris sa décision ? Par ailleurs, elle n'avait pas cru un seul instant à son désir de rétablir la république. Si elle-même avait feint d'en peser les mérites et les défauts, c'était surtout par jeu.

Elle était à peine de retour qu'une servante en pleurs vint la chercher : Ferdinando était au plus mal. Les médecins affirmaient qu'il ne passerait pas la nuit.

Malgré elle, elle grimaça tant la chambre sentait la sanie. Dans la ruelle, le chapelain de Cosimo III, agenouillé, priait. Mais ostensiblement, le moribond lui tournait le dos. Violante se fit violence pour venir jusqu'au chevet de son époux. Émacié, le visage couvert de bubons rougeâtres, il inspirait la peur plus que la pitié. La princesse prit sur elle pour déposer un baiser sur son front. Ferdinando ouvrit les yeux, reconnut Violante et murmura d'une voix à peine audible :

« Vous me voyez tel que j'aurais toujours dû me montrer à vous. C'est la vérité de mon corps qui exsude par tous ces chancres qui me rongent... Le reste n'était qu'apparence. Ma laideur était intérieure. Voilà qu'enfin elle se manifeste à tous. »

Épuisé, il se tut.

« Ne vous faites point de mal. Et priez pour votre salut.

– Non... La seule idée de me survivre me répugne. Triste époux j'étais, triste cadavre je serai... Qu'on jette ma charogne dans une fosse d'aisances, je ne veux point d'autre sépulture. »

Sa voix mourut. Brisée, Violante comprit que c'étaient ses dernières paroles. Elle vint s'agenouiller à côté du prêtre et pria longuement. Quand elle se releva, Ferdinando avait rendu l'âme.

* *
*

Naturellement encline à la mortification, Violante se reprochait de ne pas éprouver assez de chagrin. Lors de la cérémonie funèbre, solennelle et glaciale, elle avait frissonné en voyant descendre le cercueil de Ferdinando dans la crypte de San Lorenzo, sous le pavement de cette chapelle des Princes qu'elle avait visitée quelques semaines plus tôt en compagnie de Gian-Gastone. Mais, à son grand désarroi, au moment où le corps embaumé de son époux rejoignit le royaume des ombres, elle ne parvint pas à se remémorer les traits du jeune homme altier et cynique dont elle avait été éprise au premier regard. C'était comme si, en mourant, son image s'en était allée avec lui.

Elle confessa sa coupable indifférence à son aumônier. Il ne lui en tint pas rigueur et lui donna l'absolution avec une sorte de légèreté qui ne fit qu'accroître son remords. Il en fut de même lorsque Cosimo III lui offrit comme cadeau de deuil une superbe parure de saphirs. Dès que le grand-duc eut tourné les talons, elle s'était empressée de serrer ce somptueux bijou dans un meuble à secrets.

Rompant pour un temps avec ses habitudes paresseuses et intempérantes, son beau-frère eut la délicatesse de venir la visiter chaque après-midi. Elle jouait pour lui de ce *piano forte* que Ferdinando avait commandé à Cristofori. Un peu de la fantaisie de Pratolino planait alors au-dessus d'eux et, si elle fermait les yeux, Violante voyait s'animer les subtils mécanismes du jardin.

Puis ils devisaient tandis que la princesse brodait. Parfois, Gian-Gastone se risquait à quelque saillie :

« Oserais-je vous dire que le noir vous sied à merveille ? Il met en lumière votre teint naturellement opalescent.

– Est-ce compliment ou moquerie ? Ou voulez-vous dire que la pâleur de ma carnation m'inclinait à devenir veuve ?

– Veuve, chère Violante, vous l'étiez depuis fort longtemps à cause de l'inconduite de mon frère. Et si vous me pardonnez cette incongruité, je pense que l'abstinence à laquelle il vous a condamnée a régénéré votre virginité. »

La princesse rougit.

« Il suffit. Votre propos atteint des sommets d'inconvenance. J'aimais et je respectais mon époux et je ne lui ai jamais tenu rigueur des offenses qu'il m'a faites.

– Vous êtes un ange ! Mais je ne gage pas que cette catégorie-là ait réellement sa place dans notre monde impur et corrompu...

– Et s'il me plaisait à moi de m'élever au-dessus de cette vase ? »

Gian-Gastone sourit.

« Prenez garde, vous voilà en train de pécher par orgueil ! »

Amusée plus que fâchée, Violante lui rendit son sourire.

« Je vous préfère ainsi, dit-il. Lorsque vous avez l'œil chagrin, j'ai envie de rentrer sous terre.

– Vous dites des sottises.

– Tel est mon naturel ! L'insupportable bigoterie de

mon père et la folie amoureuse de ma mère ne pouvaient qu'engendrer cet être curieux qui se tient devant vous. Mi-bouffon, mi-satyre. Un personnage contrefait qui a décidé une fois pour toutes que la vie n'était qu'illusion et comédie.

– Vous vous noircissez à plaisir. Je suis certaine que votre cœur est bon ! »

Gian-Gastone éclata de rire. Et ses bajoues tremblèrent comme de la gelée.

« Le cœur ! Le mien est bouffi de graisse. Il ne bat plus qu'au rythme de mes plaisirs. Non, croyez-moi, Violante, vous ne trouverez en moi nulle parcelle qui mérite votre estime, sinon votre amitié.

– Je ne vous crois pas. Car je vous connais mieux que vous ne le pensez...

– Voilà un sujet d'étude dont vous pourriez aisément vous dispenser. »

Mais Violante n'était pas disposée à rendre les armes. Elle ne put s'empêcher de remarquer :

« Votre nature viciée, dites-vous, serait imputable au sang de vos géniteurs. Votre frère et votre sœur ont pourtant eux aussi reçu le même héritage. »

Gian-Gastone haussa les épaules.

« Rien n'est moins sûr, si j'en crois les vieux serviteurs qui ont connu ma mère. Ferdinando, qui était meilleur que moi en toutes choses, était peut-être le fruit des amours de Marguerite-Louise avec l'un de ses parents, Charles de Lorraine. Rebuté et mal-aimé par notre père en raison de cette douteuse filiation, il a choisi de se débaucher pour se revancher de cette injustice qu'il n'avait pas méritée. Quant à Anna Maria Luisa, elle fut désignée dès sa tendre enfance comme la favorite. N'ayant rien à prouver, elle n'avait non plus guère à donner. C'était une petite personne égoïste et imbue d'elle-même qui ne rêvait que d'honneurs et de mariage princier.

– Je vous trouve bien sévère...

– Détrompez-vous. Anna Maria Luisa, qui a une très haute idée d'elle-même, est une excellente femme dès lors qu'on lui obéit et qu'on la sert avec empressement. Mais, pour ma part, il m'est difficile d'oublier que je lui dois ce mariage calamiteux avec mon ogresse de Bohême ! »

Violante hésita. Devait-elle lui révéler les desseins secrets de Cosimo ? Elle y alla par petites touches.

« Votre père nourrit de grandes espérances au sujet de votre sœur.

– Ne lui suffit-il plus de l'avoir mariée à l'Électeur palatin ?

– Il voit en elle de fortes dispositions.

– Qu'entendez-vous me dire ?

– La question de l'avenir du grand-duché ne cesse de le hanter, ainsi que vous le savez. Il songe qu'un jour, Anna Maria Luisa saurait tenir fermement les rênes de cet État.

– Diable ! M'a-t-il donc déjà enterré ?

– Non. Il n'est pas dans ses intentions de modifier l'ordre dynastique... Toutefois il pense, non sans raison, que vos débordements risquent d'abréger votre vie, ainsi qu'il en fut pour votre oncle, Francesco Maria.

– Mon père a toujours été le plus affectueux des hommes. Je lui sais gré de s'inquiéter de ma santé ! Mais, je vous le dis à la bonne franquette, s'il m'arrivait un jour de monter sur le trône, ce qu'à Dieu ne plaise, c'est avec vous que je gouvernerais ! Et avec nulle autre ! »

* *
*

Anna Maria Luisa, instruite des intentions de son père, décida de presser le mouvement. Elle se mit en train pour aller visiter le nouvel empereur, Charles VI.

Malgré son âge avancé – elle avait alors quarante-six ans –, la fille de Cosimo III avait encore fière allure. Bien que de petite taille, son haut front et son teint délicat soulignaient la hardiesse d'un regard que les ans n'avaient pu ternir.

Le souverain lui réserva un accueil aimable. N'était-elle pas une des premières princesses allemandes et ne méritait-elle pas qu'on lui fît honneur ? Toutefois, dans la longue lettre qu'Anna Maria Luisa envoya aussitôt après à son père, Charles VI se montra évasif dès que fut abordée la question de la succession toscane. Il promettait d'y réfléchir mais prenait garde à ne donner aucune indication sur sa préférence.

Quelque temps après ce qui apparut à Cosimo III comme une rebuffade, un courrier impérial arriva à Florence. Charles VI se déclarait disposé à reconnaître les droits d'Anna Maria Luisa à la succession. Il assortissait cependant ce geste de bonne volonté d'une condition inacceptable pour le grand-duc : à la mort de l'Électrice palatine, l'héritage toscan devait revenir tout entier aux Habsbourg !

Se rendant sans doute compte que sa position était trop abrupte, l'empereur modéra très vite son propos. Dans un second courrier, il affirma qu'il se satisferait d'observer que le grand-duché de Toscane ne serait pas livré à un ennemi de l'Autriche. Cosimo III s'apaisa et décida d'officialiser son projet. À la fin de l'année 1713, il réunit le Sénat, qui n'était plus qu'une chambre d'enregistrement, et annonça avec solennité que, si lui-même ou son fils Gian-Gastone venaient à décéder, il reviendrait à Anna Maria Luisa d'assurer la continuité de l'État et de régner sur toutes les possessions grand-ducales.

Les Florentins, qui craignaient par dessus tout la mainmise de l'étranger, applaudirent. Cependant, au fond d'eux-mêmes, ils savaient que l'affaire de la succession n'était que repoussée puisque les Medici n'avaient pas d'héritiers. Leurs appréhensions furent d'autant plus grandes que Charles VI accueillit avec indignation les déclarations de Cosimo III :

le grand-duc ne pouvait disposer à sa guise de possessions qui demeuraient des fiefs impériaux. La menace était claire. Mais, ainsi qu'il en avait toujours été dans l'histoire de Florence, Louis XIV s'empressa de prendre le parti contraire et approuva le Medici dans sa volonté de préserver l'indépendance de ses États. Le roi de France assortissait tout de même son acquiescement d'un conseil qui n'était nullement désintéressé. Il enjoignait Cosimo de penser au-delà de la succession provisoire qu'assumerait Anna Maria Luisa, qui était déjà dans sa maturité. Pour la plus grande gloire des Medici et de la Toscane, le grand-duc devait donc songer à se choisir un héritier dont le prestige et la puissance garantiraient la paix et la liberté en ses possessions.

Cosimo III comprit aussitôt. Dans les cours européennes, il n'était bruit que du remariage du roi d'Espagne, Philippe V, petit-fils de Louis XIV, avec Élisabeth Farnèse, qui était elle-même l'arrière-petite-fille de Margherita de Medici, sœur de feu le grand-duc Ferdinando II, père de l'actuel souverain de Toscane. Cette filiation, même lointaine, ne donnait-elle pas à la jeune princesse des droits sur le grand-duché ? Et si cette union portait des fruits masculins, ne se pourrait-il naturellement envisager que l'un d'eux aspirât à la dignité grand-ducale ? Solidement arrimée à la couronne espagnole, et donc aux Bourbons, la Toscane saurait ainsi résister aux appétits de la maison de Habsbourg ! Mais Cosimo III devinait aussi que la pesante tutelle de Madrid finirait par avoir raison de l'indépendance toscane.

Le grand-duc ruminait ces idées noires tandis que, accompagné par une petite suite, il s'était échappé du morne *palazzo* Pitti pour se livrer aux plaisirs de la chasse dans l'une de ses réserves proches de Florence.

En ce début de matinée, le temps était frais. Le soleil naissant n'avait pas encore séché les gouttes de rosée qui, accrochées aux toiles d'araignées, dessinaient des colliers de perles entre les arbustes du chemin.

Arme calée dans le pli de son bras droit, les sens aux aguets, Cosimo marchait lentement. Devant lui, trois lices fouillaient buissons et ronciers. Soudain, l'une des chiennes marqua un arrêt. Parfaitement immobile, le corps tendu, le museau dirigé vers l'endroit où se terrait un gibier. Le grand-duc s'approcha sans hâte. Il aimait cet instant particulier où l'animal imposait sa domination à une proie qu'il clouait au sol par sa seule présence.

Il donna une tape sur l'arrière-train de sa chienne. Aussitôt elle bondit dans le fourré. Cosimo aperçut un éclair mordoré qui coula sous la végétation. Un faisan. Il surgit brusquement du buisson en criaillant et s'envola. Le grand-duc épaula, prit l'oiseau dans sa ligne mire. Mais il ne tira pas. Il en allait ainsi en maintes occasions. Ce souverain cruel, si peu économe de la vie de ses sujets, épargnait habituellement ses faisans et défendait que d'autres que lui les tuassent. Il ne s'autorisait à en abattre un ou deux que parce qu'il appréciait leur chair et que, malgré les recommandations de son médecin, il en faisait une grande consommation.

La lice le regarda. C'était une vieille bête, forte d'une longue expérience. Dans ses grands yeux larmoyants, il crut lire comme une lueur de reproche. Il flatta son flanc. La chienne reprit sa quête avec ses deux compagnes en remuant joyeusement le fouet de sa queue.

Il ne se passa guère de temps avant qu'un nouvel arrêt fût marqué. Cosimo se trouvait alors devant un roncier touffu qui grimpait jusqu'au sommet d'un petit ravin. Un, deux, trois faisans prirent leur envol, salués par les aboiements des chiennes. Puis un quatrième se leva dans un grand ébrouement d'ailes. Le dernier volatile, contrairement aux trois autres qui atteignaient déjà la cime des arbres, choisit de survoler le fourré. Le grand-duc hésita puis se décida à tirer, sans doute pour complaire à sa vieille chienne. Le doigt sur la détente, d'un seul mouvement parfaitement coulé, il ajusta son canon derrière le faisan, puis remonta jusqu'à précéder l'oiseau et fit feu. Des plumes s'éparpillèrent. Au même instant, Cosimo entendit un cri puis un long gémissement. Saisi, il s'immobilisa tandis que sa suite se précipitait en haut de l'escarpement.

Son maître-chien redescendit bientôt. Il était livide.

« Votre Altesse sérénissime, l'homme est mort. C'était un de vos rabatteurs. »

* *
*

Cosimo III sombra dans une profonde mélancolie. Lui qui avait ordonné tant d'exécutions n'avait jamais tué de sa main. Le fait de n'avoir pas vu le visage de l'homme qu'il avait abattu par imprudence n'atténuait pas son remords.

Il prit d'abord la décision de cesser de chasser et donna l'arme qui avait porté le coup mortel à son maître-chien. Mais il lui fallait aussi réparer. À la grande stupéfaction de la cour, qui ne connaissait nul précédent, le grand-duc désira comparaître devant les chevaliers de l'ordre de San Stefano dont il était le Grand Maître.

« Je suis coupable et vous ordonne de me punir à la mesure de ma faute ! »

Puis il se retira. Embarrassés tout autant que déférents, les chevaliers conférèrent longtemps. Comment pouvaient-ils condamner leur prince sans l'offenser et porter atteinte à la dignité grand-ducale ? Enfin, un accord se fit : Cosimo III devrait payer sur sa propre bourse cinq écus par mois à la veuve du pauvre rabatteur. D'autre part, afin d'apaiser le courroux du ciel, il serait astreint à naviguer plusieurs années sur un des navires de l'ordre qui pourchassaient en Méditerranée les embarcations des Infidèles. Toutefois, dans leur grande mansuétude, les chevaliers lui permettaient d'être remplacé par un homme de noble condition.

Ainsi finit cette sombre mésaventure qui laissa dans le cœur déjà tourmenté du grand-duc une cicatrice inaltérable.

* *
*

Lappeggi ! Ses jardins et ses fontaines, ses bosquets ombreux et mystérieux, ses audacieuses statues antiques... Là même où elle avait vécu tant d'heures charmantes avec ce bon cardinal Francesco Maria, et encore d'autres, délicieusement indécentes, avec Frédéric IV. Aussi, grande fut son émotion quand elle foula à nouveau ces lieux.

Le grand-duc, pour remercier Violante de ne pas retourner dans sa Bavière natale au lendemain de la mort de son époux, lui avait donné la villa et son domaine, à condition qu'elle n'y séjournât point en permanence et vînt régulièrement réchauffer ses vieux jours en regagnant parfois ses appartements du *palazzo* Pitti. Violante ne pouvait pas rêver de plus beau cadeau. Au reste, elle n'avait jamais imaginé rentrer dans une patrie qui était devenue pour elle une terre étrangère. Elle se sentait désormais florentine jusqu'au bout des ongles et appréciait même les travers de ce petit peuple batailleur et vindicatif.

Ce présent suscita aussitôt une violente hostilité d'Eleonora de Gonzague, la veuve de Francesco Maria. De droit, fit-elle savoir, cette villa lui revenait. Elle alla jusqu'à accuser Violante d'avoir circonvenu Cosimo III, dont le grand âge altérait le discernement. Pareille insolence parvint aux oreilles du grand-duc. Il pardonna : il était notoire qu'Eleonora buvait plus qu'il n'était raisonnable et qu'elle paraissait souvent à la cour dans un état d'ébriété avancé. Mais, comme il ne voulait pas que l'on crût à une injustice, il rappela avec fermeté que son frère n'avait légué que des dettes et que ses biens avaient été vendus aux enchères pour rembourser ses nombreux créanciers. Et si Eleonora pouvait encore vivre selon son rang, elle ne le devait qu'aux bontés de son beau-frère.

Cette semonce mit provisoirement fin aux récriminations de la veuve intempérante. Cependant Cosimo ne doutait pas d'avoir à affronter d'autres orages, tant sa belle-sœur était prompte à médire et à conspirer.

Indifférente à ces coups de bec, Violante travailla à son installation. La villa, trop longtemps négligée, réclamait des travaux de restauration. La princesse puisa dans sa bourse, qui s'était arrondie depuis le décès de Ferdinando : le grand-duc lui avait en effet légué un apanage confortable qui lui fut payé comptant. Les jardins retrouvèrent ainsi un peu de leur superbe et la maison son lustre d'antan.

Violante eut l'impression d'être au seuil d'une nouvelle existence. Son remords d'avoir si modérément pleuré son époux s'effaça petit à petit. Elle s'entoura d'une cour de poètes et d'écrivains qui enchantèrent ses soirées. Sous son aimable autorité, Lappeggi devint une académie littéraire où l'on déclamait et improvisait. Là où autrefois larrons et écornifleurs volaient le cardinal, s'enivraient ou troussaient les servantes, s'élevèrent des vers admirables. On y chantait la nature, le pur amour, la grâce féminine et la vertu. Pour autant, ces œuvres orales ou écrites échappaient à la mièvrerie. Violante avait du goût, et du meilleur.

L'un des poètes les plus remarquables de cette assemblée littéraire se nommait Bernardino Perfetti. Chevalier de San Stefano et professeur de droit, ce Siennois avait belle allure. La figure altière, le regard d'un gris perçant et la taille bien prise, il avait les faveurs de Violante et, sachant en quelle estime on le tenait, n'hésitait pas à lui faire une cour discrète. La princesse s'en amusait. Il ne lui déplaisait pas d'être flattée, complimentée et reconnue comme femme. Elle se surprit même à plusieurs reprises à accorder au chevalier Bernardino un peu plus qu'une conduite honnête n'eût exigé.

Ignorant l'étiquette et vêtue simplement d'une contouche*, elle s'attachait aussi à rendre visite aux paysans de son domaine, s'enquérant de leurs travaux, posant mille et mille questions sur les détails de leur existence. Ce fut ainsi qu'elle remarqua une adolescente dont l'esprit éveillé lui fit grande impression : ne sachant ni lire ni écrire, elle n'en était pas moins capable d'improviser de frais poèmes richement rimés. Avec l'accord de ses parents, Maria Domenica Mazetti, dont le petit nom était Menica, fut invitée à rejoindre la villa.

La princesse ne tarda pas à s'enticher de la fillette. Elle appela auprès d'elle des précepteurs qui l'instruisirent en lecture et en écriture, mais aussi en latin et en musique. Ses progrès furent rapides et, heureusement, ne tarirent pas le naturel de son inspiration. Menica était désormais membre de plain-pied de l'académie de Lappeggi et la petite paysanne accompagnait Violante lorsque cette dernière, abandonnant un temps sa villa, paraissait à la cour.

Bernardino Perfetti se montrait de plus en plus pressant. Si, jusque-là, la princesse avait cru plaisant d'encourager ses entreprises, elle craignait maintenant de se trouver en tête à tête avec lui. Toutefois c'était d'abord d'elle-même qu'elle avait peur. Ses sens, trop longtemps étouffés, réclamaient leur dû. Mais elle n'était pas encore disposée à leur donner la satisfaction qu'ils exigeaient. Et, bien souvent, l'arrivée impromptue de Menica dans ses appartements la sauvait d'un péril imminent.

Pour cette même raison, Violante accueillit avec gratitude la visite que lui fit en voisin Gian-Gastone. Le grand prince, comme on l'appelait depuis la mort de Ferdinando, avait été exilé dans sa villa de Brandolino par son père, las à la parfin des excès et des scandales qu'il ne cessait de

---

* Ancien vêtement d'intérieur flottant que l'on commença à porter en public au début du XVIIIe siècle, lors de visites qui n'exigeaient pas un grand apparat.

provoquer. La rigueur grand-ducale fut telle qu'il interdit à son fils carrosses et autre calèches. Il était ainsi assuré de confiner Gian-Gastone à la campagne et de le priver de l'engeance des palefreniers et autres valets d'écurie à qui il attribuait des mœurs fâcheuses. Le prince parut donc à Lappeggi en maigre équipage sur un gros cheval de trait que lui avait vendu pour une fortune un paysan enrichi qui travaillait sur son domaine. Son médecin et un valet suivaient, juchés tous deux sur des mules.

« Je suis rompu, dit-il à Violante, tandis que deux laquais l'aidaient à descendre de sa monture. Ces animaux, qui n'aiment guère le genre humain, font en sorte de vous soulever de selle à chacun de leurs pas. »

Grimaçant, il se frotta les côtes. Violante ne put s'empêcher de rire. Piqué, Gian-Gastone lui lança un regard furieux.

« Est-ce ainsi qu'on est accueilli dans cette maison ? »

La princesse, oubliant un instant sa réserve naturelle, s'avança vers lui et lui planta deux baisers sur les joues. Alors seulement il recouvra sa bonne humeur et annonça qu'il avait grand-soif et faim.

Un peu plus tard, une fois restauré et désaltéré, il demanda :

« Contez-moi, chère belle-sœur, l'ordinaire de vos journées !

– Je vis bien simplement dans la compagnie de quelques êtres d'esprit qui enjolivent mon existence.

– Et y a-t-il parmi ces heureux mortels un quidam qui aurait votre préférence ? »

Immédiatement, la princesse fut en alerte. Que signifiait cette question ? Que savait-il ? Elle répondit néanmoins du tac au tac.

« Tous rivalisent des talents les plus variés. Et je n'en distingue point un parmi les autres !

– Sage Violante ! Je vois là que vous ne voulez affliger aucun de vos amis en affichant vos inclinations...

– Mais ma société est aussi composée de femmes, se récria-t-elle. Car notre gentil sexe, vous ne l'ignorez pas, est pénétré au plus haut point de l'idée de beauté.

– Le diable soit des femmes savantes ! » grommela-t-il.

La princesse, quoi qu'elle en eût, se garda de répliquer et la conversation en resta là. Mais quand, alors que l'après-midi s'avançait, Bernardino Perfetti se présenta à la villa et fut présenté au prince, Violante nota le regard acéré que Gian-Gastone porta sur le nouveau venu.

IX

1716-1721

Pourquoi se sentait-elle coupable ?

Instinctivement, elle avait perçu l'hostilité que vouait Gian-Gastone à Bernardino Perfetti. Était-ce de la jalousie ? Comment osait-il, lui qui n'avait jamais eu d'appétence pour la gent féminine ? Mais, d'une certaine façon, ce dépravé, sans foi ni morale, se sentait comptable de l'existence de Violante et voulait la protéger des dangers du commerce des hommes et des afflictions qui en découlaient tôt ou tard. Pour lui, qui l'avait placée sur un piédestal, elle était l'incarnation de la vertu et de la bonté. Sa position était digne d'envie mais fragile. Elle ne pouvait se permettre de faillir, au risque de devenir une femme comme une autre.

Malgré l'affection qui la liait à Gian-Gastone, Violante souffrait de la tutelle qu'exerçait insidieusement son beau-frère sur son existence. Cette emprise mettait à mal la nouvelle liberté dont elle jouissait depuis son veuvage.

Il n'était jusqu'au chevalier lui-même qui désapprouvait en silence les longs apartés que s'accordaient la princesse et son parent et qui le privaient de la présence de son aimée. Car il était épris, Violante ne pouvait plus en douter. Et pour lui donner quelque consolation, elle consentait à le recevoir en cachette dans sa chambre, à condition qu'il promît de demeurer sage. En dépit de cette précaution, Bernardino, qui avait du mal à réprimer son impatience, lui volait des baisers et même des caresses. Troublée et échauffée par ces privautés, la princesse résistait du mieux qu'elle le pouvait, feignait d'être fâchée, mais, invariablement, acceptait que le chevalier lui rendît à nouveau visite dans le secret de son alcôve.

Gian-Gastone devinait-il les émois de sa belle-sœur et craignait-il qu'elle ne finît par succomber ? Un matin, alors qu'ils se promenaient tous deux dans les jardins, il se livra à une confession qui embarrassa Violante par sa crudité.

« J'ai décidé de mettre fin à mes débordements sexuels. J'y ai pris un violent plaisir et atteint des extases que vous ne pouvez imaginer. Mais je vieillis, je suis gros et gras, et n'ai plus l'espoir d'être aimé pour moi-même. Tous ces gitons que ce scélérat de Damiano couche dans mon lit ne m'inspirent plus que du dégoût. Leurs caresses m'importunent et leurs épanchements me sont indifférents. Mon corps aspire à la paix et, désormais, je me contenterai d'observer passivement leurs ébats.

– Mais pourquoi ne les chassez-vous pas, plutôt que de continuer de vous avilir ? dit vivement Violante.

– Parce que mon abstinence doit s'accompagner de quelques satisfactions. Je jouirai par les yeux, il me suffira.

– Taisez-vous, vous êtes affreux ! »

Gian-Gastone sourit.

« Non, simplement lucide. Le plaisir procède d'abord de notre esprit. L'imagination doit pouvoir suppléer à l'acte lui-même. Songez-y, très chère Violante... Il suffit parfois de se savoir aimé pour déguster les vraies félicités de l'amour, sans jamais se compromettre dans un commerce charnel qui ne conduit, à terme, qu'à la désillusion, sinon à la lassitude. »

Violante ne douta pas que ce discours, malgré ses détours scabreux, lui était destiné.

Quelques jours plus tard, Gian-Gastone prit congé de la princesse et retourna en sa villa de Brandolino où, comme au temps de sa jeunesse, il herborisait et cultivait des plantes rares.

La princesse, sans le montrer, apprécia ce départ. Elle était lasse de se sentir surveillée. Pour autant, respectant malgré elle les avertissements de son beau-frère, elle espaça ses rencontres en tête à tête avec le chevalier Perfetti.

* *
*

L'Électeur palatin, bien qu'il fût un ardent danseur, ne s'adonnait plus à son plaisir favori. Obèse, essoufflé en permanence, il n'en pas était moins assidu aux bals qu'il donnait en son château de Düsseldorf et se réjouissait d'observer Anna Maria Luisa se livrer à d'élégantes figures en compagnie de ses cavaliers.

Au mois d'avril de l'année 1716, son état de santé s'aggrava brusquement. L'indisposition qui le frappait se logea dans sa poitrine. Johann-Wilhelm de Düsseldorf, qui respirait de plus en plus difficilement, dut s'aliter. Et, en dépit des soins prévenants que lui dispensa son épouse, il ne se releva pas et s'éteignit à l'orée de l'été.

Le clan Medici comptait désormais une nouvelle veuve. La cour florentine attendit son retour avec impatience. Car, sans aucun doute, la coexistence de ces trois princesses esseulées, Eleonora, Violante et Anna Maria Luisa, donnerait lieu à de plaisantes escarmouches.

Cependant, l'Électrice tardait à quitter sa nouvelle patrie et ses habitants qui, en toute occasion, lui manifestaient une grande affection. Ce report n'était pas dénué d'une forme de calcul : officiellement désignée par Cosimo III pour succéder à Gian-Gastone après la mort de ce dernier, elle ne voulait pas se hâter et donner l'impression qu'il lui pressait d'accéder à la dignité qu'on lui promettait. Cette prudence était d'autant plus légitime qu'elle était secrètement instruite des dernières intentions de son père. Le grand-duc, affligé par la conduite de son fils, envisageait en effet de déroger à la loi salique et de laisser le trône à sa fille, écartant ainsi Gian-Gastone de la succession. Consulté en toute discrétion, le Sénat avait déjà donné son accord. Il lui restait encore à convaincre l'empereur Charles VI.

Anna Maria Luisa se résolut pourtant à rejoindre le grand-duché à l'automne 1717, après vingt-sept ans d'absence. Saluée par des salves de canon lors de son départ de Düsseldorf, elle fut célébrée semblablement lors de son entrée en Toscane. La noblesse se porta joyeusement à sa rencontre. Mais les Florentins, toujours prompts à déceler les germes de mésentente dans la famille de leurs souverains, ne se privèrent pas de remarquer que ni Violante ni Gian-Gastone ne s'étaient déplacés. La première argua que son deuil encore récent ne lui permettait pas de participer aux fêtes ordonnées par le grand-duc. Quant au deuxième, il s'abstint de toute excuse et demeura en ses terres où son père l'avait contraint de se retirer.

Tout à rebours, Cosimo III multiplia les signes d'affection pour sa fille chérie. Après un *Te Deum* célébré en grande pompe dans l'église de la *Santissima Annunziata* où, pour exalter le retour de l'Électrice, on exhiba l'image miraculeuse de la Vierge*, chaque paroisse de la ville organisa des processions en l'honneur de la fille bien-aimée du grand-duc. Ensuite furent offerts à la populace des feux d'artifice dans tous les quartiers de la ville. Anna Maria Luisa fut enfin invitée à gagner le *palazzo* Pitti où Cosimo III avait mis à sa disposition les appartements de

* Selon la tradition florentine, l'artiste s'était endormi alors qu'il était en train de peindre cette *Annonciation*. Pendant son sommeil, un ange survint et acheva le tableau.

la *Meridiana,* autrefois occupés par sa terrible grand-mère, Vittoria della Rovere.

Ainsi que l'avaient deviné (et secrètement espéré) les Florentins, qui avaient si peu d'occasions de s'amuser, les querelles de préséance entre les princesses ne tardèrent pas à empoisonner l'atmosphère de la cour. Unique fille du grand-duc et forte de la promesse qui lui avait été faite, Anna Maria Luisa se considérait naturellement comme la première et exigeait que l'on respectât son rang. Mais Violante, en tant que veuve de feu le grand prince, fils aîné du souverain, pouvait nourrir la même prétention. Et, à la grande surprise de tous, on la vit, elle qui était d'ordinaire si détachée des vanités de ce monde, se dresser sur ses ergots et réclamer avec froideur qu'on la traitât selon son rang. Elle n'aurait sans doute jamais agi de la sorte si, dès les premiers jours, l'Électrice ne lui avait témoigné de la hauteur et même un certain mépris. Violante, que son veuvage avait enhardie, répliqua avec une semblable âcreté.

Seule Eleonora ne pouvait espérer rivaliser avec ses deux rivales. Des libations excessives avaient peu à peu transformé la délicate fleur qui avait épousé le gros Francesco Maria en une matrone, tout en croupe et en tétons. Rejetée avec un égal dédain par les deux autres princesses, elle ne baissa toutefois pas les armes et entretint au sein de la cour une cabale permanente contre ses adversaires.

Bientôt, Cosimo III n'y tint plus. Il demanda aux sénateurs de trancher la querelle et d'arbitrer entre les trois vétilleuses princesses. Après moult délibérations, les sages présentèrent au grand-duc l'ordre protocolaire suivant, qui n'était pas dénué d'habileté : le premier rang devait, en toutes circonstances, revenir à la grande-duchesse en titre, c'est-à-dire Marguerite-Louise d'Orléans. Mais, comme il n'existait aucune chance qu'elle revînt à Florence, sa chaise demeurerait vide. Venait ensuite la Grande Princesse, épouse de Gian-Gastone de Medici. Pour la même raison,

son siège resterait inoccupé puisque Anne-Marie-Françoise de Saxe-Lauenburg avait décidé qu'elle ne paraîtrait jamais à Florence. Derrière, on assigna à Anna Maria Luisa et à Violante une place située sur le même rang et l'on décida qu'à l'église elles disposeraient toutes deux d'un prie-Dieu rembourré. La pauvre Eleonora fut la plus mal servie : elle se tiendrait derrière ses deux rivales et ne disposerait au cours des offices que d'un modeste coussin posé à même le sol sur lequel elle pourrait s'agenouiller. Mais, heureusement, la nature qui l'avait pourvue d'amples rondeurs pallia cet humiliant inconfort.

La guerre était-elle terminée ? Non point. Anna Maria Luisa persistait à se conduire comme si elle était la grande-duchesse et n'épargna aucune rebuffade à l'endroit de Violante. Cette dernière se lassa bientôt, délaissa de plus en plus la cour et préféra le repos de Lappeggi. Toutefois, Cosimo III, qui l'avait en grande estime, tint à lui rendre justice en lui proposant de gouverner Sienne. La princesse accepta d'autant plus volontiers que c'était la patrie de son cher Bernardino Perfetti.

* *
*

Vivre ! Durer ! Cosimo III, qui mangeait de plus en plus frugalement et ne buvait que de l'eau, était hanté par l'idée de sa propre mort. Il se levait tôt, se couchait tôt et s'astreignait, ainsi qu'il l'avait pratiqué toute sa vie, à visiter au moins cinq églises par jour.

En fait, et c'était devenu une sorte d'obsession, il désirait plus que tout survivre à son épouse, Marguerite-Louise. Il lui semblait que, si elle mourait avant lui, il triompherait définitivement de celle qui continuait à représenter pour lui l'incarnation du mal absolu. Celle aussi qui était la première responsable de toutes ses avanies. Si les Medici s'éteignaient sans descendance, la faute en revenait à cette épouse maudite qui n'avait pas été capable de lui donner des fils en état d'engendrer. Dans cet esprit malade, pétri de religiosité, se mêlait également la haine qu'il éprouvait pour le genre féminin de qui, selon lui, procédaient tous les péchés depuis qu'Ève avait été séduite par le serpent. Pourquoi excluait-il de cette détestation sa fille, Anna Maria Luisa, et, dans une moindre mesure, Violante ? Sans doute lui semblaient-elles moins sexuées que toutes ces femmes de courtisans, impertinentes et lascives, qui, en dépit de ses vertueuses recommandations, s'étourdissaient de parfums et de fards et dissimulaient à peine leurs appas sous les affiquets dont elles ornaient leur devant.

Une seule femme hantait encore parfois les nuits de ce vieillard. Marguerite-Louise, dans l'éclat de sa jeunesse. Ses tétons gorgés de sève, la fourche ténébreuse de ses cuisses. Tout en chair et impudicité. Elle lui inspirait autant d'horreur que de désir et il se reprochait toujours de n'avoir pas su la dompter, ainsi qu'on débourre une jeune cavale. Marguerite-Louise incarnait le grand échec de son existence.

Ses espions à Paris lui donnaient régulièrement de ses nouvelles. La grande-duchesse, qui demeurait toujours au couvent, avait été frappée par une attaque quelques années plus tôt, alors qu'elle buvait un verre de vin. Sa main, subitement raidie, avait laissé échapper le gobelet. En un instant, toute la moitié gauche de son corps fut paralysée. Œil à demi fermé, bouche tordue, privée de parole, on la crut perdue. Mais, contre toute attente, Marguerite-Louise recouvra peu à peu le contrôle de ses facultés. Elle était guérie lorsqu'une deuxième attaque l'affligea. Ses médecins, appelés en toute hâte, lui prescrivirent un électuaire qui pouvait tout autant la soulager que la faire passer : ils y inclurent du poison de vipère, des grains d'ambre et du vinaigre. Une fois encore, la grande-duchesse triompha de la maladie et de ses médecins : elle survécut et alla prendre les eaux aux monts Dore.

Les deux époux poursuivirent à distance leur petite guerre. Marguerite-Louise, de retour à Paris, obtint de son cousin le Régent* de résider en une maison de la place Royale. Là, bien qu'affichant un grand attachement à la religion, elle ne se privait pas de conter par le menu à qui voulait bien l'entendre les débordements de sa vie passée et les rebuffades que lui avait infligées le grand-duc de Toscane. Mais, ce qui la préoccupait au plus haut point était de savoir comment les Florentins avaient accueilli la nouvelle de ses infortunes de santé. Ses proches durent lui mentir : il y avait longtemps qu'elle était oubliée. Seul Cosimo III semblait encore se soucier du destin de son épouse. Non seulement parce qu'il désirait plus que tout trépasser après elle – dans le cas contraire, grande-duchesse en titre, ne serait-elle pas tentée de venir semer ses poisons à la cour de Toscane ? –, mais aussi parce qu'il voulait que ses biens revinssent à la Couronne en remboursement de toutes les pensions qu'il lui avait consenties. Dans cette attente, il demandait à ses espions d'interroger ses notaires et de surveiller ses visiteurs et tous ceux et celles qui avaient sa confiance. Il appréhendait tout particulièrement l'influence de sa nouvelle confidente, qui n'était autre que Madame, mère du Régent. Ne risquait-elle pas d'introduire dans l'esprit valétudinaire et rancunier de Marguerite-Louise l'idée de tester en faveur de la maison d'Orléans ?

Tout à ses ressentiments conjugaux, Cosimo III en oubliait sa diplomatie. Comme il était prévisible, Charles VI avait opposé son refus au désir du grand-duc de voir sa fille lui succéder sur le trône dès son propre trépas. En prônant le respect de la loi salique, et donc l'accession au pouvoir de Gian-Gastone, l'empereur agissait par pur calcul : il lui

---

* Philippe d'Orléans, régent de 1715 à 1723, pendant la minorité de Louis XV.

fallait retarder le plus possible le moment où Anna Maria Luisa prendrait en mains les rênes de la Toscane, et éloigner ainsi l'hypothèse d'un éventuel remariage qui jetterait le grand-duché dans les griffes d'un prince étranger.

En même temps, prenant acte de la passivité de Cosimo III qui dédaignait d'envoyer des instructions à ses ambassadeurs, les grandes puissances disposèrent du sort de la Toscane. Réunis à Londres en avril 1718, les délégués de l'Angleterre, de la France, de la Hollande et de l'Autriche décidèrent d'un commun accord que le premier enfant mâle du roi d'Espagne et d'Élisabeth Farnèse régnerait le temps venu sur Florence. L'infant don Carlos n'avait alors que deux ans.

Aiguillonné par cette nouvelle qui blessait son orgueil, le grand-duc réagit enfin avec vivacité. Il lui fallait desserrer au plus tôt cette étreinte mortelle. Et, tout en feignant de se réjouir que son trône fût promis au rejeton de la glorieuse maison d'Espagne, il donna ordre à tous ses ambassadeurs de susciter méfiances et arrière-pensées entre les membres de cette Quadruplice. À Madrid, le diplomate toscan fit observer que, si l'infant régnait sur Florence, il deviendrait ainsi le vassal de l'empereur qui continuait à considérer la Toscane comme l'un de ses fiefs ! Était-ce acceptable pour la fière Espagne ? À Vienne, non sans perfidie, l'envoyé de Cosimo insinua que l'intronisation de don Carlos se traduirait par l'envoi de garnisons espagnoles. Charles VI pouvait-il tolérer une telle ingérence dans une péninsule où il entendait demeurer le seul maître ?

Bref, Cosimo III, en attisant les querelles, réussit à préserver pour un temps l'indépendance de la Toscane, qui demeurait une pomme de discorde pour toutes les puissances européennes. Elle visait surtout à lui permettre de désigner librement son successeur à la mort d'Anna Maria Luisa. Dans ce but, il envoya dans toutes les grandes capitales une déclaration solennelle qui était aussi une mise en garde :

Aucun successeur des Medici ne pourra être reconnu par l'État libre et indépendant de Toscane, à moins d'être approuvé par le peuple par le truchement de son représentant, le Sénat de Florence. En conséquence, aucune puissance n'a le droit d'exclure l'Électrice Anna Maria Luisa, comme étant choisie par ce corps constitué et publiquement acclamée. Et, si ce n'est par la violence, il n'existe aucune façon de forcer une nation libre à se soumettre à un joug féodal, qui est en absolue contradiction avec sa nature et ses institutions.

Mais ce mâle avertissement ne pouvait suffire. Le grand-duc avait désormais pris la mesure réelle des menaces qui pesaient sur ses États. Il décida d'en finir avec la coupable indolence qui avait caractérisé ces dernières années. Malgré la faiblesse du Trésor, grugé par les dispendieuses faveurs accordées au clergé, il se mit en devoir de lever des troupes, d'acheter des armes modernes, de réparer les forteresses laissées trop longtemps à l'abandon et de fortifier les ports toscans de Livourne et de Porto Ferraio.

Toutefois n'était-il pas déjà trop tard ?

* *
*

Loin des intrigues de Florence, Violante présidait pour la première fois les fêtes du *Palio* de Sienne. Sous le chaud soleil du mois d'août, la *piazza del Campo* fleurait le crottin, le vin et la sueur. La foule se pressait autour de la piste sur laquelle on avait répandu de la terre. La bigarrure des vêtements, chacun portant les couleurs de sa *contrada**,

* Quartier ou paroisse de la ville qui porte généralement le nom d'un animal. Les *contrade*, qui existent depuis le Moyen Âge, sont aussi des associations d'en-

offrait au regard un chatoiement de couleurs, un scintillement presque insupportable.

Protégée du soleil par un dais qui recouvrait l'estrade où elle avait pris place parmi les Prieurs de la cité, Violante sentait monter jusqu'à elle l'impatience des spectateurs, une fièvre difficilement contenue et qui éclatait parfois en acclamations frénétiques lorsque, derrière la corde de la ligne de départ, un cheval hennissait, ruait, essayait de mordre l'un de ses congénères ou tentait de mettre à bas son *fantino**. À côté d'elle, Bernardino Perfetti lui enseignait les arcanes de cette fête qui présentait une si grande importance pour les Siennois et dont les préparatifs occupaient les habitants l'année durant.

La semaine qui avait précédé ce 16 août, fin des fêtes de la Vierge, avait vu la passion enflammer peu à peu les esprits. Dix *contrade* sur les dix-sept qui existaient étaient autorisées à concourir : les sept qui n'avaient pas participé au *Palio* de l'an passé et trois autres tirées au sort. Puis on avait procédé au recrutement des cavaliers. Traditionnellement, ces compétiteurs étaient étrangers à la cité. Leur choix donnait lieu à des tractations et à des manœuvres complexes et il n'était pas rare, dit Perfetti, d'assister à des tentatives de corruption.

« Au risque de fausser le jeu ! se récria Violante.

– L'essentiel pour une *contrada*, c'est de conquérir ce *Palio*, même si ce n'est qu'un bout de chiffon armorié, et de le garder une année entière dans son église. Peu importent les moyens utilisés pour vaincre ! Vous verrez ainsi que les cavaliers ne dédaignent aucun tour pour triompher de leurs adversaires ! »

La princesse fit la moue. Bernardino s'amusa de sa naï-

---

traide qui organisent des réjouissances et régissent la vie sociale de la cité. Leurs dirigeants sont élus.

* Jockey.

veté et poursuivit. Trois jours avant la course, les montures étaient tirées au sort parmi un lot de vingt-cinq chevaux. Malheur à ceux qui héritaient de rosses !

« Encore une fois, ce n'est pas loyal !

– Mais tel est notre jeu et nul n'oserait enfreindre ses règles ! Même les plus tortueuses. Comme les alliances qui se nouent jusqu'au dernier moment afin de ruiner les espérances de celui qui paraît le plus apte à gagner. Tous n'obéissent qu'au seul mot d'ordre du chef de leur *contrada* : *Va e ritorna vincitore !*

– Il n'empêche que cette compétition me semble empreinte de faussetés et est en tout cas bien aléatoire ! »

Perfetti rit :

« Je comprends votre indignation... Mais la perpétuation de cette tradition tient à l'histoire de notre cité. Fiers de nos armes et de nos libertés, nous avons néanmoins fini par être assujettis par les Florentins. Il ne nous reste plus que le *Palio* pour exprimer la nostalgie de notre souveraineté perdue. Et afficher brutalité et ardeur virile. »

Puis il reprit sa leçon : au cours de ces journées qui précédaient l'épreuve, chevaux et concurrents faisaient connaissance et s'accommodaient tant bien que mal les uns des autres. Leur accord était d'autant plus nécessaire que les *fantini*, montant à cru, pouvaient, en cas de mauvaise entente, être aisément désarçonnés. Enfin, le matin même, hommes et montures étaient bénis par les prêtres de leur *contrada*.

Des étendards géants roulaient comme des vagues de couleurs au-dessus de la foule. Leurs images polychromes figuraient un improbable bestiaire : l'Oie voisinait avec la Chenille, la Louve en remontrait à la Tortue, la Perdrix se moquait de l'Escargot et le Dragon soufflait des langues de feu sur la Licorne, tandis que trompettes et grosses caisses pénétraient les spectateurs jusqu'au cœur.

Derrière la corde, les chevaux piaffaient et se bousculaient dans le plus grand désordre, excités par les coups de nerf de bœuf que leur distribuaient les cavaliers, sans se soucier de frapper leur monture ou celles de leurs voisins. Violante se pencha vers Bernardino.

« Mais qu'attendent-ils ?

– C'est le numéro 10 qui décide du départ. Il ne l'indiquera au *Mossiere** que lorsqu'il se trouvera dans la meilleure position et que ses alliés du moment auront réussi à bloquer les plus dangereux de ses concurrents ! »

Enfin, un *fantino* leva la main. La corde fut abaissée et, aussitôt, les chevaux bondirent, se pressant les uns contre les autres avec une rare violence. Un premier cavalier fut désarçonné et roula au sol, échappant de peu aux sabots. Un autre, profitant de la confusion du départ, abattit violemment son nerf de bœuf sur la croupe du cheval qui le précédait. La foule hurlait. Une monture s'était détachée et, sur la piste de terre ocre, la livrée rouge et or de son maître filait comme une flèche de feu.

Quand le premier tour fut bouclé, quatre concurrents étaient encore en mesure de triompher. À côté de Violante, le placide Bernardino Perfetti parut soudain pris de frénésie. Il se mit debout et hurla jusqu'à s'égosiller.

« L'Oca ! L'Oca ! »

Et la princesse comprit qu'il appartenait à la *contrada* de l'Oie et qu'il n'avait bridé sa passion que pour lui complaire.

Blanc, vert et rouge, la livrée de l'Oca remontait irrésistiblement sur le *fantino* de l'Escargot. À la fin du deuxième tour, les deux montures faisaient jeu égal et avaient distancé les autres, parmi lesquelles un cheval démonté qui continuait vaillamment à galoper au milieu de ses compères encore pourvus de cavaliers. En tournant devant le campanile, l'Escargot fit un écart et vint heurter avec violence le

* Juge du départ.

flanc de la monture adverse. Deux nerfs de bœuf s'élevèrent en même temps et retombèrent, qui sur le museau du cheval de l'Oie, qui sur l'épaule ennemie. La course se poursuivit pendant que Bernardino s'époumonait toujours à encourager son champion. Presque malgré elle, Violante se sentit à son tour envahie par l'incontrôlable excitation du peuple.

« Mon Dieu, faites qu'il gagne ! » se surprit-elle à murmurer.

Enfin, une clameur comme la princesse n'en avait jamais entendu monta jusqu'au ciel. L'Escargot, précédant d'une tête l'Oie sur la ligne de la fin du troisième tour, avait remporté le *Palio*. Blême, essoufflé et couvert de sueur, le chevalier Perfetti retomba sur son siège. Trois minutes à peine s'étaient écoulées depuis le départ du *Palio*.

« Mon ami, vous me paraissez bien défait...

– Défait, oui, c'est le mot juste... Ma *contrada* a perdu. Et elle devra attendre une année entière avant de pouvoir à nouveau espérer gagner. »

Il reprit sa respiration. Les partisans de l'Escargot avaient envahi la piste et, sous les vivats, célébraient avec exubérance leur triomphe en agitant leurs oriflammes sang et or.

« Les étrangers à cette cité ne peuvent pas comprendre la fièvre qui nous anime lors du *Palio*. Bien des *contradaioli* ne vivent que pour ces trois minutes qui consacrent leur défaite ou leur victoire... Ils en parleront pendant des mois avant de se préparer à une nouvelle joute. Il en est ainsi depuis des siècles... »

Il la regarda.

« Pardonnez-moi si je vous ai donné un spectacle indigne de mon état et de la courtoisie que je vous dois. »

Violante posa sa main sur son avant-bras et sourit :

« Il me semble à cet instant que je partage votre affliction. »

Elle n'osa en dire plus.

* *
*

Les deux princesses se saluèrent sans échanger un seul mot. Anna Maria Luisa, corsetée de noir, sévère et revêche. Violante, pimpante, habillée d'une contouche chamarrée dont les plis élégants s'ouvraient sur un corsage lacé et une robe à panier aux parements de soie or. Depuis longtemps déjà, elle avait renoncé au deuil et arborait des vêtures qui mettaient en valeur les charmes de son appétissante quarantaine.

L'une et l'autre avaient été invitées à rendre hommage à Giuseppe, nouveau saint protecteur sous lequel Cosimo III, repris par sa manie religieuse, avait choisi de placer son grand-duché. Même Gian-Gastone fut requis de quitter sa bucolique retraite afin de célébrer cet important événement auquel toute la population florentine était priée de se joindre. Des placards annonçant la décision grand-ducale avaient été affichés aux quatre coins de la ville tandis que le Sénat avait officiellement proclamé l'adoption de ce nouveau patron. Enfin, le souverain avait ordonné la frappe d'une médaille qui représentait d'un côté le portait de San Giuseppe offrant une fleur de lys à l'Enfant Jésus et de l'autre une image allégorique figurant des angelots soutenant les six *palle** du blason des Medici. C'était donc autant Florence que la famille princière que l'époux de la Vierge était censé protéger.

Avant la procession solennelle et la grand-messe qui devait être célébrée en la petite église San Giuseppe, située derrière Santa Croce, Violante put converser quelques instants avec Gian-Gastone. Encore plus lippu et mafflu, le grand prince arborait une trogne réjouie.

« Je suis bien aise de vous voir, ma chère belle-sœur...

---

* Boules.

Votre teint vif et votre port accorte semblent indiquer que vos affaires amoureuses suivent un cours harmonieux...

– Taisez-vous, vous n'êtes qu'un fol ! répliqua promptement la princesse.

– Il n'empêche, si j'en juge par la vivacité de votre réponse, que ma petite flèche a atteint son but. Peu importe, je suis bien le dernier à avoir des droits à être jaloux ! »

Il sourit de façon un peu fate et reprit :

« Que pensez-vous de la dernière lubie de mon auguste père ? N'est-elle pas admirable ? Pour nous protéger, nous disposions déjà de Giovanni-Battista et de Zanobi, un quasi-inconnu dans la litanie des saints, dont le mérite insigne, quoique modeste, fut de faire reverdir un orme mort près de l'endroit où on avait couché sa dépouille. S'y ajoutait, lorsque le péril menaçait, Santa Maria Maddalena dei Pazzi. Bref, nous étions bien gardés. Mais c'était encore trop peu pour Cosimo. San Giuseppe, ce sublime cocu, vient rejoindre ce sacré cortège.

– Vous blasphémez !

– Mais peut-être que mon père espère que le soutien de Giuseppe inspirera son suborneur et que le Saint-Esprit viendra engrosser ma sœur, bien qu'elle fût bréhaigne et hors d'état d'engendrer depuis longtemps. »

Violante soupira.

« Vous blessez mes sentiments les plus profonds. Je ne veux plus entendre de telles infamies...

– J'essaie seulement de me hisser à la hauteur du ridicule de monsieur mon père ! Mais vous avez raison, je rends les armes. Allons ensemble honorer cet infortuné et brave Giuseppe, tout charpentier qu'il fût ! Même si je ne gage pas que le patronage de cet eunuque soit un bon présage pour l'avenir de cet État ! »

Monseigneur della Gherardesca, archevêque de Florence, revêtu d'un luxueux surplis d'apparat brodé d'or et d'argent, prit la tête de la procession, suivi par une cohorte d'ecclésiastiques et les ordres mendiants qui chantaient des cantiques à tue-tête. Cosimo III venait derrière. Tête nue et baissée, chapeau à la main, il avançait en psalmodiant. Son fils et les trois princesses défilaient après lui. Sénateurs et dignitaires fermaient la marche. L'interminable cortège serpentait dans les petites rues de la ville en suscitant une curiosité à peine polie des Florentins, las de ces incessantes et ennuyeuses fêtes religieuses où le clergé étalait sans vergogne sa richesse et les symboles de son pouvoir sur l'esprit étriqué du souverain.

Les citoyens aspiraient à retrouver la joie de vivre qui avait été celle de leurs ancêtres en un temps où les réjouissances populaires, teintées de paganisme, le disputaient avec succès à la rigueur dévote professée par les prêtres. Aujourd'hui, il n'était jusqu'aux œuvres d'art qui avaient construit la gloire de Florence qui ne subissent les affronts des censeurs. Un ecclésiastique remontra que la nudité des statues d'Adam et Ève sculptées par Bandinelli, et érigées depuis le milieu du XVIe siècle dans la cathédrale, offensait la vue des fidèles. Le grand-duc décida aussitôt de leur enlèvement. Et bien que cet escamotage eût lieu de nuit, il provoqua un grand émoi dans la population, qui était attachée à ces figures familières.

Un autre jour, Cosimo III révélant à son confesseur que, malgré son grand âge, le démon de la chair continuait à le tourmenter en rêve, le chapelain attribua ces troubles au spectacle des corps dénudés qui foisonnaient dans la *Galeria degli Uffizi*. Et il s'en fallut de peu que ces œuvres ne rejoignissent quelque obscur cabinet. Un autre prêtre de l'entourage grand-ducal eut même l'audace de vouloir caleçonner un crucifix où le Christ arborait de fiers attributs virils. Mais, heureusement, conscient que le ridicule de cette initiative pouvait rejaillir sur lui, Cosimo III mit un terme aux ardeurs du bigot. Violante, lorsqu'elle connut cette historiette, imagina sans peine quel parti aurait pu en tirer son mécréant de beau-frère.

La procession était arrivée devant San Giuseppe. Il fallut encore s'agenouiller, prier, chanter. Épuisée, la princesse, en se mettant debout, se raccrocha au bras de Gian-Gastone. Il ne put s'empêcher de remarquer à mi-voix :

« Comprenez-vous maintenant où se loge le vrai pouvoir de la religion... Quand les corps sont rompus, les cerveaux cessent de penser ! »

* *
*

Le printemps courait dans ses veines. Les vastes pelouses de Lappeggi qui descendaient jusqu'à la rivière étaient piquées de fleurs des champs. Les bourgeons éclataient en feuilles tendres. Les oiseaux chipaient plumes, fétus de paille et même brins de laine pour construire leurs nids. Violante n'avait pas osé refuser au chevalier Perfetti la promenade qu'il lui proposait. Elle avait tellement envie elle-même de fouler de ses pieds nus ces tapis multicolores. Une volonté presque païenne de communier avec le renouveau de la nature. En sortant de la villa, la princesse avait d'ailleurs songé au tableau de Botticelli. Nul autre que lui n'avait su exprimer avec tant de fraîcheur cette irruption magique et sensuelle de la vie qui triomphait du long endormissement de l'hiver.

En cheveux, vêtue d'une simple robe de cotonnade et d'un corsage largement échancré, elle ôta ses souliers et se mit à courir dès qu'ils furent hors de vue. Un instant décontenancé, Bernardino prit à son tour son élan et ne tarda pas à la rattraper.

« Je suis folle, n'est-ce pas ? »

Et elle courut de plus belle, mais ne dérobant point sa main lorsqu'il la saisit. Hors d'haleine, elle s'arrêta enfin et se laissa choir parmi les herbes et les fleurs, sa jupe tombant gracieusement en corolle autour d'elle.

« Je me conduis comme une enfant, mais il y avait si longtemps que j'avais ce désir. »

Le chevalier, tout aussi essoufflé, s'assit près d'elle. Il l'observa : ses joues rosies par la course, ses cheveux en désordre, son sein qui palpitait et les fines rides au coin de ses yeux, comme des rayons de soleil qui dardaient vers l'améthyste de ses pupilles.

Il l'attira doucement à lui.

« Est-ce le jour ? » murmura-t-elle, comme pour elle-même.

Puis elle le repoussa et, les bras tendus, le tint à distance. Le regard fiché dans le sien, elle lui dit d'une traite :

« Monsieur le chevalier, j'ai décidé depuis un certain temps que viendrait le moment où je serais vôtre. Mais écoutez-moi bien ! Cet abandon, si voluptueux fût-il, ne se répétera pas. Aussi devez-vous bien réfléchir : si vous me prenez aujourd'hui, vous n'aurez plus d'autre occasion de devenir à nouveau mon amant.

– Mais pourquoi une telle cruauté ? balbutia Bernardino. Je ne vous aimerai pas moins demain que ce jour.

– J'éprouve moi aussi une tendre inclination pour votre personne. Mais je me suis promis que je ne me donnerais qu'une fois et que je finirais ma vie avec le souvenir de ce doux et unique moment.

– Je n'arrive pas à vous comprendre... Si vous m'êtes aussi attachée que vous le prétendez, n'aurez-vous pas le désir de me voir et de m'aimer encore ?

– Sans nul doute, mon très cher ami. Mais je garderai en moi ce petit et précieux bijou de mémoire. Il me suffira pour être heureuse.

– Et si j'insiste et vous assiège ?

– Alors, quoi qu'il m'en coûte, je vous fermerais ma porte ! »

Éberlué, le chevalier demeura un instant sans voix. Malgré elle, Violante vint à son secours :

« Vous imaginez peut-être que je suis comme les femmes que vous avez dû connaître et qui n'ont pas su résister longtemps à vos caresses et mots doux. Cependant, je suis d'une autre trempe, Bernardino. La vie ne m'a guère épargnée. Mais elle a forgé en moi un caractère à toute épreuve. Je ne méconnais pas que l'amour puisse engendrer mille félicités. C'est pourquoi je les veux découvrir avec vous. Toutefois, d'autres effusions, d'autres étreintes ne feraient qu'affadir cet instant de bonheur que vous allez me donner. »

Et, en même temps, délaçant son corsage, elle libéra ses tétons.

« Me voulez-vous maintenant ? Ou préférez-vous ce jour ne jouir que du spectacle de mon corps ? »

Des larmes roulèrent soudain sur le visage du chevalier. Puis, d'un bond, il se leva et s'enfuit.

* *
*

Quand Violante remonta à la villa, Bernardino Perfetti avait quitté les lieux. Il lui avait laissé un billet encore mouillé de ses pleurs :

Mon aimée, je vous fuis pour mieux vous adorer. Vos paroles m'ont plongé dans un profond désarroi. J'ai, pardonnez-moi, l'impression que vous me proposez de signer un pacte avec le diable. Si je cède à la tentation irrésistible de vous posséder, je vous perdrai en effet pour toujours. Mais si je maîtrise mon désir, je n'aurai plus la force de vous visiter, tant il me sera simplement insupportable d'admirer votre beauté sans lui donner des preuves concrètes de mon amour. Il n'existe pas de plus grande cruauté. Et c'est votre tendre bouche qui m'a délivré ce terrible diktat. Aidez-moi, je vous en conjure. Je suis le plus malheureux des hommes.

Violante, dans le secret de sa chambre, relut à plusieurs reprises ces lignes déchirantes. Mais, malgré son émotion, elle résolut de ne pas revenir sur la fermeté qu'elle avait affichée. Pouvait-elle avouer qu'elle se défiait d'abord d'elle-même ? Craignant de se laisser emporter par la passion à un âge où, ordinairement, les femmes mettaient fin à leurs activités amoureuses, elle avait inventé ce subterfuge pour juguler ses propres désirs. Et tout retour en arrière lui était désormais condamné.

Elle s'allongea et fut bientôt emportée par le sommeil. Des coups frappés à la porte la réveillèrent. Revenait-il ? Alanguie, elle était prête à renoncer à son vœu. Elle sentait ses résolutions fléchir. Elle mesurait la stupidité de sa décision. Elle voulait qu'il parût au plus vite. Et pourtant, il lui semblait qu'il lui était impossible de bouger.

Comme elle tardait à répondre, on entra : mais c'était la petite Menica, que Violante se gardait toutefois de nommer ainsi car la jeune fille détestait ce diminutif qui la ramenait au temps de son enfance. Elle s'approcha doucement du lit où la princesse reposait.

« Madame, il s'est produit un grand malheur... »

Aussitôt, Violante se dressa sur son lit. Bernardino ! Que lui était-il arrivé ? Avait-elle causé sa perte à cause de son inflexibilité ?

« Dis, vite !

– Un courrier de Florence vient de franchir nos portes. La grande-duchesse n'est plus. »

Ainsi, ce n'était que cela. Retombant sur son oreiller, la princesse faillit éclater de rire. Qu'avait-elle imaginé ? Aimait-elle donc autant ? Menica, qui n'avait pas pu ne pas s'apercevoir de son trouble, marqua un temps avant de poursuivre.

« Son Altesse sérénissime entend rendre un dernier hommage à son épouse et réclame votre présence au *palazzo*. »

L'étiquette, bien sûr. Marguerite-Louise était son épouse

devant Dieu. Le respect des liens indissolubles du mariage jusque dans la mort et la folie. Si Cosimo III, comme d'autres princes en avaient usé avant lui, avait obtenu du pape que son union fût déclarée nulle en arguant de la déraison de la grande-duchesse et des dérèglements de sa vie, le destin de Florence en eût été changé. Il aurait pu contracter une nouvelle alliance et donner des héritiers à sa lignée...

« Petite Menica... »

Et pour une fois, la jeune fille ne protesta pas tant il y avait de tendresse dans cette apostrophe. Violante prit sa main dans la sienne, observa la femme qu'elle était devenue. Brune et farouche, le teint hâlé, les yeux de jais, le nez bien dessiné. Une gitane...

« Ma belle, ne serait-il pas temps de t'établir ?

– Non, je ne veux point d'autre bonheur que de demeurer à votre service.

– Mais tu n'es ni esclave ni domestique.

– Je le sais. Mon état actuel me suffit.

– Je te doterai ! Tu épouseras un riche marchand ou un fonctionnaire de nos États.

– Nenni ! »

Elle s'agenouilla au chevet du lit et couvrit de baisers la main de sa bienfaitrice.

* *
*

Étrange cérémonie. Gian-Gastone, l'œil sec, carré dans un large trône qui peinait pourtant à supporter son énorme charnure, présidait sous la haute nef de San Lorenzo. En face de lui, dans la tribune, se tenaient les deux princesses, Violante et Eleonora. Et au milieu, devant le chœur, on avait symboliquement disposé un catafalque vide. La dépouille de Marguerite-Louise d'Orléans, revêtue selon ses dernières volontés d'une simple robe de bure, avait en effet déjà été inhumée à proximité de Paris dans le cimetière des Augustines de Picpus.

Mais ce qui étonnait et scandalisait était l'absence de son époux et, plus encore, celle de son unique fille, Anna Maria Luisa. L'Électrice palatine, en refusant de participer à cette cérémonie solennelle organisée à l'intention de sa mère, entendait ainsi exprimer publiquement combien elle désapprouvait non seulement la vie dissolue de sa génitrice mais aussi le fait qu'elle avait abandonné ses enfants, sans plus jamais se soucier d'eux.

Quant à Cosimo III, ses raisons de s'abstenir relevaient de la rancune. Son ambassadeur en France lui avait fait savoir que la grande-duchesse, par un nouveau testament, avait légué la totalité de ses biens à une parente éloignée. Non moins vindicative que son époux, Marguerite-Louise lui avait donc joué un dernier tour de sa façon. Certes, il y aurait un procès et le grand-duché pouvait espérer un jour casser ces dispositions testamentaires contraires aux engagements qui avaient été préalablement signés entre les deux parties. Mais il était évident que ces chicaneries juridiques traîneraient en longueur et que Cosimo, déjà âgé de soixante-dix-neuf ans, n'obtiendrait pas satisfaction de son vivant. Et tel était sans doute l'ultime vœu de sa terrible épouse.

Violante observait son beau-frère. Gian-Gastone regardait ses ongles ou ses pieds et ne s'efforçait nullement de dissimuler l'ennui qui l'accablait. Pouvait-on lui reprocher cette indifférence ? La gorge nouée, il lui avait conté son escapade à Paris, les avanies qu'il avait dû subir avant d'être admis à rencontrer sa mère, puis le désolant tête-à-tête qui s'en était suivi. Lui qui aspirait à trouver quelque consolation auprès de celle qui l'avait mis au monde ! Il n'en fut rien et ce fut même pire. Il était reparti vers sa grossière épouse avec l'amertume au cœur et le désir de s'avilir encore plus, à l'image de Marguerite-Louise.

Pourtant ce faux cynique avait espéré jusqu'au bout : sentant sa fin prochaine, pourquoi n'aurait-elle pas exprimé ses regrets ? L'envoi d'un billet ou d'un bijou lui ayant appartenu eût suffi à combler le vide qui l'habitait depuis son enfance. Mais rien n'était venu, sinon l'annonce de son trépas par un coursier du grand-duc !

Au signal de l'archevêque, tous les fidèles se levèrent. Seul, Gian-Gastone demeura ostensiblement assis. Il bâilla sans même se cacher. Et Violante pensa qu'il y avait dans cette obstination bougonne tout le chagrin d'une vie.

X

1723-1725

L'automne était arrivé plus tôt que d'habitude. Un vent mauvais soufflait sur Florence et une pluie tempétueuse giflait par rafales les façades des maisons. Cosimo avait froid. Rencogné sur un banc, à l'intérieur même de la vaste cheminée de son cabinet de travail, il n'arrivait pas à réchauffer ses vieux os et tremblait sans pouvoir se maîtriser. Plus la fièvre le dévorait et plus une pellicule de glace semblait se fixer à la surface de sa peau racornie.

Parfois, il se surprenait à s'interroger : comment était-il possible qu'il vécût encore ? Nul homme de sa lignée n'était devenu octogénaire. Et rares étaient ceux qui avaient dépassé l'âge de soixante ans. La malédiction des Medici, disait-on. La goutte, qui les transformait peu à peu en statues de pierre. Cosimo avait souvent contemplé le masque mortuaire du Magnifique. Ce séducteur qui avait conquis la fine fleur des jolies femmes de Florence s'était métamorphosé en monstre à l'heure de mourir.

Et lui-même, qui régnait depuis un demi-siècle, bien plus que tous les Medici qui l'avaient précédé ? Il y avait longtemps qu'il fuyait les miroirs. Mais sa décrépitude devait inspirer la pitié. À moins que ce ne fût la curiosité. Pourquoi, lorsqu'il lui arrivait encore – et de plus en plus rarement – de sortir du *palazzo*, les Florentins se précipitaient-ils sur son passage ? Était-ce au souverain qu'ils rendaient hommage ? Ou bien s'empressaient-ils de se gausser de cette caricature de mortel qui persistait à vivre malgré les apparences ?

Ses forces s'épuisaient. Seule demeurait intacte sa capacité d'indignation quand on lui rapportait les manœuvres des Autrichiens et des Espagnols. Sa politique avait fait long feu. Madrid, qui voulait à tout prix s'emparer de la Toscane, avait fini par s'incliner devant les prétentions de Vienne : l'infant don Carlos, s'il régnait un jour sur Florence, serait le vassal du Habsbourg. Par le biais de son ambassadeur, le marquis de Corsini, le grand-duc venait d'élever une protestation solennelle à l'intention des grandes puissances. Il ne savait pas encore qu'il s'agissait là du dernier acte diplomatique de son existence.

Envoyée à la fin du mois d'octobre de cette année 1723, cette note réitérait les exigences formulées plus tôt à propos du respect de l'indépendance de la Toscane et de l'ordre de succession, à savoir d'abord le Grand Prince puis l'Électrice palatine. Elle rappelait que la propriété de Florence et de ses États devrait être reconnue à qui serait désigné comme héritier par l'un de ces deux derniers, avec mêmes titres, mêmes dignités et mêmes prérogatives dont avait toujours disposé la maison des Medici.

Mais que pesaient les dernières volontés d'un souverain appelé à bientôt quitter ce monde ?

Le froid encore. Le vent qui hurlait dans la cheminée. Et toujours ce tremblement irrépressible. La maladie l'avait saisi à la mi-septembre. Cependant, un an plus tôt, comme un signe annonciateur, son torse s'était couvert de boutons d'un rouge vif et il avait souffert de fortes fièvres. Les médecins, ces ignorants, avaient évoqué le feu de saint Antoine*.

* Sans doute un érysipèle.

Il avait guéri malgré leurs onguents et leurs potions. Mais l'idée de la mort ne l'avait plus quitté. Malgré l'aversion que lui inspirait son fils, il avait alors rappelé Gian-Gastone de son exil. Et, au grand étonnement de la cour, il lui avait demandé de participer au gouvernement.

Contre toute attente, le grand prince s'était montré assidu à suivre et à entendre les affaires de l'État. Il intervenait avec bon sens dans les débats de la *Consulta* et ne se départait jamais d'une gaieté qui gagnait peu à peu la vie quotidienne des Florentins. Des bals furent à nouveau autorisés, des mascarades coururent les rues de la ville et des concerts enchantèrent les soirées de la cité.

Le grand-duc, tout occupé qu'il était à se préparer à sa propre mort et à travailler à l'avenir de la Toscane, n'avait pas osé mettre fin à ces excès, malgré les récriminations du clergé indigné par l'indécence de ces manifestations publiques qui ne devaient rien à la religion. Au reste, il ne lui déplaisait pas de constater que Gian-Gastone affermissait tranquillement son autorité et n'hésitait pas à affronter – ce qu'il n'avait jamais eu lui-même le courage de faire – le courroux ecclésiastique. Se serait-il trompé sur la vraie nature de son fils ? Il n'était plus temps de s'en inquiéter.

La pénombre gagnait le cabinet de travail. Une nouvelle nuit de terreur s'annonçait. Cosimo n'osait plus dormir, de peur d'être emporté durant son sommeil sans les secours de la religion. Il résistait jusqu'au bout de ses forces. Il allait même jusqu'à se pincer pour empêcher ses paupières de tomber. Et quand enfin il devait céder, il ne restait jamais longtemps endormi, se réveillait en criant comme au sortir d'un cauchemar et demeurait les yeux ouverts jusqu'à l'aube. C'était l'occasion d'interminables songeries où il pesait ses mérites et ses fautes, comme s'il comparaissait déjà devant son juge. Sur l'avers de la médaille, il mettait en avant sa qualité de chanoine de Latran et toutes les bontés que lui avait témoignées le souverain pontife. N'avait-il pas, tout au long de sa vie, servi avec ferveur le culte catholique, exalté les vertus chrétiennes et comblé les serviteurs de Dieu ? Au revers, il reconnaissait avec humilité qu'il avait mésestimé les besoins de son peuple, puni sans pitié les pécheurs, espionné sans relâche ses sujets, abaissé ses deux fils et traité son épouse, quels que fussent ses défauts, avec une inutile cruauté.

Cette extrême lucidité lui vaudrait-elle la miséricorde divine ? Tel était son seul et dernier tourment.

* *
*

Le clergé se dépensait sans compter pour prolonger la vie de Cosimo III qui avait, plus que tout autre souverain, favorisé ses entreprises. Dans les couvents et les monastères, on ne cessait de prier pour le grand-duc et d'implorer sa guérison. Le portrait de la Vierge miraculeuse d'Impruneta, que la légende attribuait à l'évangéliste saint Luc, fut porté en procession dans les rues de Florence. Le corps de Santa Maria Maddalena dei Pazzi fut exceptionnellement sorti de la crypte où il reposait et offert à la vénération des fidèles, tandis que dans les églises on exposait le saint sacrement.

Une lourde atmosphère de deuil pesait sur la ville et le *palazzo* Pitti, où des théories de moines et de moinillons encapuchonnés et recueillis entraient et sortaient à toute heure du jour. L'archevêque de Pise, monseigneur Frosini, élu par le grand-duc pour assister ses derniers moments, s'entretenait quotidiennement avec l'illustre moribond. Le plus grand secret entourait ce dialogue singulier. Le prélat confia néanmoins que Cosimo III s'était si consciencieusement préparé au trépas qu'il ne lui restait que peu d'efforts à fournir pour mourir dans la paix du Seigneur et accéder aux joies de la vie éternelle.

Gian-Gastone vivait cette longue agonie avec détachement et abandonnait à sa sœur Anna Maria Luisa le soin de prier, pleurer et se lamenter. C'était assez pour deux, pensait-il avec bonhomie. Futur maître de Florence, il s'amusait de déjà recevoir les flatteries et les compliments des courtisans avant même que le grand-duc ne fût déclaré mort. Tel, qui avait condamné ses mœurs et l'avait toujours méprisé, venait sans vergogne lui présenter son jeune fils et le prier de prendre l'adolescent à son service. Un autre patricien, qui ne l'avait pas moins raillé, lui demandait d'agréer le mariage de sa fille avec un prince parmesan, ce que lui refusait jusqu'alors Cosimo III. Le grand prince feignait d'accueillir ces requêtes avec aménité, mais prenait garde à ne pas s'engager tant que son père vivait encore. Le grand-duc entendait en effet régner jusqu'à son dernier souffle, même s'il avait abandonné certaines de ses prérogatives à son fils cadet. Ainsi, sans consulter Gian-Gastone, il lui prit soudain le désir de créer un nouvel impôt : ses sujets devraient acquitter désormais une taxe de cinq pour cent sur leurs revenus et salaires. Ultime lubie d'un despote ? Ou aveuglement d'un souverain qui avait oublié depuis trop longtemps la situation misérable de son peuple ?

Octobre finissait lorsque Cosimo entra en agonie. Tous les prélats toscans et le nonce apostolique se précipitèrent à son chevet. Au nom du pape, celui-ci lui administra la bénédiction *in articulo mortis*. Le grand-duc se confessa une dernière fois, reçut l'absolution pour tous ses péchés et expira dans la nuit du 31 octobre. Ce fut un grand sujet de satisfaction pour tous les ecclésiastiques d'apprendre que leur souverain et protecteur, en rendant l'âme ce jour sacré, rejoignait directement la communion des saints. Certains y virent même un miracle. D'autres soulignèrent une étrange coïncidence : la maladie de Cosimo III avait duré cinquante-trois jours. Et cinquante-trois avait aussi été le nombre d'années où il avait régné sur la Toscane ! Mais nul ne se hasarda à en tirer une conclusion.

* *
*

La ville était en deuil. Mais sous l'apparent accablement perçait une insidieuse allégresse. Et ce fut presque joyeusement que les Florentins se portèrent au *palazzo* Pitti pour visiter la dépouille du défunt. Même les cloches des églises qui sonnaient le glas à la volée laissaient parfois percer, comme par mégarde, des notes plus gaies.

Ce fut en tout cas l'impression de nombreux habitants de la cité, qui voulurent y voir le présage d'une vie nouvelle.

Gian-Gastone, nouveau grand-duc, monta sur le trône avec une grande simplicité.

« Je me fais l'effet d'être un roi de comédie », glissa-t-il en riant à Violante lors des cérémonies du couronnement.

Toutefois, cette bénignité n'eut qu'un temps. Prince bienveillant mais avisé, Gian-Gastone eut à cœur de réformer l'État et d'abord d'en terminer avec le despotisme des ecclésiastiques qui se trouvaient à Florence, tant séculiers que réguliers, au nombre de dix mille, alors que la cité, autrefois si prospère, ne comptait plus que soixante-cinq mille âmes. Ils furent donc chassés de la cour et ordre fut donné au nouveau Premier ministre, le marquis Carlo Rinuccini – ce diplomate qui l'avait reconduit au château de son épouse, sans qu'il lui en eût jamais gardé rancune –, de les décharger de toute fonction gouvernementale. Dans le même esprit, le souverain supprima les pensions qui étaient servies aux luthériens, mahométans et juifs convertis au catholicisme. Et, pour parfaire cette séparation entre l'Église et l'État, il s'abstint dorénavant de paraître aux cérémonies traditionnelles présidées par le clergé.

Il décida aussi de mettre fin à l'espionnage privé des citoyens et réduisit notablement le train fastueux de la cour et la charge des impôts qui pesait sur ses sujets. Enfin, comme il le lui avait promis des années plus tôt, il pria Violante de le rejoindre au *palazzo* Pitti.

« Vous serez la première et la meilleure de mes conseillères ! »

Dans le même temps, il écarta sa sœur Anna Maria Luisa du premier cercle du pouvoir tant il lui semblait qu'elle était abusivement gouvernée par les prêtres et toujours imprégnée de l'esprit étroit et dévot de son père. Son propre ressentiment se mêlait aussi à cette volonté d'éloigner l'Électrice : jamais il ne pourrait oublier qu'elle lui avait choisi cette épouse grotesque qui ne pensait que chevaux et chiens. Avait-elle ainsi voulu le punir d'être un antiphysique ?

Ce nouveau train de l'État suscita aussitôt l'adhésion de la population. Un vent printanier soufflait sur Florence et chassait les derniers effluves d'encens. On riait dans les rues sans se dissimuler et le soir on dansait à nouveau sous les colonnades de la *Galeria degli Uffizi*. Les divertissements simples et parfois paillards du Carnaval furent derechef autorisés et même le port du masque, censé, aux dires des prêtres, favoriser les pires licences, cessa d'être interdit.

Toutefois, ces premières mesures accueillies avec allégresse par les Florentins ne suffisaient pas à relever une cité qui avait gravement et longtemps souffert des impérities de Cosimo III. Et si peu à peu le commerce et l'agriculture se rétablissaient, les rues pullulaient encore de mendiants et d'invalides en quête d'aumônes et bien des maisons, que leurs propriétaires n'avaient pu entretenir, étaient décaties. Certes, songeait Gian-Gastone, la ville avait de beaux restes, mais elle ressemblait à une vieille putain qui essayait de dissimuler les affronts du temps en abusant de fards et d'artifices.

Lui-même avait choisi de vivre dans la plus grande simplicité, en évitant toute affectation. Il recevait peu – et le moins souvent possible – et préférait la compagnie des domestiques à celle des aristocrates de la cour. Pour autant, il n'avait pas renoncé à ses habitudes, buvait et mangeait plus que de raison et, au grand déplaisir de Violante, continuait de supporter les foucades de Damiano, son ancien amant, qui séjournait désormais en toute impudeur au *palazzo*.

Cette regrettable dissipation n'empêchait pas Gian-Gastone de poursuivre son œuvre de réforme. Après avoir aboli la peine de mort, il décida son gouvernement à diminuer le prix du grain. Le peuple, pour manifester sa reconnaissance, alluma des feux de joie sur les places de la cité et chanta les louanges du nouveau grand-duc.

* *
*

Violante s'était prise au jeu. Elle, qui s'était contentée jusque-là de donner quelques avis éclairés à Cosimo III lorsqu'il voulait bien la consulter, participait maintenant de plain-pied à l'action politique. C'était une sensation étrange et presque enivrante. Gian-Gastone, qui répugnait à paraître, lui avait même confié la charge des audiences publiques et la présidence du cérémonial de la cour. À elle de recevoir les doléances des sujets toscans, de démêler l'écheveau des plaintes et autres récriminations, d'écouter les demandes de bénéfices et d'exonérations. Chacun s'accordait à lui trouver une autorité naturelle, un grand discernement et une perpétuelle bonne humeur. Elle instruisait ensuite les dossiers plus délicats avec Carlo Rinuccini, avec qui elle entretenait des rapports courtois et confiants.

Elle avait donc, malgré elle, supplanté Anna Maria Luisa, tant en pouvoir qu'en élévation. Elle n'en tirait aucune gloire et veillait à ne point provoquer l'Électrice, qui remâchait son dépit dans les églises et monastères qu'elle honorait de sa présence. Mais, dans le secret de son cœur, elle appréciait d'être devenue cette nouvelle femme dont on quêtait les conseils et les faveurs. Sans en faire étalage, elle se revanchait de toutes ces années où, petite princesse bavaroise, elle avait été l'objet de la risée des courtisans en raison de son infortune conjugale. Et elle songeait que, même si Ferdinando avait vécu et accédé au trône grand-ducal, elle n'aurait pas disposé d'une si évidente influence sur les affaires de la cité.

Seule l'affligeait la conduite privée de Gian-Gastone qui, lorsqu'il était pris de boisson, était d'une indulgence coupable avec Damiano et les ruffians de sa bande et permettait même qu'on la moquât lorsqu'elle pénétrait dans ses appartements. Violante répliquait du tac au tac sous le regard larmoyant et pitoyable de son beau-frère, qui abdiquait toute fierté dès lors qu'il se trouvait en cette détestable compagnie. Mais Violante était bien résolue à mettre un jour fin à ces désordres qui abaissaient le trône et son prince, car la chronique des débauches du grand-duc courait la ville, amusait les ribauds, suscitait les ricanements des prêtres, mais désolait les citoyens qui attendaient de grands bienfaits d'un souverain si éclairé.

La princesse trouva une alliée inattendue en la personne d'Anna Maria Luisa qui, pour de tout autres raisons, abhorrait les turpitudes où se vautrait son frère. Ne serait-ce que parce qu'elle était souvent la victime des railleries de cette engeance qui l'entourait.

Mais ni la belle-sœur ni la sœur ne parvenaient à réformer la conduite de Gian-Gastone. Au réveil, quand il était à jeun, bonnet de nuit de guingois et chemise encore couverte des souillures d'une nuit de ripailles, il convenait qu'il devait s'amender. Mais cette bonne volonté ne durait guère : au fil de la journée, encouragé par Damiano, il était vite repris par ses excès. Et s'il arrivait à Violante de le morigéner, il riait :

« Pourquoi n'allez-vous pas prendre un fouet ? Ne mérité-je pas une bonne correction, mes bons amis ? » disait-il en prenant à témoin la troupe de vauriens qui paressait dans sa chambre et s'esclaffait aussitôt.

Violante était d'autant plus désolée qu'elle aimait de profonde amitié son gros beau-frère. Elle savait que, malgré ses vices, il était pétri de qualités. Naturellement bon, ignorant la vanité, il était aussi pourvu d'un esprit délié et d'un goût certain pour l'art, toutes vertus qui avaient été gâtées par une éducation déplorable et le manque de considération que lui avait toujours témoigné sa famille.

Aussi la princesse essayait-elle de le protéger et de le défendre à tout propos en confondant ses détracteurs, quitte à s'octroyer des libertés avec la vérité. Tel était le prix de sa fidélité et elle trouvait un secret réconfort dans cette mission d'ange de miséricorde. Cela suffisait-il à compenser la grande solitude de son cœur ? Elle n'avait pas revu Bernardino Perfetti qui se tenait ostensiblement éloigné de Florence. Sans doute cet homme séduisant avait-il trouvé quelque consolation auprès d'une jeune et jolie dame de son pays... La princesse se reprochait encore de l'avoir traité sottement et de si mauvaise manière. Elle ne se dissimulait pas que, l'âge venant, ses charmes s'étiolaient. Mais le désir existait toujours en elle, d'autant plus dévorant qu'il n'avait reçu aucun apaisement.

Espérait-elle malgré tout ? Conspirant telle une adolescente enamourée, elle avait conçu d'inviter le chevalier à se joindre à la délégation toscane qu'elle conduirait à Rome pour les célébrations du jubilé de 1725. Le Siennois pourrait difficilement se dérober et mépriser cet honneur. Déjà, le cœur de Violante battait plus fort à l'idée de le revoir.

* *
*

Gian-Gastone ne s'éveillait jamais avant midi. Encore couché, sans perruque et vêtu de sa seule chemise de nuit, il recevait sans façons ceux qui, pour des raisons publiques ou domestiques, voulaient s'entretenir avec lui. Le débraillé du souverain était une invitation à parler à la bonne franquette : ces conciliabules se déroulaient dans un climat amène et étaient ordinairement émaillés de plaisanteries. Seuls les rares aristocrates qu'il acceptait de recevoir demeuraient le nez pincé, tant parce qu'ils désapprouvaient le laisser-aller du grand-duc que parce que la chambre, même fenêtres ouvertes, exhalait un fumet de bauge.

En ce jour d'été, Gian-Gastone avait pris ses quartiers au rez-de-chaussée du *palazzo* où les pièces étaient plus fraîches. Il paressait encore dans son lit lorsque son chambellan l'avertit que, conformément à la tradition, les paysans de San Gimignano venaient lui offrir des pêches.

« Qu'ils entrent et me présentent leurs fruits ! dit le grand-duc entre deux bâillements.

– C'est que...

– Et quoi ?

– Leurs cageots sont chargés sur un âne !

– Eh bien, que le bourricot les accompagne ! »

Le chambellan s'inclina, ouvrit à deux battants la porte-fenêtre. Et, précédant les paysans, l'animal fit son entrée dans la chambre grand-ducale. La farce réjouit tant Gian-Gastone qu'il annonça aux pécores ébahis :

« Désormais, je veux que chaque année votre âne me visite en mon coucher ! »

Puis le souverain, hilare, leur distribua moult *ruspi** afin de les récompenser.

Il donna ensuite l'entrant à un nouveau venu au *palazzo* Pitti, le peintre génois Alessandro Magnasco. *Il Lissandrino*, comme on l'appelait familièrement, était devenu l'artiste favori du grand-duc. Il retrouvait dans sa peinture hallucinée où la lumière paraissait frissonner un peu de lui-même. Et d'abord parce que aucun sujet prétendument vulgaire n'échappait à son pinceau : galériens, mendiants, voleurs,

* Le *ruspo* est le sequin d'argent florentin.

bohémiens ou nécromanciens hantaient ses tableaux dans un décor tourmenté et cauchemardesque. Gian-Gastone appréciait particulièrement ses moines, grandes silhouettes inquiétantes au-dessus desquelles planait l'ombre de l'Inquisition. Ou encore ses figures gothiques érigées dans le mystère des cimetières, ses personnages de vagabonds scrofuleux figés dans un paysage apocalyptique et ses pénitents frappés par l'orage qui, dressant leurs poings vers le ciel, semblaient demander raison à Dieu.

« Chacune de tes toiles a la force d'un blasphème, Lissandrino. Je t'en rends grâce.

– Votre Altesse est bien aimable d'admirer mes modestes œuvres. Dans mon pays, il ne se trouve nul seigneur pour apprécier mes tableaux qu'on s'accorde à considérer comme repoussants et orduriers.

– C'est que ta patrie est peuplée de sots ! Chez moi, tu auras toujours le gîte et le couvert et une bourse bien ventrue pour chaque nouvelle peinture que tu me donneras. Mais je veux que tu représentes Florence telle qu'elle est, sans te soucier d'exalter sa splendeur passée. C'est une charogne que je désire voir dans ton œuvre ! »

Magnasco s'inclina profondément.

« Pas de ça avec moi, Lissandrino ! Un artiste, même le plus insignifiant, sera toujours supérieur au meilleur des princes ! »

Le marquis Carlo Rinuccini succéda à l'artiste dans la chambre grand-ducale. Raffiné et d'un commerce agréable, ce grand seigneur, qui était l'un des rares aristocrates florentins à jouir de l'amitié de Gian-Gastone, poussait l'élégance jusqu'à feindre de ne jamais remarquer la tenue négligée de son souverain.

Le grand-duc, qui n'avait pas encore dîné et sentait son *gaster* bouillonner d'impatience, abrégea les salutations de son Premier ministre.

« Pas de salamalecs, allez droit au fait, monsieur le marquis ! »

Nullement offusqué, Rinuccini ouvrit sa serviette et en tira une mince liasse de feuillets manuscrits.

« Je suis venu entretenir Votre Altesse des derniers courriers que nous ont envoyés nos ambassadeurs... Il apparaît que malgré l'accord que l'Autriche et l'Espagne ont conclu peu avant la mort de feu le grand-duc, ces deux puissances continuent de se disputer la succession de vos États.

– Grand bien leur fasse !

– Nous y gagnons certes quelques moments de tranquillité. Mais je crains qu'il ne nous faille un jour ou l'autre choisir...

– Entre la peste autrichienne ou le choléra espagnol. Baste, ni l'un ni l'autre de ces maux ne m'inspire à l'excès.

– Mais la purge sera d'importance si nous sommes contraints de l'avaler. Les capitales bruissent des rumeurs les plus diverses. La France vient de se brouiller avec l'Espagne. Cette dernière pourrait être tentée de se rapprocher de l'Autriche. Auquel cas, l'accord entre ces deux États pourrait se conclure à nos dépens. »

Gian-Gastone soupira.

« Que pouvons-nous faire sinon subir la loi de ces deux puissants ? Est-il juste que l'on ne nous laisse même pas le droit de choisir notre héritier ? Mon père, qui n'avait pas toujours tort, avait imaginé de restaurer la république. Mais c'était un rêve. Seulement un rêve.

– Votre Altesse serait-elle aussi républicaine ? demanda malicieusement le marquis.

– Peu m'importe le régime ! Seul compte le bonheur du peuple ! grogna le grand-duc.

– Que dois-je écrire à nos ambassadeurs ?

– Qu'ils écoutent ! Pour notre part, nous sommes condamnés à l'attentisme. »

Il demeura pensif, puis il dit tout à trac :

« Voyez-vous, monsieur le marquis, en dépit du fait que je suis le plus paisible des hommes, je pense que seule une nouvelle guerre européenne pourrait nous sauver du désastre et de l'humiliation.

– La souhaitez-vous ?

– Cela m'arrive, oui. Étrangement ! »

Le ministre rangea ses papiers et s'apprêta à prendre congé. Mais, malgré la faim qui le dévorait, Gian-Gastone retint Rinuccini :

« Au cas où il m'arriverait malheur plus tôt que je ne le pense, je veux que ma belle-sœur conserve tous ses biens et privilèges. Pouvez-vous y veiller et présenter un décret à ma signature ? »

Le marquis opina et ajouta :

« Ce geste honore Votre Altesse. Car elle ne trouvera nulle part ailleurs en ce monde une personne aussi fidèle et attachée à sa cause que la princesse Violante ! »

* *
*

Rome l'accueillit avec les plus grands égards. Bientôt on célébra dans toutes les demeures de la ville sa grâce et sa modestie. Violante avait conquis la Ville éternelle avant même que d'être reçue par le pape. Benoît XIII, instruit par ses prélats des qualités de la princesse, entendit lui faire la grâce d'un long entretien particulier. Cela n'allait pas non plus sans calcul politique : le souverain pontife était lui aussi préoccupé par la question de la succession toscane et craignait que, pour la régler, des troupes étrangères n'envahissent la péninsule et n'y livrassent bataille. À cette occasion, comme il en fut souvent ainsi dans le passé, elles risqueraient d'écorner ses propres États.

Le pape trouva en Violante une interlocutrice parfaitement avisée qui faisait montre d'une rare connaissance des subtilités diplomatiques. Il se déclara enchanté. Mais le plus important restait à venir. Et ce fut sur un ton patelin qu'il commença :

« Ma fille, il m'est revenu que le grand-duc conduit sa vie sens dessus dessous et qu'il se livre à des excès que notre sainte mère l'Église réprouve... En cela, il donne un bien mauvais exemple à ses sujets.

– Très Saint Père, je ne peux celer que l'existence de mon illustre beau-frère n'est pas toujours celle d'un bon chrétien. Mais le grand-duc est sincèrement attaché à améliorer le sort de ses sujets. Épris de justice, il ne songe qu'à leur bonheur.

– Mais le bonheur n'est pas de ce monde. Les hommes ne trouveront de vraie consolation que lorsqu'ils auront rejoint leur Seigneur. L'essentiel est donc leur salut.

– J'en suis la première convaincue et, en aidant les plus pauvres, je participe modestement à les préparer à la vie éternelle.

– Je n'en ignore rien. Et je ne doute pas que Marie, en son immense sagesse, vous appellera près d'elle le jour venu. Toutefois, on me rapporte que le grand-duc travaille aussi à dénouer les liens sacrés qui unissaient le trône et l'Église. Il a éloigné des prêtres qui étaient de fidèles serviteurs de ses États. Il a privé de bénéfices des communautés religieuses qui enseignaient notre sainte religion. Et il a permis le retour de pratiques païennes et obscènes qui nous offensent gravement. »

Violante subit cette attaque en règle avec une feinte sérénité. N'était-elle pas la première à considérer que Gian-Gastone en usait avec trop de désinvolture dès qu'il s'agissait de réduire les prérogatives du clergé ? Mais il était de son devoir de prendre la défense de son beau-frère et souverain.

« Le grand-duc demeure un fidèle sujet de notre sainte Église. Et s'il a pu prendre des mesures qui ont blessé les sentiments de nos prêtres, je veillerai à ce qu'il en demande repentance. »

Benoît XIII hocha la tête. Violante, non sans audace, poursuivit :

« Il se trouve, Très Saint Père, que mon beau-frère est un esprit éclairé. Il estime que trop souvent la religion a été imposée au peuple sans que l'on se soucie d'atteindre le cœur et la raison des fidèles. Aussi préfère-t-il la vraie foi, celle qui est amour et adhésion. »

Le pape toussa, regarda la princesse.

« Cela ne sent-il pas le soufre luthérien ?

– Non pas... Tout d'abord parce que ce grand prince abhorre tout ce qui vient d'Allemagne. »

Et, souriante, elle ajouta :

« À l'exception de ma modeste personne ! »

Le souverain pontife la retint encore. Il lui dit sans ambages qu'elle devait user de son influence pour infléchir la politique de Gian-Gastone et mettre un terme au scandale de sa vie privée. Puis, avant de la laisser aller, il l'interrogea :

« Est-il vrai, ainsi que me l'a confié le cardinal Coscia, que le grand-duc songerait à rendre hommage à Galileo Galilei ? Et même à transporter sa dépouille en l'église de Santa Croce ? »

Violante avait eu connaissance de ce projet. Pouvait-elle mentir au pape ? Elle décida de tergiverser.

« Galilei fut le protégé du grand-duc Cosimo II, arrière-grand-père de Gian-Gastone...

– Il n'empêche. Il a été solennellement condamné par le tribunal de la sainte Inquisition.

– N'a-t-il pas abjuré sa doctrine ?

– Certes, il s'est repenti à genoux d'avoir formulé des hypothèses sur le mouvement de la Terre qui étaient en contradiction avec l'enseignement de l'Église... Mais, en se relevant n'a-t-il pas murmuré : *Eppur si muove** ? Et donné ainsi la preuve que sa contrition n'était que fiel et fausseté !

– Très Saint Père, je ne manquerai pas d'entretenir mon beau-frère de vos sages recommandations... »

Puis elle s'agenouilla pour recevoir la bénédiction du pape.

« Vous avez une grande âme, Violante ! Et je me réjouis d'avoir placé ma confiance en vous. »

La princesse était bouleversée lorsqu'elle quitta les appartements privés du souverain pontife. L'Église était-elle sur le point de déclarer la guerre à Gian-Gastone, débauché, impie et mécréant ? Benoît XIII était connu pour sa rigueur et son ascétisme. Or, depuis qu'elle était à Rome, Violante avait déjà appris que l'âme damnée du pape, le sinistre et corrompu cardinal Coscia, poussait le souverain pontife à élever une protestation publique contre le grand-duc de Toscane qui ne cessait d'humilier le clergé et de donner le pire exemple de dépravation. Jusqu'où iraient-ils ? Une excommunication, semblable à celle qui avait été autrefois prononcée contre Lorenzo de Medici, risquait de porter un coup fatal à la souveraineté de Florence et à son indépendance.

Avant de regagner le *palazzo Madama* où elle avait élu résidence, elle fit un détour par la chapelle Sixtine et demeura de longues minutes en contemplation devant le *Jugement dernier* de Michelangelo. Malgré la fumée des cierges qui avait peu à peu obscurci cette majestueuse fresque, sa puissance évocatrice demeurait incomparable. La représentation inhabituelle du Christ, jeune homme musculeux et coléreux qui brandissait une main menaçante au-dessus des pécheurs, la fascina particulièrement. Le foisonnement de ces corps nus, bienheureux ou damnés, était troublant.

* « Et pourtant elle tourne ! »

Et la sottise de Daniele da Volterra[*] qui, sur ordre de Paul IV, avait osé voiler les attributs sexuels des personnages, ne faisait qu'ajouter à ce sentiment de confusion, puisque le regard ne pouvait manquer d'être attiré par ce que le pinceau du peintre avait dissimulé. Comment alors, pour un esprit aussi exalté que celui de Violante, ne pas imaginer devant ces nudités aussi suggestives d'autres bras, d'autres muscles ? Ceux de l'être désiré.

La princesse avait revu le chevalier Perfetti qui, ainsi qu'elle le désirait, avait accepté de l'accompagner à Rome. Mais les exigences du protocole et d'un emploi du temps pointilleux ne leur avaient point encore permis de se ménager un tête-à-tête. Au reste, Bernardino était demandé dans la plupart des grandes maisons de la ville où son talent d'improvisateur et de poète produisait une forte impression. Violante devait se contenter d'admirer et d'observer à distance celui pour lequel elle éprouvait toujours une passion irraisonnée.

Elle était encore sous le choc de la découverte du *Jugement dernier* lorsque son carrosse s'arrêta devant le seuil du *palazzo Madama*. Elle avait à peine gravi les marches du perron qu'on lui annonça que le chevalier Perfetti sollicitait une audience. Son cœur bondit. Elle interrogea avec anxiété le premier miroir qu'elle rencontra. N'avait-elle point trop vieilli ? Et ne serait-il pas heureux de rehausser son teint d'une pointe de rouge ? À moins de choisir une céruse qui soulignerait la profondeur de son regard violet ? Trop tard. Elle renonça à ces artifices et se présenta dans le salon où Bernardino l'attendait. Il se leva aussitôt. La taille élégamment prise dans un habit à la française, le cheveu attaché sur la nuque par un ruban de soie noire, le chevalier ressemblait à l'un de ces petits-maîtres que l'on s'arrachait dans les

* Ce peintre est resté dans l'histoire sous le surnom d'*il Bracchetone*, c'est-à-dire « le culottier ».

soirées romaines. Il saisit sa main, y posa un baiser à la naissance du poignet, là où le gant laissait une échancrure de peau dénudée. Violante frissonna. Ils demeurèrent un instant face à face, muets, également interdits. Puis, la princesse gagna un fauteuil où, à cause de l'embarras de sa crinoline, elle s'assit du bout des fesses.

Sans échanger un mot, tous deux comprirent qu'il ne leur fallait point céder à la facilité d'une conversation futile et inutile. Le premier, le chevalier s'avança :

« Madame, êtes-vous toujours dans les dispositions que vous m'avez exposées à Lappeggi ?

– Et vous-même, me désirez-vous toujours ? »

Pour toute réponse, il vint s'agenouiller près de Violante et enfouit sa tête dans son giron.

« Cette nuit ! dit-elle. Je donnerai des ordres à mes femmes de chambre et vous attendrai. »

* *
*

Magnasco avait installé son chevalet au pied du lit à baldaquin de Gian-Gastone. À grands traits nerveux, il dessinait à la mine de plomb. Le grand-duc, calé contre des oreillers, s'occupait à démêler les boucles de sa perruque empoissées de chocolat, de crème et de jus de tabac. Il sembla au peintre qu'il avait encore grossi. Ces bajoues qui cascadaient sur le col de sa chemise, cette bouche aux épaisses lèvres charnues, comme une monstrueuse fraise au milieu de son visage...

« Ne dissimule aucun détail, Lissandrino. Je veux me voir tel que je suis. C'est-à-dire éminemment répugnant. »

Le peintre acquiesça d'un mouvement de tête et termina son esquisse. Puis il replia son chevalet.

« Si Votre Altesse le permet, je reviendrai demain...

– Et n'oublie pas ! Même les taches de mes draps doivent figurer sur ton tableau. Et nous lui donnerons la meilleure place dans le *corridoio*. Ma digne sœur appréciera ! »

Magnasco opina et se glissa silencieusement hors de la chambre. Il fut aussitôt remplacé par une horde de jeunes gens braillards et sans gêne. Recrutés par Damiano sur le seul critère de la beauté, les Florentins les appelaient les *ruspanti*, parce que chaque semaine le grand-duc leur offrait un *ruspo*. Généralement issus de la canaille – mais il s'y mêlait aussi quelques fils de bonne famille corrompus –, ces vauriens aux visages d'anges étaient affectés au seul service du grand-duc et devaient satisfaire ses caprices les plus saugrenus. Gian-Gastone n'usait pas d'eux à la manière socratique, car il avait renoncé depuis longtemps à l'acte sexuel. Mais il ne lui déplaisait pas de les voir se livrer devant lui à des gesticulations érotiques et collectives. Il en allait de telle façon lorsqu'un nouveau venu était promis à être intronisé par Damiano. Entièrement nu, il était d'abord présenté au souverain qui jugeait de sa joliesse et de l'excellence de ses qualités physiques, allant même vérifier si sa denture était saine. Puis il était soumis par ses pairs à des palpations indécentes avant de subir leurs assauts. Et si, au cours de ces forcements répétés, les larmes lui venaient aux yeux, sa douleur était apaisée par la perspective d'être promptement récompensé d'un *ruspo* par le grand-duc. Ainsi adoubé, le jeune homme était alors admis à rejoindre la troupe des *ruspanti*. Et, comme eux, il était maintenant libre de railler le souverain, de l'insulter et même de le maltraiter. Gian-Gastone trouvait une secrète volupté à ces avilissements et encourageait les néophytes à développer leur insolence et leurs instincts les plus pervers.

Cet odieux simulacre de cour donnait aussi lieu à des bouffonneries où le grand-duc affublait ses *ruspanti* des titres et noms des personnages éminents de son gouvernement. Ivre, il tenait conseil au milieu de ces ruffians qui singeaient les attributions qui leur avaient été accordées et feignaient de décider des affaires de l'État. Cela n'allait pas sans tapage ni moult libations. Gian-Gastone, tout à son plaisir, n'avait cure de ce désordre qui mettait sens dessus dessous le *palazzo*. Il s'y adonnait avec d'autant plus de liberté que sa sage belle-sœur s'en était allée à Rome.

Violante ! Le grand-duc la craignait autant qu'il l'aimait. Mais il lui arrivait également de la haïr quand, vivant reproche, elle apparaissait devant lui. Il lui suffisait d'un regard pour réprouver son attitude, juger de la saleté de sa couche et de sa vêture, condamner sa paresse qui le tenait au lit jusqu'au milieu de l'après-midi. Certes, il aurait pu la chasser, la contraindre à s'exiler à Lappeggi. Cependant, il avait aussi besoin de sentir près de lui cette sœur qui représentait le contraire de tout ce qu'il était lui-même. Elle était la part de lumière de leur couple monstrueux. Une présence rassurante qui lui donnait à songer que, au-delà des abjections auxquelles il se complaisait, il existait un monde meilleur et des âmes pures. Mais plus Violante irradiait de vertu et plus Gian-Gastone avait envie de s'enfoncer dans la fange de sa vie quotidienne. Car il la détestait pour la raison même qu'elle lui inspirait de l'amour.

* *
*

Elle l'entendit à peine entrer. Pelotonnée au milieu de son lit, elle était aussi anxieuse que brûlante de désir.

Quand il arriva près d'elle, elle esquissa un mouvement pour moucher la chandelle qui se trouvait à son chevet. D'une main ferme, il l'en empêcha.

« Non, je veux vous voir ! »

Elle céda. Il s'assit près d'elle. Pâle, les cheveux défaits, elle lui lança un regard implorant.

« Venez ! Venez vite avant que le courage ne m'abandonne !

– Vous faut-il donc du courage pour m'aimer ?

– Ne vous moquez point ! J'ai tellement peur de vous décevoir. »

Il se pencha au-dessus d'elle, posa un léger baiser sur ses lèvres. Alors, soudain, elle l'attira à elle et l'étreignit avec une force insoupçonnée. Et Bernardino sentit rouler sur ses propres joues les larmes de la princesse. Il se dégagea doucement, lécha cette eau salée sur la peau de son amante. Puis, tout aussi tendrement, il glissa une main sous le drap. Elle ne se déroba pas. Il retroussa sa fine chemise de linon, s'insinua entre ses cuisses, caressa.

« Ne me regardez pas ! » dit-elle lorsqu'elle commença à haleter.

Elle ferma les yeux, comme si cela suffisait à la dissimuler.

« Non, je vous en prie, cessez ! »

Mais en même temps, son corps se soulevait et cherchait la main du chevalier. Elle poussa une série de petits cris et parut la première étonnée du plaisir qui montait en elle. Pantelante, elle retomba sur son oreiller. Bernardino se dépouilla en hâte de ses vêtements, la rejoignit et la débarrassa de sa chemise. Elle se serra aussitôt contre lui.

« J'ai honte et je suis heureuse, chuchota-t-elle à son oreille. Pouvez-vous comprendre cela ? »

Le chevalier ne répondit pas. D'un lent et long coup de reins, il entra en elle. Et elle ouvrit de grands yeux de petite fille.

Il ne la quitta qu'au petit matin.

« Je suis adorablement rompue, dit-elle en s'étirant tandis qu'il se rhabillait.

– Vous reverrai-je, ma mie ? »

Pour toute réponse, elle sourit, mit son index en travers de sa bouche et, paupières baissées, feignit de s'endormir.

XI

1726-1731

Dès son retour à Florence, Violante eut connaissance de la folie luxurieuse qui s'était emparée du *palazzo* grand-ducal. Et elle ne tarda guère à recevoir des plaintes. Les Florentins étaient exaspérés par la conduite indécente des *ruspanti* qui transportaient dans la cité même leurs vices et leurs insolences. Assurés de l'impunité, ils multipliaient les outrages, entraient à cheval dans les églises, violentaient des prêtres, volaient aux étalages, forçaient les portes des maisons et enlevaient des garçons ou des filles afin de satisfaire leur appétit de débauche.

La population grondait. Ces exactions répétées ruinaient la confiance qu'elle avait d'abord accordée à un prince qui avait rompu si courageusement avec la politique austère et bigote de son prédécesseur. Si on lui pardonnait son intempérance et même ses mœurs licencieuses, on ne pouvait admettre qu'il laissât ses ruffians agir à leur guise dans la cité.

Violante, qui avait l'oreille des Florentins, prit aussitôt la mesure du danger. Et sous prétexte de rapporter à son beau-frère les termes de son entretien avec le pape, elle s'imposa dans sa chambre en écartant avec autorité les *ruspanti* qui montaient la garde à sa porte.

Gian-Gastone dormait encore. Elle tira les lourdes tentures qui obscurcissaient la pièce, ouvrit les croisées et secoua sans ménagement le souverain. Il se réveilla en sursaut et en perdit le bonnet de nuit grisâtre qui couvrait sa tête. Le cheveu emmêlé, l'œil chassieux et le teint brouillé, le grand-duc avait piètre allure et inspirait plus de dégoût que de pitié.

Violante fit un effort sur elle-même pour se tenir à son chevet.

« Madame, que me vaut cette irruption tempétueuse en mon particulier ?

– Il y a, monsieur mon beau-frère, que depuis que je suis revenue de Rome, je n'ai ouï que scandales et sacrilèges ! »

La semonce produisit un effet immédiat. Blême, Gian-Gastone se redressa et laissa apparaître une chemise au col élimé, souillée de taches.

« Pourquoi me chantez-vous pouilles ? balbutia-t-il.

– Vos *ruspanti* font l'objet d'une condamnation unanime des habitants de cette cité. »

Gian-Gastone haussa les épaules.

« Peut-être sont-ils taquins à l'excès... Mais ce sont de braves et honnêtes jeunes gens qui servent leur souverain avec dévouement à toute heure du jour et de la nuit.

– Vous vous laissez gouverner par ces chenapans tout comme, autrefois, feu votre père subissait les commandements de mauvais prêtres. »

La philippique porta. Le grand-duc resta d'abord sans voix. Puis il geignit :

« Voulez-vous donc me priver de la compagnie de ces gais compagnons ?

– Il ne m'appartient pas de décider pour vous. Mais si j'en avais le pouvoir, je chasserais illico cette racaille qui vous vole et profite impunément de vos bontés. »

Gian-Gastone baissa les yeux. Un gros enfant qu'on

réprimande, songea Violante. Malgré elle, elle fut émue par la détresse qu'on lisait sur son visage. Toutefois il se reprit vite et releva la tête :

« Je vous sais gré de bien vouloir me dispenser vos conseils. Et sans doute devrais-je les écouter tant ils sont sages... Mais nous sommes tellement dissemblables. Votre vertu est naturelle. Elle ne vous impose aucun effort. Et au fond, vous n'avez nul mérite à être bonne. Moi, je suis comme le chien des Saintes Écritures qui retourne sans cesse à son vomi. »

Il soupira :

« N'avez-vous pas compris que je suis le premier à me mépriser. Et qu'il me faut, pour trouver encore la force de respirer, des sensations nouvelles, toujours plus épicées, toujours plus nauséabondes !

– Vous y perdez votre âme !

– Mon âme ! ricana-t-il. La belle affaire ! Si j'étais certain qu'elle existât, je me consolerais en sachant que vous priez pour son salut. L'intercession d'une chrétienne aussi admirable que vous devrait suffire à me laver de tous mes péchés.

– Vous vous moquez.

– Non, Violante... La vérité est que je suis las de vivre. »

* *
*

Pour autant, la princesse ne renonça pas. Pour contrebalancer l'influence des *ruspanti*, et malgré son peu d'appétence pour les mondanités, elle organisa en sa villa de Lappeggi des banquets où Gian-Gastone, invité d'honneur, figurait parmi les meilleurs hommes et femmes d'esprits de Florence. Le grand-duc ne se déroba point. Mais il s'ennuya rapidement. Et pour chasser cette mélancolie, il but. Ivre, il n'hésitait pas à provoquer les convives, à leur asséner des propos grossiers et à leur imposer le spectacle peu ragoûtant de ses mauvaises manières et de sa gloutonnerie.

Malgré tout, et en dépit de la fatigue que lui procuraient ses soupers fins qui se prolongeaient parfois jusqu'à l'aube, Violante s'obstina. Espérant toujours obtenir que Gian-Gastone s'amendât, elle décida de susciter sa curiosité en requérant la présence à sa table du célèbre castrat Farinelli. On commença de banqueter. Puis le chanteur donna une cantate. Sa voix céleste et cristalline enchanta toute l'assemblée et le souverain lui-même, qui sembla sortir de son hébétude coutumière. Et l'on se remit à table. Gian-Gastone engloutit coup sur coup trois verres de vin et se torcha les lèvres du revers de la main. Les invités feignirent de ne rien voir et regardèrent leur assiette. Alors, tonitruant, le grand-duc s'exclama :

« Puisqu'en escouillant les chanteurs, on magnifie leur voix, pourquoi n'en userait-on pas ainsi avec les autres hommes pour les rendre meilleurs ? »

Et il fixa son vis-à-vis, un beau jeune homme issu de l'une des grandes familles patriciennes de Florence. Il lui brandit son couteau sous le nez.

« N'êtes-vous pas prêt, joli jouvenceau, à sacrifier vos attributs pour l'amélioration de la race humaine ? »

Le gentilhomme rougit et le silence se fit. Gian-Gastone éclata de rire et reprit :

« Je suis sûr que vous feriez un excellent chapon ! »

Puis il continua de boire. Bientôt, ivre, il se cramponna au bord de la table pour ne pas choir. Quand enfin il entraîna avec lui la nappe dans un grand tumulte de verres et d'assiettes brisés, il sembla ne pas remarquer le désordre qu'il avait provoqué. Sa tête oscillait de droite à gauche, ses yeux étaient mi-clos. Soudain, un hoquet le prit et il vomit dans sa serviette, gâtant son vêtement et jusqu'aux boucles de sa perruque. Mais il ne parut pas prendre conscience de la gêne qu'il occasionnait.

Violante, confuse, donna ordre aux domestiques de nettoyer et réparer les dégâts. Mais ils avaient à peine fini que Gian-Gastone régurgita un nouveau jet de matières liquides et puantes. La princesse se leva, invita les convives à quitter la table. Le grand-duc, hébété, demeura seul. Puis il finit par se mettre debout.

« Mon carrosse ! hurla-t-il d'une voix avinée. Qu'on avance mon carrosse ! »

Il tituba jusqu'à la porte où quatre solides faquins à la solde de Damiano le précipitèrent sans ménagement dans sa voiture.

* *
*

Au début, ce fut une petite douleur insidieuse à la poitrine. Violante y prit à peine garde. Elle avait toujours joui d'une solide santé malgré sa frêle constitution. Et d'ailleurs, au fil des jours, cette indisposition disparut peu à peu et elle l'oublia.

En tout cas, elle ne changea en rien ses habitudes et continua comme par le passé d'être assidue aux réunions de la *Consulta* et de donner audience aux ambassadeurs et aux grands personnages du grand-duché.

Sa présence à la tête de l'État était d'autant plus indispensable que Gian-Gastone, depuis le scandale du banquet de Lappeggi, se refusait la plupart du temps à sortir de sa chambre où il vivait confiné avec ses *ruspanti*. La princesse s'accommodait de cet effacement qui épargnait au trône les humiliations et avanies que provoquait désormais chaque apparition publique du grand-duc.

Ce matin-là, au réveil, la douleur était revenue. Toujours aussi diffuse, toujours aussi insignifiante. Violante se la représentait comme une petite flamme bleue et légère qui flottait à l'intérieur d'elle-même, mordillait puis s'évanouissait en un instant avant de renaître et de griffer à nouveau.

Elle répugna à en parler aux médicastres de la cour à qui elle n'accordait qu'une médiocre confiance. Surtout il y avait chez elle la conviction que la maladie commençait avec l'arrivée du médecin. Elle prit donc l'habitude de vivre avec cette affliction, compagne familière qui ne l'incommodait que par intermittence.

Chaque soir, après avoir dit ses prières et avant de s'endormir, elle pensait au chevalier Perfetti. Malgré le désir qu'elle en avait eu, elle s'en était tenue à sa résolution et ne s'était pas autorisée à s'abandonner une seconde fois aux caresses de son amant. Elle n'en était pas autrement fière mais gardait de cette nuit d'amour un éblouissement que le temps ne parvenait pas à ternir. Elle entretenait cet ardent souvenir comme un objet de culte et elle avait serré dans un reliquaire fermé à clef la délicate chemise de linon qu'elle portait ce soir-là.

Plus étrangement, cette catholique attentive à respecter scrupuleusement l'enseignement de l'Église n'avait pas révélé en confession ses amours avec Bernardino. Feignant, elle s'était accusée de songes luxurieux et même de pratiques impudiques sur sa propre personne. Mais elle s'était refusée à livrer ce secret qui était devenu son bien le plus précieux et que nul n'aurait le droit de jamais lui arracher.

* *
*

Des murs vacillèrent, des parements de pierre churent brutalement au sol, des chaussées se lézardèrent, engloutissant quelques passants. La terre tremblait et, avec elle, les Florentins qui, saisis d'effroi, se répandirent dans les rues de la cité en gémissant. Naturellement superstitieux, ils crurent à la vengeance divine. Une fois le calme revenu et les victimes secourues, les prêtres ne tardèrent pas à monter en chaire pour vitupérer les vices de Florence, cette nouvelle

Sodome, et accuser à mots couverts le souverain qui était au premier chef l'artisan et le responsable de la dépravation des mœurs.

Déjà, de nouveaux Savonarola aspiraient à conduire la foule des pécheurs vers une contrition générale et publique. Il en avait toujours été ainsi dans l'histoire de la cité. Volontiers voluptueuse et débridée, Florence était aussi prompte à craindre le châtiment céleste et à se fustiger en réparation de ses péchés. En un tournemain, les citoyens les plus dépravés devenaient des cagots fanatiques de la pire espèce.

Violante sentit le danger. Gian-Gastone, tant à cause de son intempérance que de sa bougrerie, pouvait catalyser ce ressentiment populaire attisé par un clergé, trop content de se revancher d'un souverain qui l'avait si fort déprisé. Ses appréhensions furent renforcées par un autre incident que les Florentins interprétèrent *a posteriori* comme une première manifestation du courroux divin. Peu de temps avant le tremblement de terre, le grand-duc, sans doute ivre, trébucha et chuta lourdement. Lorsqu'on le releva, on découvrit qu'il s'était démis une cheville. Aussitôt, les rumeurs plus alarmistes coururent dans la cité : le gros homme ne pourrait jamais recouvrer la liberté de ses mouvements. Condamné à l'immobilité, il ne tarderait pas à dépérir et à passer. Cependant, c'était sans compter avec l'habileté d'un gentilhomme de la cour qui avait étudié la chirurgie. Prenant sur lui, il réduisit le déboîtement et épargna à Gian-Gastone les affres de l'invalidité. Il resta pourtant dans l'esprit de la population que la blessure de son souverain était prémonitoire et que son agonie n'était que reculée.

Florence grondait. Il fallait au plus vite apaiser sa fureur. Violante consulta, recueillit les avis réputés les plus sensés. Et, en dépit de son sens exigeant de la justice, elle se résolut à prendre une décision inique qu'elle se reprocha longtemps : elle fit quérir une trentaine d'étrangères parmi la fine fleur de la courtisanerie et ordonna qu'elles fussent publiquement bannies au cours d'une cérémonie expiatoire. La manœuvre était aussi immorale qu'habile. En choisissant des femmes extérieures à la cité, la princesse ménageait la fierté florentine. En les exposant à la vindicte publique, elle canalisait la colère du peuple et la détournait du *palazzo* grand-ducal. Et tout le monde feignit de croire que les putains locales étaient assurément moins coupables que ces fleurs vénéneuses expulsées sous les quolibets de la populace.

Violante paracheva son œuvre en exigeant du grand-duc qu'il se montrât en public et mit ainsi fin aux méchantes rumeurs sur sa santé que l'on continuait de colporter à Florence mais aussi dans les cours européennes. À l'occasion de l'une des nombreuses fêtes religieuses qui émaillaient la vie de la cité, elle conçut donc de proposer au souverain une pieuse visite des églises les plus vénérées. L'apothéose serait son entrée solennelle dans la cathédrale Santa Maria del Fiore, orgueil des Florentins.

Selon la volonté de Violante, le *palazzo* fit grand tapage autour de cette réapparition du grand-duc. Les habitants, heureux de revoir leur prince, se massèrent tout au long du parcours que devait emprunter le cortège où figureraient les personnages les plus illustres du grand-duché.

Cependant, une fois encore, le comportement de son beau-frère ruina les efforts de Violante. Terrorisé à l'idée d'affronter les regards de ses sujets, Gian-Gastone se livra à de nombreuses libations avant de prendre le départ. Les conséquences en furent catastrophiques. À peine passée Santo Spirito, première étape de ce qui apparut ensuite comme un véritable chemin de croix, le grand-duc se pencha à la portière de son carrosse et vomit abondamment, éclaboussant les spectateurs qui l'applaudissaient avec ferveur. La même scène se reproduisit après la visite de San Lorenzo. Gian-Gastone éclata d'un rire de dément, postillonnant sur la foule. Puis il sombra dans une profonde torpeur. Et ce fut un homme aux vêtements souillés dont la tête dodelinait de droite à gauche contre le dossier de sa voiture qu'aperçurent ensuite les Florentins, tantôt goguenards, tantôt éplorés car ils n'oubliaient pas que leur destin dépendait de cet ivrogne.

Quand vint le soir, Violante, seule dans sa chambre, ne put retenir ses larmes. Humiliée, elle était la première victime de cette calamiteuse parade à laquelle on avait mis un terme avant même d'arriver à Santa Maria del Fiore. Dès le retour au *palazzo* Pitti, l'Électrice ne s'était pas fait faute de lui remontrer qu'elle était la première responsable du désastre. Ne connaissait-elle pas son beau-frère ? Ne savait-elle pas que son esprit embrumé était désormais incapable de discernement ? La princesse avait tout de suite compris qu'Anna Maria Luisa n'avait nullement renoncé à son ambition. Malgré son éloignement apparent, elle ne songeait qu'à la supplanter et à prendre la place qui lui revenait de droit en tant que fille du défunt grand-duc. Irait-elle jusqu'à évoquer la faiblesse d'esprit de Gian-Gastone et sa désolante conduite pour demander aux sénateurs la destitution de son frère ?

Vous ne devez votre actuelle prééminence qu'à la volonté d'un fol et d'un ivrogne, semblait lui dire l'Électrice. Écartez-vous de mon chemin !

Pourquoi ne retournait-elle pas au plus tôt à Lappeggi ? N'avait-elle pas épuisé toutes les joies de ce pouvoir qui lui avait été concédé par Gian-Gastone ?

Seul la retenait le désir insensé de sauver son beau-frère de lui-même. De l'arracher à la détresse où il ne cessait de s'enfoncer.

Un violent spasme lui arracha une grimace. Un coup de couteau. La douleur familière se manifestait à ses dépens, chaque jour un peu plus présente, chaque jour un peu plus menaçante. Violante avait fini par aller visiter discrètement un apothicaire. L'homme de l'art s'était enquis de la nature de ses maux et lui avait vendu une petite fiole de laudanum.

« Ce sirop thébaïque, lui avait-il dit, vous apportera dans un bref délai le plus grand bien-être. » La princesse, méfiante, en usait modérément. La souffrance n'était-elle pas également un don de Dieu qui voulait ainsi éprouver Ses fidèles ?

* *
*

Le grand-duc avait trouvé un nouveau jeu pour tromper son ennui. Il commandait à ses *ruspanti* de former des tableaux vivants qui reproduisaient, tant en postures qu'en déguisements, les plus grandes œuvres picturales exposées dans la *Galeria degli Uffizi*. Puis, voulant immortaliser ces compositions, il ordonna à un artiste de renom de les fixer sur la toile.

Ce ne furent qu'éclats de rires et exclamations sauvages lorsque le peintre découvrit son dernier ouvrage, une copie grotesque de la *Naissance de Vénus* du gentil Botticelli. Un noiraud entièrement épilé, affublé d'une grossière perruque de crin et de faux seins, avait servi de modèle à la déesse de l'amour. Et chez lui, le délicat mouvement de Vénus, qui dissimulait son pubis derrière une tresse de ses longs cheveux blonds qu'elle tenait dans sa main, devenait une invitation sexuelle à peine déguisée. Quant à Zéphyr et aux muses, ils étaient pareillement contrefaits.

Gian-Gastone fut si content du travail du peintre que, pour se jouer, il décida que la copie, si ridicule fût-elle, serait accrochée aux *Uffizi*, à côté de l'original. Pour l'occasion, il décida d'inviter quelques grands personnages de la cour à cette inauguration. Et malgré sa répugnance à quitter sa chambre, il résolut de se transporter en chaise à porteurs dans la *Galeria*.

Le jour venu, escorté de sa bande de *ruspanti*, il emprunta le *corridoio Vaseriano* afin de ne pas être vu des habitants. Les courtisans attendaient devant la toile qu'on avait préalablement voilée. Gian-Gastone, souriant, descendit de sa chaise. Il observa avec satisfaction que rares étaient les dignitaires absents. Et quand il s'étonna de ne pas voir sa belle-sœur, le marquis Rinuccini lui répondit que la princesse Violante, légèrement souffrante, gardait le lit.

Puis il s'avança pesamment vers la cimaise où on l'avait accroché l'œuvre scabreuse, sans même jeter un regard à son modèle voisin qui irradiait de grâce. D'un geste vif, il tira sur le rideau. Et, aussitôt, il se tourna vers les spectateurs, atterrés par la découverte de ce honteux pastiche.

« Ne préférez-vous pas la copie à l'original ? » demanda-t-il avec le plus grand sérieux.

Personne n'osa d'abord répondre tant l'outrage semblait énorme. Gian-Gastone observa avec mépris cette assemblée de pleutres. Il allait regagner sa chaise lorsqu'un homme âgé fendit la foule des courtisans. Habit noir, cheveux gris et barbe courte, tout en lui sentait le soldat. On s'écarta pour laisser passer le marquis Serristori, héritier de l'une des plus grandes lignées florentines et unanimement respecté à Florence. À côté de Gian-Gastone, l'un des *ruspanti*, Francesco, un petit jeune homme blond et imberbe, rougit. Le marquis était son père. Celui-ci s'inclina poliment devant le grand-duc puis il dit d'une voix ferme :

« Altesse, il ne nous appartient pas de juger ce qui se passe en votre privé. Mais, en procédant à cette misérable exposition, vous insultez non seulement l'un des plus grands peintres de notre patrie, mais vous souillez la mémoire de vos glorieux ancêtres qui ont commandé cette œuvre à Botticelli. »

Blême, Gian-Gastone se retint. Mais soudain, il fit un quart de tour, saisit Francesco par le collet.

« Va, mon bel ami ! Et explique à ton géniteur en quelle estime je tiens toutes les ordures qui sont rassemblées dans cette *galeria*. Ces œuvres sentent le cadavre ! Elles nous empoisonnent la vie ! Toute cette bouffissure solennelle rassemblée par mes ancêtres... Un ramassis de vanités ! »

Il poussa Francesco devant le marquis.

Le père et le fils s'affrontèrent du regard. Mais le jeune homme n'était pas de force. Bientôt, il baissa les yeux et, tremblant, tomba aux genoux du vieillard. Serristori, sans ciller devant cette marque de soumission, apostropha rudement le souverain :

« Profitant de sa jeunesse, vous avez dévoyé mon fils. Mais il demeure à Florence de vrais gentilshommes qui désapprouvent les dérèglements de Votre Altesse et condamnent le scandale permanent de son comportement. »

Sous l'insulte, le grand-duc devint encore plus pâle.

« Oubliez-vous, vieillard, que vous vous adressez à votre souverain ! Que me vaut cette téméraire adresse ? »

Le marquis, écartant sans ménagement son rejeton, marcha sur Gian-Gastone, tandis que les *ruspanti* portèrent la main sur le manche de leurs dagues, prêts à bondir. Arrivé devant le grand-duc, Serristori écarta un pan de sa veste, découvrit sa croix de chevalier de San Stefano.

« Voilà qui devrait satisfaire la curiosité de Votre Altesse. Je reste le plus fidèle serviteur de mon souverain tant que celui-ci obéit lui-même aux commandements divins et à Notre Seigneur de qui procède son autorité !

– C'est blasphème ! bredouilla Gian-Gastone. Je vais te faire jeter aux *Stinche** !

– Alors donnez-moi le cachot de Roberto Acciaiuoli qui fut la victime innocente de l'injustice de feu votre père !

– Qu'on appelle les gardes ! Qu'on s'empare de lui ! » hurla le grand-duc d'une voix suraiguë.

Mais personne ne bougea. Face à face, le souverain et le marquis se défiaient. Derrière, les *ruspanti* avaient dégainé

---

* La prison de Florence.

leurs armes. Chacun retenait son souffle. Personne ne vit Rinuccini qui s'éclipsait en direction de l'escalier.

À bout de nerfs, Gian-Gastone se retourna et interpella celui qui semblait être le chef de ses ruffians, un jeune homme trapu prénommé Fabbio.

« Eh bien, laisseras-tu insulter ton maître sans réagir ? Tu n'es qu'un bardache, tout juste bon à fanfaronner quand tu ne cours aucun risque ! »

Fouetté par l'insulte, le *ruspanto*, poignard à la main, s'avança vers le marquis qui, parfaitement immobile, lui offrait sa poitrine. Le vaurien hésita à frapper. Alors, brusquement, Francesco se redressa et s'interposa. Il avait également sorti sa dague de sa ceinture. Mais avant même qu'il ait esquissé un geste de défense, Fabbio lui planta son arme dans le ventre. Le jeune homme, couvert de sang, vacilla puis s'effondra aux pieds de son père et ne tarda pas à expirer. Le marquis n'avait toujours pas bougé et continuait de fixer le grand-duc tandis que l'assassin, épouvanté par son crime, regagnait en reculant les rangs de ses congénères. Gian-Gastone tremblait de tous ses membres et semblait incapable de réagir.

On entendit alors un grand tumulte au fond du *corridoio*. Rinuccini revenait, précédant une escouade de gardes. Le Premier ministre embrassa la situation en une seconde. Il vit le cadavre de Francesco, les *ruspanti* prêts à en découdre. Et, parmi eux, Fabbio qui tenait encore son poignard ensanglanté à la main. De l'autre côté, les courtisans grondaient et certains avaient même extrait leur épée de leur fourreau. Il fallait agir vite, éviter une confrontation générale. Rinuccini poussa le grand-duc dans sa chaise à porteurs et ordonna aux gardes de prendre place entre les deux camps. Son seul sang-froid évita le carnage mais n'empêcha pas le scandale. D'autant que, après s'être caché quelques jours, le jeune meurtrier reparut dans l'entourage du grand-duc sans que ce dernier en prît ombrage.

* *
*

Violante ne dissimula pas sa tristesse lorsqu'elle fut informée de ces pitoyables événements. Déjà gaussé par le peuple et haï par le clergé, Gian-Gastone venait de s'attirer l'irrémédiable hostilité des personnages les plus éminents de ses États. Combien de temps pourrait-il encore résister à ces vents contraires renforcés par les émissaires de l'étranger ?

Cette inquiétude ajoutait à ses tourments physiques. En dehors même de cette douleur qui revenait la saisir à intervalles irréguliers, et qu'elle n'hésitait plus à apaiser en ingurgitant quelques gouttes de la potion de l'apothicaire, elle ressentait une extrême lassitude et devait prendre sur elle pour exercer les prérogatives qui lui avaient été confiées.

Une nouvelle de Rome réussit toutefois à éclaircir ce ciel agité. Benoît XIII ayant trépassé, ce fut un cardinal florentin qui fut élu par le Sacré Collège. Lorenzo Corsini, qui prit le nom de Clément XII, était issu d'une grande famille aristocratique de la cité. Et bien que sa santé fût très précaire, son accession au trône pontifical était incontestablement un succès pour le grand-duché de Toscane mais aussi pour l'Espagne, qui avait pris son parti contre un cardinal soutenu par l'Autriche.

Mesurant l'importance de l'événement, Violante décida son pitoyable beau-frère à exploiter cette élection. Trois jours de liesses, conclus par un *Te Deum* chanté à Santa Maria del Fiore, furent accordés aux Florentins. Prudemment, Gian-Gastone s'abstint de participer à ces cérémonies. Il craignait tout autant la vengeance du puissant clan Serristori que celle des jeunes amis de Francesco qui avaient partagé les jeux de son enfance. Il lui était difficile d'oublier que deux Medici avaient déjà été dagués lors d'un office célébré dans la cathédrale*.

---

* Voir *Un prince sans couronne*, le premier tome de *La Malédiction des Médicis*.

La joie des Florentins fut pourtant de courte durée. Sitôt monté sur le trône pontifical, Clément XII exigea du grand-duc qu'il rendît un hommage solennel à l'un de ses ancêtres, l'évêque Andrea Corsini mort en odeur de sainteté au XIVe siècle et canonisé un peu plus tard par Urbain VIII. Une accession à la sainteté qui avait coûté une fortune à sa famille, les Corsini ayant dû graisser la patte de nombreux prélats. Leurs descendants en gardaient un souvenir si vif qu'ils recommandaient à leurs enfants d'être vertueux mais surtout pas saints !

La dépouille dispendieuse de San Andrea reposait en l'église Santa Maria del Carmine sous une simple dalle. Assurément, c'était trop peu pour le nouveau pape. Il voulait que l'on construisît une chapelle en marbre pour accueillir les précieuses reliques de l'aïeul. Le grand-duc dut s'incliner. Mais, malgré la considérable réduction de la dette – elle se montait à vingt millions d'écus d'or lors de la mort de Cosimo III et Gian-Gastone l'avait ramenée à quatorze –, le trésor de Florence ne pouvait supporter une telle dépense. Il fallut donc demander aux Florentins qu'ils contribuassent à l'érection de ce mausolée. Le souverain, qui n'avait cessé d'alléger la charge fiscale de ses sujets, fut contraint d'instaurer un nouvel impôt sur le blé. Cette décision suscita une telle colère que le fonctionnaire auquel était revenue la tâche d'afficher l'édit grand-ducal sous la *Loggia della Signoria* faillit être écharpé par les passants et ne dut son salut qu'à une fuite précipitée vers le *palazzo Vecchio*.

Ainsi fut gâché tout le bénéfice politique de l'élection au Saint-Siège d'un cardinal florentin.

* *
*

Bientôt, Violante ne put cacher qu'elle souffrait. Elle espaça de loin en loin ses obligations officielles, s'en remettant au marquis Rinuccini. Sa pâleur, ses traits émaciés ne faisaient plus illusion. Mais comme elle ne se plaignait jamais, nul, parmi ses familiers, ne s'avisait de lui parler de sa santé.

Pourtant, la rumeur finit par se répandre. D'abord à la cour puis dans le menu peuple. Désormais, il n'était pas rare qu'elle trouvât à son lever quelque bouquet de fleurs des champs apporté à la porte du *palazzo* par une femme du peuple. Ou bien encore un pochon de *cantucci* et de *brigidini** confectionnés à son intention par un ou une ami(e) inconnu(e). Violante était émue par ces modestes cadeaux qui lui prouvaient combien elle était aimée parmi les Florentins les plus simples.

Puis vinrent demander l'entrant de ses appartements des personnages plus éminents. Elle en reçut certains, en écarta d'autres, prétextant sa trop grande fatigue. Mais le seul qu'elle attendait ne se présenta pas. Gian-Gastone, pourtant dûment informé de l'affliction de sa belle-sœur, ne daigna pas se déplacer.

Parmi ces visiteurs se trouva inévitablement l'Électrice palatine. La princesse ne désira point qu'Anna Maria Luisa la vît alitée. Elle se leva, se livra quelques minutes aux soins de ses femmes de chambre. Habillée, peignée et maquillée, elle reçut enfin sa belle-sœur dans le boudoir qui jouxtait sa chambre.

Les deux femmes s'assirent dans deux petits fauteuils crapauds et s'observèrent sans aménité. Violante, vêtue de couleurs vives, frêle et presque jolie malgré sa maigreur. Anna Maria Luisa, tout de noir recouverte, mais, si ce n'était son visage revêche, portant encore beau malgré ses soixante ans passés.

« On me dit que vous êtes souffrante, commença-t-elle.

---

* *Cantucci* : biscuits secs aux amandes. *Brigidini* : petites gaufres de la région de Pistoïa.

– Je vous suis reconnaissante de prendre de mes nouvelles. Toutefois on a sans doute grossi exagérément mon indisposition. Dieu merci, il me semble même que je reprends des forces.

– Il demeure néanmoins que, malgré les fards dont vous avez usé en grande quantité, vous me paraissez souffreteuse. »

Elle marqua un temps. Et poursuivit, l'air de rien :

« J'ai commandé des messes à votre intention.

– Comme vous y allez, ma belle-sœur ! Je ne suis point encore à l'article de la mort.

– Nous sommes toutes entre les mains de Dieu. Nos prières ne peuvent demeurer vaines. Et s'Il ne vous accorde point de recouvrer la santé, Il recueillera votre âme avec d'autant plus de clémence qu'elle Lui aura été recommandée par nos actions de grâces.

– Dois-je vous remercier d'être si attachée à mon salut ? » demanda Violante, non sans ironie.

Anna Maria Luisa ne répliqua pas. Et, pincée, elle lâcha :

« Vous ne m'avez jamais aimée, n'est-il pas ?

– Et vous-même, avez-vous jamais eu quelque affection pour ma personne ? Vous me jalousez parce que Gian-Gastone vous a écartée à mon profit. Mais s'il eût choisi de vous donner la préférence, je me serais éloignée sans regret et aurais repris mes habitudes dans ma campagne de Lappeggi.

– Je suis la fille de Cosimo III ! dit Anna Maria Luisa avec hauteur.

– Et moi, je ne suis qu'une pièce rapportée. Une petite princesse de Bavière qui n'a jamais nourri aucune ambition, sinon celle de servir son époux et sa nouvelle patrie.

– Je ne vous crois pas. Il y a longtemps que vous aviez pris dans vos rets ce pauvre Gian-Gastone, qui est malléable à l'excès dès lors qu'on lui permet de satisfaire ses instincts les plus répugnants !

– M'accusez-vous d'avoir encouragé ses vices ? s'indigna Violante.

– Je sais simplement, car mon père me l'a écrit, que vous avez entretenu avec lui une intimité qui n'était pas de bon aloi entre un homme et l'épouse de son frère !

– Comment osez-vous ? » souffla Violante d'une voix étranglée.

Anna Maria Luisa ne répliqua pas. Dédaigneuse, elle se leva de son siège, jeta un dernier regard à sa belle-sœur et la dévisagea crûment.

« Décidément, je vous trouve une complexion bien rebutante ! »

Et elle s'en fut dans un grand froissement de taffetas.

* *
*

Cette odieuse visite n'eut pas les résultats escomptés par son auteur. Violante y trouva de nouvelles forces de vivre. En accord avec le fidèle Rinuccini, elle décida d'abord de rétablir l'ordre dans le *palazzo* et d'en chasser les *ruspanti* qui rôdaient dans les couloirs, maltraitaient les soubrettes, pillaient les cuisines et hurlaient sous les fenêtres du grand-duc lorsque celui-ci avait oublié de les payer. Le corps de garde fut renforcé. On distribua aux soldats mousquets et baïonnettes. Ordre leur fut donné par le capitaine Bettino Ricasoli d'ouvrir le feu si, la nuit venue, quelque chenapan essayait de s'introduire dans les bâtiments grand-ducaux sans un ordre exprès du souverain.

Ces nouvelles dispositions produisirent leurs effets : le *palazzo* recouvra son calme d'antan, à l'exception des appartements de Gian-Gastone où une poignée de *ruspanti* continuaient à mener grand tapage.

Violante, toujours avec la collaboration de Rinuccini, se consacra ensuite aux affaires extérieures du grand-duché.

Par un nouveau traité signé à Vienne – sans même que le souverain de Florence fût consulté –, les grandes puissances réunies au sein de la Quadruplice confirmèrent que la Toscane devait revenir à l'infant d'Espagne, don Carlos. Vienne avait donc fini par céder et renoncer à ses droits sur les États du Medici. Mais Charles VI n'avait pas le choix : inquiet pour sa propre succession, car il n'avait pas de fils, il désirait que la « Pragmatique Sanction » par laquelle il élevait sa fille aînée Marie-Thérèse au rang d'héritière du trône impérial fût reconnue par les capitales européennes.

Violante comprit que le sort en était jeté. Toute opposition était désormais vaine, d'autant que des troupes espagnoles stationnaient déjà à Parme. Il fallait au contraire conclure un accord qui fût le plus favorable possible et assurât à Florence la protection des Bourbons. Des négociations secrètes s'ouvrirent avec l'Espagne. Aux termes de la convention qui devait être proposée à la signature du grand-duc et du roi d'Espagne, toute référence à une éventuelle suzeraineté des Habsbourg fut exclue. Don Carlos, encore mineur, était placé sous la tutelle de Gian-Gastone. L'Espagne était autorisée à envoyer des garnisons en Toscane. Mais la discussion fut âpre quand il s'agit de déterminer qui pourvoirait à l'entretien de cette troupe. Les Florentins mirent en avant le fait que leur acceptation d'une présence militaire étrangère était déjà une concession exorbitante. Les Espagnols répliquèrent que l'état misérable de l'armée toscane ne saurait empêcher leur entrée en force sur le territoire du grand-duché. Rinuccini fit alors observer au père Ascanio, ministre d'Espagne à Florence, que le trésor toscan était exsangue. Bref, si Madrid désirait que des places fortes fussent mises à sa disposition, il lui fallait payer. La dispute en resta là.

Enfin, il fut prévu que l'infant ne tarderait pas à être solennellement présenté à ses futurs sujets dès que les soldats espagnols auraient pénétré en Toscane.

Ce traité ne faisait nul cas de l'Électrice palatine qui, selon la volonté de Cosimo III, aurait dû succéder à son frère dès la mort de ce dernier. Anna Maria Luisa en conçut un nouvel et amer sujet de ressentiment à l'égard de sa belle-sœur. À l'évidence, Violante avait voulu se venger de l'affront qu'elle-même lui avait infligé lors de sa visite.

En dépit de sa lassitude, la princesse se transporta jusqu'à la chambre de Gian-Gastone pour lui exposer les résultats de sa diplomatie.

Comme à l'accoutumée, le grand-duc trônait dans son lit qu'il ne quittait plus que pour aller à la garde-robe. Il montait de cette bauge des effluves si nauséabonds que, chaque matin, les domestiques jonchaient le sol de pétales de roses fraîchement cueillies.

Gian-Gastone, l'œil morne, lui jeta un regard indifférent. Bien qu'il lui eût été impossible de ne pas remarquer les atteintes que la maladie avait imprimées sur le visage de la princesse, il s'abstint de tout commentaire. Toutefois, il commanda à l'un de ses *ruspanti* que l'on avançât un siège pour sa belle-sœur. Puis, d'un geste, il ordonna à sa cour de voyous de vider les lieux.

Violante, le souffle court, développa point par point le traité qui venait d'être rédigé. Le souverain écouta sans manifester la moindre émotion. Seule la mention de la tutelle qu'il devrait exercer sur l'infant lui arracha un rire :

« Voilà qui est plaisant ! On me fait père putatif à l'âge de soixante ans. Je n'en demandais pas tant ! »

Et, toujours goguenard, il ajouta :

« Je serai donc tuteur alors même que les garnisons espagnoles me placeront sous leur tutelle effective !

– Signerez-vous ? interrogea Violante, ébranlée par la dernière réflexion de son beau-frère.

– Le voulez-vous ?

– Ce traité n'est pas parfait. Mais il est aujourd'hui le moins mauvais que nous ayons pu obtenir des négociateurs madrilènes.

– Alors qu'il en soit ainsi ! »

Violante esquissa le geste de se lever. Gian-Gastone la retint.

« Sait-on au moins à quoi ressemble mon futur protégé ?

– On le dit d'un physique agréable et d'une nature aimable. Mais ce n'est encore qu'un adolescent...

– Voulez-vous dire qu'il possède le charme de ces années tendres où l'enfant hésite encore à devenir un homme ? »

Et la princesse sentit une sorte de gourmandise sous la question de son beau-frère. Elle s'en alarma aussitôt et se garda de répondre. Gian-Gastone ne parut nullement dépité. Et il poursuivit avec une insouciante gaieté :

« Mais je vous le prédis dès maintenant : déjà vicié par les mœurs espagnoles, ce gentil don Carlos sera bien incapable de gouverner cet État. Il coule dans ses veines le sang des Bourbons. Ce sang fielleux dont j'ai moi-même hérité par la grâce de ma putain de mère. Rien de bon ne pourra en advenir pour Florence. Cependant, il est peut-être juste qu'un dégénéré succède à un bouffon ! »

Violante ne répliqua pas. Elle se leva avec difficulté et grimaça de douleur. Gian-Gastone feignit de ne pas s'en apercevoir. Et tandis que la princesse, foulant les pétales de rose, se dirigeait à pas lents vers la porte, il dit en geignant :

« Mon pauvre Damiano me délaisse et n'ose plus paraître céans. Il vit maintenant dans la terreur d'être empoisonné par ma terrible sœur. »

Encore une fois, la princesse se tut. Mais elle était mortellement blessée. Où donc avait disparu la fraternelle amitié qui la liait autrefois à Gian-Gastone ? N'avaient-ils pas uni leurs solitudes, partagé les mêmes joies, connu les mêmes emballements ? Ne s'étaient-ils pas confiés l'un à l'autre ? Et aujourd'hui cette indifférence...

Dès qu'elle eut regagné ses appartements, Violante se laissa tomber sur un sofa. Le terme venait, encore plus vite qu'elle ne l'aurait imaginé.

XII

1731-1732

Elle avait peine à y croire, mais dehors c'était soudain le printemps. De son lit, par les croisées ouvertes sur les jardins de Boboli, elle voyait frissonner les tendres feuilles encore flétries d'avoir été si longtemps confinées dans leurs bourgeons. Le soleil s'enhardissait à traverser ces jeunes feuillages et y dessinait des rais de lumière verte. Une mésange, une touffe de poils dans le bec, marqua une halte sur l'appui de la fenêtre avant d'aller garnir son nid.

Le temps revient. Violante se souvint de la fière devise du Magnifique. L'éclosion de toute une société érudite et imaginative qui redécouvrait la beauté des corps antiques et les mystères de la mythologie grecque... Une flambée poétique et fulgurante qui allait déferler sur toute l'Europe. « Le temps revient », répéta la princesse à voix haute... Celui de Botticelli et de ses muses diaphanes qui célébraient le renouveau de la nature sur un tapis de fleurs. Et pourtant, songeait Violante, si l'on regardait bien cette œuvre au décor luxuriant, on ne voyait sur ces visages lumineux ni sourire ni rire, mais une étrange gravité. Comme si l'artiste avait voulu signifier que cette explosion de vie n'était qu'éphémère. Bientôt les fleurs s'étioleraient et ces jeunes beautés se faneraient à leur tour et finiraient par mourir.

Violante savait qu'elle observait son dernier printemps, même si les médecins qu'on avait fini par l'obliger à consulter lui promettaient sans cesse de nouvelles rémissions. Elle n'avait nul besoin de l'avis de ces cuistres : elle sentait au fond d'elle-même que son corps se délitait et la quittait peu à peu. Et si ce n'était la douleur qui la taraudait chaque jour un peu plus malgré le laudanum, elle aurait accepté paisiblement sa fin prochaine.

Comme une chandelle qu'on mouche... L'image venait sans cesse devant ses yeux. La petite flamme qui dansait au moindre souffle d'air, encore vive et claire. Et soudain la main de Dieu. L'éteignoir. Et lorsque l'ustensile se soulève, la mèche qui charbonne. Une fumée légère qui monte vers le plafond. Telle une âme.

Elle mourrait avec la fin du printemps... Mais n'avait-elle pas vécu un éternel printemps ? Même les rebuffades de Ferdinando n'avaient pas réussi à altérer sa gaieté naturelle. Et ensuite, beaucoup plus tard, au mitan de son existence, la découverte du véritable amour.

Un éblouissement fugace mais qui avait embrasé sa vie. Aujourd'hui moins que jamais, Violante ne regrettait pas de n'avoir pas cédé à la passion. Comment aurait-elle connu un plus grand bonheur que cette nuit unique où elle s'était donnée au chevalier Perfetti ?

Le marquis Rinuccini venait parfois passer quelques moments auprès d'elle. Son commerce était toujours aimable et allègre. Il lui contait avec la même vivacité les petits riens de la cour et les grandes affaires de l'État. Don Carlos était attendu en Toscane à la fin de l'année. De nombreux sujets du grand-duché avaient prévu d'aller l'accueillir à Livourne. Leurs cœurs lui étaient déjà acquis : par sa mère, née Farnèse, l'infant n'était-il pas à demi italien ? Ingrats et primesautiers, les Florentins adoraient celui qu'ils brûleraient peut-être demain. N'en avait-il pas toujours été ainsi ? L'histoire des Medici et de Florence était celle d'un amour toujours contrarié. Célébrant le « père de la patrie », Cosimo l'Ancien, ils avaient oublié qu'ils l'avaient d'abord banni. Honorant Lorenzo le Magnifique qui leur avait appris la joie et la beauté, ils l'avaient ensuite renié en se jetant dans les bras du sinistre Savonarola. Et aujourd'hui, Gian-Gastone... Malgré ses défauts, le grand-duc, qui leur avait rendu une partie de leurs libertés, ne méritait-il pas mieux que ces brocards dont on l'accablait, sans même se dissimuler ?

« Vous seule échappez à cette coupable inconstance... Le peuple vous aime. Et il ne vous a jamais manqué.

– Hélas ! Ai-je été assez digne de la ferveur dont on m'entoure ? On attendait de moi que je gouverne l'existence de mon beau-frère, mais je n'ai point su réveiller la bonté qui demeure en lui. »

Elle se tut un instant, sensible au chant des oiseaux qui gazouillaient dans la frondaison. Puis, d'un filet de voix, elle reprit :

« Florence ne pouvait rêver d'un meilleur prince. Gian-Gastone avait toutes les qualités pour devenir un souverain juste et éclairé. Mais c'est avec lui-même qu'il est en conflit. Sa malheureuse éducation, son détestable mariage et le désamour de ses parents l'ont peu à peu conduit à se haïr et à devenir celui qu'on voulait qu'il soit. Et, désormais, c'est dans l'avilissement qu'il espère trouver son salut. »

Épuisée, elle s'arrêta. Le marquis, habituellement si maître de sa personne, semblait très ému. Pour contenir son trouble, il se risqua même à poser sa main sur celle de Violante. Une menotte décharnée, fragile comme une patte d'oiseau.

« Alors, malgré la foi qui vous anime, il vous était impossible de le réformer... »

Soudain, la princesse fit un effort pour se redresser. Et ce fut d'une voix aussi forte que désespérée qu'elle s'exclama :

« Lorsque vous le verrez, dites-lui, je vous prie, que je

n'ai jamais cessé de l'aimer ! Et qu'il reste mon plus cher ami. En dépit même de ses infamies ! »

* *
*

Son sommeil était devenu si léger que le bruit le plus ténu suffisait à la réveiller. Menica, les yeux humides, s'approcha d'elle.

« Ne dis rien ! Surtout ne dis rien ! » souffla Violante.

La jeune femme renifla et ravala ses larmes.

« N'y a-t-il pas de plus grande félicité que de rejoindre son Seigneur ? »

La petite paysanne, devenue une poétesse reconnue, hocha la tête. Puis, d'une voix tremblée, elle chuchota :

« Le chevalier Perfetti s'est présenté au *palazzo*. Il sollicite la permission de vous voir... »

Bernardino ! Le cœur de la princesse bondit. Il ne l'avait donc pas oubliée malgré les années et la demande qu'elle lui avait faite de ne plus jamais reparaître devant elle. Une interdiction qu'elle avait d'abord prononcée pour elle-même tant elle craignait, si elle le revoyait, de succomber à la tentation de retomber dans ses bras.

« Pauvre Bernardino... » murmura-t-elle.

Non, elle ne pouvait pas céder au désir de le contempler à nouveau. Il aurait en horreur son corps de vieillarde, sa face désincarnée où se dessinait déjà la forme de son squelette. Il devait garder en mémoire la plénitude de la femme aimée qu'il avait serrée contre lui.

« Dis-lui avec ménagement que je lui accorde ma bénédiction mais ne puis le voir. Et encore... »

Elle hésita. Ne risquait-elle pas de se découvrir ? Mais n'était-il pas sot de garder jusqu'au bout son secret ?

« Assure-le que mes plus tendres pensées l'accompagnent. »

Menica lui lança un regard vif. Toutefois, elle respecta la pudeur de la princesse et garda pour elle son étonnement.

Quand elle fut partie, Violante ferma les yeux. Et sur son visage tourmenté par la maladie s'épanouit une sorte de sourire.

* *
*

« Damiano ! Damiano, pourquoi m'as-tu abandonné ? »

Gian-Gastone ne cessait de pleurer la disparition de son favori et maudissait sa sœur qui, en l'effrayant, était cause de sa fuite. Depuis que son mentor en turpitudes était parti, le grand-duc n'avait plus d'appétits pour les plaisirs que le petit nombre de *ruspanti* qui demeuraient à ses côtés lui proposaient encore. Damiano, seul, possédait cette intelligence du vice qui parvenait encore à exciter son imagination. Que lui restait-il ? Les beuveries et la gloutonnerie, maigres consolations...

Comment lui vint cette idée ? Le souvenir d'une lecture de Pétrone, peut-être... La nuit était déjà tombée lorsqu'il demanda soudain que l'on préparât sa chaise à porteurs. Ce fut la stupeur et l'effarement chez les petites gens du *palazzo*. Il y avait de longs mois que le grand-duc n'était sorti de ses appartements ni même de sa chambre.

Une heure plus tard, le grand-duc, revêtu d'une houppelande enfilée à même sa chemise de nuit et coiffé d'un curieux chapeau de paille, mit le nez dehors. Précédé par une poignée de lanciers et de pages armés de torches, le cortège s'ébranla. Derrière marchaient les *ruspanti* qui, sur ordre du souverain, raflèrent au passage quelques putains esseulées. Étrange et silencieux équipage qui cheminait dans les venelles obscures et désertes de Florence. La nuit pesait sur la cité endormie, inquiétante et peuplée de fantômes qui s'évanouissaient dans l'ombre dès qu'ils apercevaient les soldats. De loin en loin, un fanal désignait l'entrée d'une taverne d'où sourdaient des chants et des rires avinés.

La suite du grand-duc s'arrêta devant la *stufa** de San Sperandino. Un *ruspanto,* instruit des désirs du souverain, tambourina à la porte de l'établissement. Quelques instants plus tard, un homme hébété, à demi vêtu, ouvrit un battant. Une poignée de sequins apaisa bien vite ses appréhensions. La petite troupe s'engouffra dans la maison, à l'exception des lanciers qui demeurèrent à l'extérieur pour garder le bâtiment.

À la faible lueur des lumignons, le bassin semblait empli d'une eau trouble et vénéneuse au-dessus de laquelle flottaient des fumerolles de vapeur bleue. S'esclaffant et se livrant à mille privautés et agaceries, putains et *ruspanti* ne tardèrent pas à se dépouiller de leurs vêtements. Gian-Gastone, assis dans un fauteuil en osier, jouit de la vue de ces jeunes corps de marbre blanc dont les toisons sombres soulignaient l'insolente indécence.

Dans l'eau, ce ne furent qu'éclaboussures, rires et jeux obscènes. Les accouplements, variés et multiples, se prolongèrent au bord du bassin avec force cris et soupirs. Puis le *stufaiolo* apporta du vin. Après s'être désaltérés, les jeunes gens, revigorés et insatiables, reprirent leur commerce amoureux dans le plus grand désordre, qui dans l'eau, qui sur les coussins disposés sur le carrelage. Et il montait de cet entremêlement de membres et de sexes un puissant fumet de sueur, de sperme et de cyprine qui flattait les narines du prince.

Le jour pointait au-dessus de la verrière quand, épuisés, les jouteurs abandonnèrent le combat. Gian-Gastone, après s'être repu de ce spectacle lubrique, s'étira et sourit. Il lui revint brusquement que, selon une légende florentine, une Vierge, dont l'image était apposée sur un mur en face de la

---

* Bains publics.

stufa, avait un jour miraculeusement fermé les yeux, comme pour ne point voir les péchés abominables que perpétraient les familiers de cette étuve publique. Et dans l'instant il pensa à Violante, qui incarnait à ses yeux la vertu. Cette idée lui fut si intolérable qu'il commanda aussitôt son retour au *palazzo*.

* *
*

C'était maintenant une morsure permanente. Un animal fourrageait sans relâche ses entrailles. Depuis longtemps déjà, la potion opiacée de l'apothicaire était impuissante à apaiser ses souffrances.

Malgré les prescriptions des médecins et les adjurations des prêtres, Violante ne s'alimentait plus.

« Votre Altesse hâte son trépas. C'est un péché contre Dieu qui peut à tout moment vous accorder la guérison. »

Elle n'avait cure de ces recommandations et voulait au plus vite échapper à la douleur. En finir. Mais la vie en elle résistait. Un fil ténu qui la tenait encore accrochée au monde terrestre en dépit de toute raison.

Des ombres passaient et repassaient devant son lit. Elle les voyait à peine. Même son regard était fatigué et refusait de distinguer ces éminents personnages qui venaient se recueillir à son chevet.

Il y avait aussi toutes ces prières et ces murmures... Un bruit léger et confus. On ne parlait plus dans sa chambre qu'en chuchotant. Les grands malades sont aussi des enfants, songeait la princesse. On ne s'exprime devant eux qu'à voix basse pour ne pas blesser leurs oreilles.

Gian-Gastone n'était toujours pas venu. Violante savait maintenant qu'elle ne le reverrait plus. Il avait trop peur d'apercevoir en elle l'image de sa propre mort. « Nous nous ressemblons enfin, mon cher beau-frère... Je suis hideuse tout comme l'est votre âme torturée... »

Elle délirait, prononçait des mots sans suite. Les prêtres se penchaient au-dessus d'elle, essayaient d'interpréter ses ultimes messages. Mais elle les repoussait.

« Je veux des anges, pas des démons... »

Impuissants et effrayés, elle les voyait encore qui se signaient en reculant. Puis elle retombait dans l'obscurité et appelait la fin de tous ses vœux. « Oh, mon Dieu, pourquoi tant de souffrance ? » Et, soudain, elle sut avec certitude que le lien allait être tranché. Une lumière bleue venait à elle, nimbait son corps, s'insinuait dans sa tête.

Elle sourit et mourut.

* *
*

Il était ivre.

« Dansez, mes enfants... Dansez ! »

Une effrayante farandole parcourait ses appartements tandis qu'il pleurait et riait à la fois.

« Réjouissez-vous, marauds, puisque la vertu est impuissante à repousser la mort ! »

Gian-Gastone saisit une nouvelle fiasque de vin et but à même la bouteille. Manquant s'étrangler, il recracha le liquide sur ses draps. Puis, entendant du tumulte à l'extérieur du *palazzo*, il se glissa hors de son lit et, vêtu de sa seule chemise, il tituba jusqu'à la fenêtre. Il vit la place noire de monde et, au milieu, empêché d'avancer à cause de la foule, le modeste cortège funèbre de Violante. Tout Florence, riches et pauvres mêlés, se pressait pour rendre un dernier hommage à la petite princesse et cela n'allait pas sans bousculades et horions, car chacun voulait voir le cercueil ouvert et porté à bras d'hommes où reposait la dépouille. Selon les dernières volontés de la défunte, elle serait inhumée en toute simplicité sous la dalle du transept du petit monastère de Santa Teresa. Cependant, préalablement, son cœur avait été extrait et placé dans une urne qui devait être déposée devant le sarcophage de Ferdinando dans la chapelle des Medici en l'église San Lorenzo. Quand il avait été informé de cet ultime souhait de sa belle-sœur, Gian-Gastone avait ricané : « Mon coquin de frère n'a cessé sa vie durant de l'humilier et voilà qu'au soir de sa mort, elle veut se coucher à ses pieds comme une souillon de servante. »

Le cortège n'avançait toujours pas.

« Mais ne vont-ils pas en finir ? » grogna le grand-duc.

Brusquement, il ouvrit la croisée et, s'agrippant à la barre d'appui pour ne pas basculer dans le vide, il hurla :

« Qu'on emporte cette damnée catin et qu'on en termine ! »

Des huées lui répondirent. Gian-Gastone haussa les épaules et disparut de la fenêtre. Il ordonna à ses *ruspanti* de quitter les lieux au plus vite et boucla sa porte. Puis il se recoucha. Et, pelotonné dans son lit comme un gros enfant, il se laissa enfin aller à sangloter.

* *
*

Il était beau. Les Toscans accourus à Livourne lui firent fête dès que, descendant de sa royale galère, il mit pied sur le territoire du grand-duché. On admira son port de tête et la souplesse de ses mouvements. Et on lui sut gré de sa délicatesse quand, à peine arrivé, il précisa publiquement :

« Désormais attaché à la terre italienne, je veux que l'on me nomme don Carlo et non plus don Carlos. »

Cette déclaration gagna la ville en un instant et ravit les Toscans, si vétilleux dès qu'il s'agissait du respect de leur langue et de leurs traditions. Enfin, le peu de cas que l'infant faisait de l'étiquette, malgré les remontrances des personnages guindés qui l'accompagnaient, réjouit ceux qui craignaient que la traditionnelle sévérité espagnole ne vînt assombrir leur quotidien.

Il n'y eut jusqu'aux picailles qui garnissaient abondamment les bourses des membres de sa suite – et dont ceux-ci usèrent sans ladrerie aucune – qui ne produisirent d'heureux effets. Même les plus fidèles partisans des Medici s'enthousiasmèrent. Ce jeune homme, qui semblait paré de toutes les vertus, arrivait à point nommé pour remplacer une dynastie vieillissante et usée qui n'était plus capable de porter des fruits.

À Florence, le grand-duc fut aussitôt informé de la faveur que rencontrait le jeune prince appelé à lui succéder. Il n'en conçut apparemment ni amertume ni satisfaction et se prépara dans l'indifférence à recevoir cet adolescent dont on lui disait pourtant si grand bien. À vrai dire, depuis la mort de Violante, chacun s'accordait à constater que Gian-Gastone n'était plus le même homme. Certes, il n'avait pas renoncé à ses habitudes répugnantes et son lit était devenu un cloaque que les domestiques osaient à peine approcher. Mais rien ne pouvait désormais le détourner de la morosité qui était devenue son ordinaire. Même les facéties, obscénités et autres extravagances de ses *ruspanti* n'étaient plus capables de lui arracher un sourire. Cependant, bien qu'il ne trouvât plus de plaisir à leur présence, il continuait à les supporter et à les payer, comme si, d'ores et déjà, il les avait choisis pour seuls compagnons des derniers moments qui lui restaient à vivre.

À quoi pensait-il entre deux libations ? Un être, sans cesse, venait hanter son cerveau embrumé. Violante ! Comme hier, elle le regardait, elle le jugeait. Elle l'aimait aussi. Ce terrible amour dont il était impossible de se débarrasser... Collant, dégoulinant de bons sentiments. Contagieux. Elle avait une âme de missionnaire.

La petite voix de sa belle-sœur résonnait à son oreille :

« Si je vous aime, c'est que vous le méritez quand même ! Car vous êtes meilleur que vous ne le pensez ! »

Mais il se rebellait, criait comme si elle se trouvait devant lui :

« Non ! Je vous déteste de m'aimer ! Vous n'avez pas le droit d'éveiller en moi des émotions que je réprouve. Je ne veux pas être pur, entendez-vous ! Je suis né pour patauger dans la fange, pour m'y rouler dedans, pour m'en faire une croûte de vices et de débauches contre laquelle vos sermons butent inutilement. »

Depuis combien de temps était-il là ? Rinuccini, son beau visage lisse de patricien, les narines pincées comme pour s'efforcer de surmonter son dégoût.

« Monsieur le Premier ministre... » bredouilla-t-il.

Trempé de sueur, Gian-Gastone tenta de se redresser, chercha son oreiller crasseux, renonça lorsqu'il s'aperçut qu'il était tombé à terre. Il se cala tant bien que mal contre le traversin pour mieux voir le marquis.

« Monsieur le Premier ministre, reprit-il, que me voulez-vous qui ne puisse attendre mon souper ?

– Votre Altesse doit savoir que la venue de don Carlos à Florence est reportée.

– Ce béjaune ne veut-il donc plus de mon trône ?

– Non point ! Mais il se trouve que l'infant a contracté la petite vérole.

– La petite vérole ! Comme c'est plaisant ! Alors qu'il demeure confiné à Livourne ! Je n'ai nulle envie qu'il vienne contaminer mes bons sujets !

– La robuste constitution de ce jeune homme nous donne à penser qu'il triomphera de sa maladie. Je me suis permis de lui envoyer les meilleurs médecins du *palazzo*.

– Vous avez eu raison, marquis... Vous ne pouviez faire pire ! »

Il éclata d'un gros rire. Rinuccini esquissa un sourire poli. Gian-Gastone rota et poursuivit :

« Toutefois, pour montrer en quelle estime nous tenons la santé de don Carlos, nous sortirons San Zanobi du cercueil où il pourrit et nous exposerons sa dépouille à la dévotion des fidèles dans Santa Maria del Fiore. Ce brave homme, qui avait la faveur de mon défunt père, ayant déjà ressuscité un arbre, saura à coup sûr sauver ce rejeton...

– Dois-je réellement donner des ordres en ce sens ?

– Je n'ai jamais été aussi sérieux, Rinuccini ! Les sceptiques riront et les cagots prieront. Chaque Florentin y trouvera son compte ! Et si l'infant guérit, cela ajoutera à la gloire de Zanobi, qui en a bien besoin ! »

Le grand-duc éructa à nouveau et conclut :

« Il me faudra donc attendre cet héritier providentiel. Qu'importe ! Les Medici sont gens patients. Ils n'en finissent pas de mourir et braveront une fois de plus l'éternité. »

Puis, ignorant le marquis, il se tourna de l'autre côté de la ruelle et se couvrit la tête de son drap.

* *
*

Don Carlos guérit. Et malgré l'ignorance des médecins, son visage ne garda aucune trace des pustules qui l'avaient gâté.

Trois mois après son arrivée à Livourne, il se mit en route pour Florence à la tête d'une escorte militaire qui n'était ni trop grosse, afin de ne pas effaroucher les Toscans, ni trop maigre, afin de montrer qu'il était cependant un grand prince. À chaque étape, il reçut de nouvelles preuves de la ferveur que lui témoignait le peuple. Sa jeunesse et sa jovialité faisaient merveille. Sa simplicité aussi. Les citoyens étaient admis à le voir prendre ses repas et purent même visiter les lieux où il dormait, sans l'apparat d'un baldaquin et sur un modeste lit de camp.

Quand sa venue dans la capitale toscane fut annoncée

comme imminente, Gian-Gastone sortit de sa torpeur. Exceptionnellement, il demanda à se baigner et passa des vêtements propres. Toutefois, comme il n'entendait pas déroger à ses habitudes, il déclara qu'il recevrait le jeune prince couché dans son lit. Mais sa chambre avait été pour l'occasion aérée et débarrassée de toutes les malpropretés qui y stagnaient ordinairement. Cela n'empêcha pourtant pas que malgré les parfums répandus à profusion subsistassent des relents peu appétissants.

Après avoir ouï dans la cathédrale un *Te Deum* au cours duquel il s'ennuya fort, don Carlos se mit en chemin pour le *palazzo* Pitti au long de rues pavoisées en son honneur. L'infant était curieux de rencontrer ce souverain dont on lui avait conté par le menu les lubies et les désordres. Son jeune esprit n'était pas loin de considérer qu'une telle liberté de mœurs, qui faisait fi des conventions, ne pouvait être que le propre d'un personnage admirable.

Sa première impression fut favorable. Ce gros homme bouffi qui usait de sa chambre comme d'une salle du trône méritait qu'on l'estimât, tant son originalité était patente. Don Carlos courut jusqu'à lui, s'agenouilla à son chevet. D'un geste, Gian-Gastone le releva et l'invita à s'asseoir sans façons sur le lit où, malgré le ménage auquel on s'était livré, des miettes de gâteaux et des noyaux de fruits jonchaient à nouveau le drap supérieur.

« Mon enfant... »

Le grand-duc n'était pas moins séduit que le jeune homme. Don Carlos respirait l'insouciance et la bonne santé. Mieux, il était d'une ignorance crasse. Gian-Gastone ne pouvait rêver meilleur héritier pour un État qui se gargarisait de beauté artistique et croulait sous le poids écrasant de ses gloires. En fait, l'infant n'avait appris qu'à danser, chasser et manier les armes. Ce maigre bagage ferait de lui le meilleur des hommes et le moins infatué des princes, songea Gian-Gastone.

Ainsi accordés l'un à l'autre, le vieillard et l'adolescent se promirent d'être de bons compagnons. Et pour sceller ce traité, le grand-duc baisa la joue de son protégé et ordonna sur-le-champ que l'on peuplât de gibier les jardins de Boboli et qu'on les ouvrît au prince, dont la chasse était le divertissement le plus prisé.

Désormais, Gian-Gastone n'appela plus jamais don Carlos qu'en le nommant « mon fils ». Cette nouvelle paternité lui seyait. Il y trouva une sorte de paix de l'âme qu'il n'avait plus connue depuis le trépas de Violante. Et, sans renoncer à ses plaisirs et à la compagnie de ses chers *ruspanti*, il envisagea avec sérénité sa prochaine disparition.

Épilogue

Gian-Gastone s'éteignit en juillet 1737. Le dernier des Medici n'avait plus jamais quitté son lit depuis ce jour de 1731 où il s'était transporté aux bains de San Sperandino.

Mais, avant de passer, il n'eut pas la satisfaction de voir « son fils » monter sur le trône. La politique européenne en avait décidé autrement. Les grandes puissances procédèrent en effet à un remaniement d'une ampleur jamais vue, sans, bien sûr, que l'on tînt compte des vœux du grand-duc de Toscane.

Tout commença en 1733 avec la mort du roi de Pologne, Frédéric Auguste II. Louis XV voulut installer sur ce trône vacant son beau-père Stanislas Leszczynski. Las, Russes et Autrichiens avaient leur propre candidat, Auguste III, fils du monarque défunt. Il s'ensuivit des disputes, des mouvements de troupes dans l'Europe entière et même quelques batailles.

Madrid profita de ce tumulte pour faire valoir ses anciens droits sur le royaume des Deux-Siciles qui avait été accaparé par les Habsbourg. Don Carlos fut mandé par sa mère d'aller reconquérir Naples à la tête des troupes espagnoles stationnées en Toscane. En même temps, la France déclara la guerre à l'empereur Charles VI et son armée passa de l'autre côté du Rhin, tandis que le roi de Sardaigne s'emparait de la Lombardie.

Bientôt il fallut négocier et mettre fin à ce désordre. La véritable partie de chaises musicales débuta.

Don Carlos, qui avait bouté les Habsbourg hors de Naples, fut confirmé comme souverain du royaume des Deux-Siciles sous le nom de Charles VII. Il abandonna donc de fait ses prétentions à devenir l'héritier des Medici. La France, victorieuse sur le Rhin, exigea la Lorraine qu'elle guignait depuis fort longtemps. Cette province lui fut accordée en échange du renoncement de Stanislas Leszczynski à coiffer la couronne de Pologne au profit de celle de Lorraine, la province devant revenir à la France après sa mort. Toutefois, cet arrangement laissait fort dépourvu le duc de Lorraine, François III. Aussi fut-il décidé de lui attribuer la Toscane, abandonnée par l'infant don Carlos. Un Lorraine, déjà lié par mariage aux Habsbourg – il avait épousé Marie-Thérèse, fille aînée de l'empereur – était donc promis à succéder aux Medici. Il en était fini de l'indépendance de Florence, qui tombait dans le giron de l'Autriche deux siècles après avoir été convoitée en vain par Charles Quint !

Cette nouvelle attrista les derniers jours de Gian-Gastone. Le grand-duc n'avait plus la force ni la possibilité de faire entendre sa voix. Toutefois, il ne manqua pas de relever que l'Histoire était bien malicieuse. N'était-ce pas un Lorraine qui avait été l'amant de sa mère Marguerite-Louise ? L'amant et peut-être même le père de son frère Ferdinando !

À la mort de Gian-Gastone, François de Lorraine vint visiter ses nouveaux États. Il proposa à la dernière des Medici, Anna Maria Luisa, la régence de la Toscane. Elle refusa avec hauteur. Toutefois, à soixante-dix ans, l'Électrice palatine, qui avait toujours été tenue à l'écart du gouvernement, devenait enfin grande-duchesse en titre, même s'il ne lui restait qu'un pouvoir, celui de dépenser tant et plus !

Recluse jusqu'à sa mort, en 1743, dans une aile du *palazzo* Pitti, et refusant tout commerce avec les « usurpateurs » autrichiens, elle s'attacha à doter les institutions de bienfaisance, ordonna l'achèvement du mausolée des Medici à San Lorenzo et écrivit un testament qui effaça d'un coup toutes ses fautes : elle légua tous les biens des Medici, palais et œuvres d'art, au grand-duché de Toscane, à la condition expresse qu'ils demeureraient en Toscane, exposés à l'admiration du public et de tous les visiteurs étrangers. Ainsi, en donnant naissance au plus grand musée du monde, contribua-t-elle à perpétrer la gloire des Medici.

Remerciements

Jacqueline Hiégel, Françoise Roth, Élodie Ther et Virginie de Vismes m'ont accompagné tout au long de ce voyage florentin. Je leur en suis très reconnaissant. Mes remerciements vont aussi à Jean-Pierre Guéno et René Guitton, mes éditeurs. Ainsi qu'à mon épouse, Catherine, et à ma fille Edmée, qui ont été les premières à lire (et à corriger) mes manuscrits.

TABLE

Photocomposition Nord Compo 59650 Villeneuve-d'Ascq
Impression réalisée sur CAMERON par Firmin-Didot
(Le Mesnil-sur-l'Estrée) pour le compte des Éditions 1
31, rue de Fleurus 75006 Paris en mai 2004
Imprimé en France – Dépôt légal : mai 2004 – N° d'éditeur : 13736/01
N° d'impression : 68203